O ENGATE

NADINE GORDIMER

O engate

Tradução
Beth Vieira

Companhia Das Letras

Copyright © 2001 by Felix Licensing B. V.
Venda proibida fora do Brasil.

Título original
The pickup

Capa
Silvia Ribeiro

Foto de capa
Guto Seixas/ SAMBAPHOTO

Preparação
Maria Cecília Caropreso

Revisão
Carmen S. da Costa
Beatriz de Freitas Moreira

Dados Internacionais de Catalogação na Publicação (CIP)
(Câmara Brasileira do Livro, SP, Brasil)

> Gordimer, Nadine
> O engate / Nadine Gordimer ; tradução Beth Vieira.
> — São Paulo : Companhia das Letras, 2004.
>
> Título original: The pickup.
> ISBN 85-359-0456-5
>
> 1. Romance inglês — Escritores sul-africanos I. Título

03-7226   CDD-823

Índice para catálogo sistemático:
1. Romances : Literatura sul-africana em inglês 823

[2004]
Todos os direitos desta edição reservados à
EDITORA SCHWARCZ LTDA.
Rua Bandeira Paulista 702 cj. 32
04532-002 — São Paulo — SP
Telefone: (11) 3707-3500
Fax (11) 3707-3501
www.companhiadasletras.com.br

Para
Reinhold
Oriane
Hugo

Vamos para outro país...
O resto fica entendido
É só dizer a palavra.
William Plomer

Predadores aglomerados em volta da caça. É um carro pequeno com uma mulher jovem lá dentro. A bateria arriou; táxis, automóveis, microônibus, peruas e motos arremetem, provocativos, criticando e xingando, uma turba no trânsito que monta a própria balbúrdia. Vê se anda. Mulher idiota. *Idikazana lom!ungu, le!* Ela joga as mãos para o alto, espalmadas, em sinal de rendição. Eles continuam a investir e a bradar sua impaciência. Ela salta do carro e os encara. Um dos negros desempregados que mendigam sinalizando vagas para os veículos estacionarem esgueira-se com agilidade entre os pára-choques, faz sinal com a cabeça — Pode vir, vem! — e imita os movimentos do volante. Aparece outro idêntico e os dois empurram o carro, e a ela, para dentro da vaga. A rua segue em frente. Eles param contemplativos, fitando um ponto distante, enquanto a moça remexe na bolsa, atrás da carteira. Um rápido olhar de perito para o que lhe foi posto na mão garante ao chefe da rua que é uma quantia mais que adequada. Ela está grata, muito grata mesmo etc. Ele se endireita para depositar o dinheiro em uma calça feita para servir em outro corpo e sorri, a atenção voltada para o próximo carro à procura de vaga. Uma mulher usando uma toalha como xale, entronizada num caixote de frutas diante de seu estoque de pentes, lâminas de barbear, pedras-pomes, gorros de lã e pós para dor de cabeça grita para ele o que só pode ser uma caçoada numa língua que a jovem não entende.

Aí está. Você viu. Eu vi. O gesto. Uma mulher num congestionamento de trânsito entre tantos outros que acontecem todos os dias na cidade, em qualquer cidade. Você não vai se lembrar, não vai saber quem ela é.

Mas eu sei, porque de vê-la vou descobrir — como uma história — o que aconteceu em conseqüência desse aborrecimento corriqueiro na rua; para onde e para o que a levava. As mãos dela erguidas, espalmadas.

A moça seguia por uma rua movimentada, um bazar de tudo quanto a cidade não tivera permissão de ser pelas leis e tradições da geração de seus pais. Romper em bares e cafés as inibições do passado sempre foi obra da juventude, aleatória e seletivamente tolerante. Estava a caminho de onde por hábito se encontraria, sem combinar, com amigos e amigos de amigos, com quem aparecesse por lá. No Café L. A. Talvez a maior parte das pessoas que lotavam a rua não soubesse que as iniciais significavam Los Angeles; visse nelas uma versão abreviada do nome do proprietário, assim como uma antiga mercearia de esquina levaria o nome grego de Stavros ou Kimon. ÉL-LEI. O dono do bar, seja ele quem for, deve ter achado que o nome daria aos freqüentadores inspiração para um imaginário estilo de vida que combinasse com o deles; é muito provável que tenha confundido Los Angeles com San Francisco. O nome era uma tomada de posição. Um bar de gente jovem, mas também um lugar onde os sobreviventes do que um dia o bairro já fora, onde hippies grisalhos e judeus de esquerda, avôs e avós da imigração dos anos 20 que não tinham virado prósperos burgueses, podiam se demorar tomando um mero cafezinho. Camponeses aturdidos, desgarrados das áreas rurais, tagarelavam e pediam esmola na sarjeta em frente. Cabelos de uma barraca de barbeiro de rua espalhavam o feltro humano das cabeças africanas pelo terraço. Prostitutas do Congo e do Senegal sentavam-se às mesas com a confiança de rainhas da beleza.

Oi, Julie — como sempre, o chamado. Os que a acolhiam viram um pescoço gracioso e um rosto, de natural pálido, avermelhado com emoções de algum tipo. Negros e brancos, alvoroçaram-se todos em torno dela: Oi, Julie, relaxe, o que foi que houve com você. Havia dois amigos dela dos tempos de faculdade, um jornalista sem trabalho que tomava conta de uma casa cujos donos achavam-se ausentes e um casal que pintava faixas para comícios e concertos de música pop. Houve indignação: esta cidade. Que merda.

— Tudo que importa é *chegar lá*...

E aonde é que eles pensam que vão chegar — isso de um freqüentador assíduo com uma careca brilhante e uma mantilha de cachos grisalhos pendendo atrás das orelhas; ainda sem livro publicado, mas reconhecido desde a infância como poeta e filósofo, pela mãe.

— Nada dá mais tesão para um branco do que humilhar uma mulher no volante.

— Estimulante sexual para os brutos...

— Teve alguém que gritou mais alguma coisa... como *Idikaza... mlungu...* O que é isso, "branca filha-da-mãe", não é? — Pergunta dela para o amigo negro.

— Bom, quase tão ruim quanto isso. Que cidade, cara!

— Mas foram negros que me ajudaram, claro.

— Também, por uma esmola!...

Os amigos conheciam uma oficina na rua ao lado. Com um aceno ela os deixou para tomar as providências práticas necessárias. Sente o hálito quente da gasolina. Focinhos de aço e lampejos de grades dentuças na cara. Dentro dela, alguma coisa luta contra eles. O coração lhe faz um apelo, feito um punho cerrado debaixo das costelas, palpitações se erguem lá de dentro até a clavícula. Ela está andando pela rua, só isso, não é nada. Caminhando um quarteirão até a oficina. Não é nada, não era nada, passou. Estremeção. Um congestionamento de trânsito. Lá está a oficina, como eles falaram. Ao entrar, viu como era comum, um pouso na normalidade: veículos como vítimas impotentes e inofensivas em elevadores hidráulicos, ferramentas nas bancadas, bebedouro, copinhos de plástico, embalagens de comida para viagem, o rádio em volume alto e um homem deitado de costas debaixo de um carro, meio corpo escondido. Havia dois outros, preocupados com algum motor barulhento, e foram estes que o indicaram para ela. As pernas e a parte inferior do torso se contorceram ao som escusatório da voz dela e ele surgiu lá de baixo. Era jovem, roupas cobertas de graxa, mãos longas manchadas de óleo penduradas nos longos braços; diferente dos outros — do branco falando africâner, do negro na frente do motor —, cabeleira escura brilhante e olhos negros sombreados de azul. Escutou-a sem nenhuma atenção animadora ou comentário. Ela esperou um instante no silêncio dele.

Então será que dá para mandar alguém dar uma olhada... o carro está logo ali na esquina.

Ele fitou as mãos. Só um minuto, enquanto eu me lavo.

Carregava uma maleta gorda, sem alça, com uma bateria nova e ferramentas, e era difícil andar ao lado dele com as pessoas zanzando em volta, mas não queria ir na frente do mecânico, como se ele fosse algum tipo de criado. Em silêncio, o ra-

13

paz fez o carro pegar e dirigiu de volta à oficina, levando-a como passageira.

Ainda tem um pouco, eu não sei, na ignição. Seu carro vai morrer de novo, acho.

Então é melhor eu deixá-lo aqui com você. Desconfio que já estava mesmo precisando de uma revisão.

Quando foi a última?

Ela sentiu-se culpada, sorriu, não me lembro.

Quanto tempo?

Acho que eu dirijo até alguma coisa dar errado.

Ele meneou devagar a cabeça, não disse: claro, esse é o seu jeito.

Eu ligo para saber quando fica pronto — o senhor é...?

Pergunte pelo Abdu.

Ela deu à oficina dois ou três dias para fazer o que fosse preciso. Quando ligou e perguntou pelo mecânico encarregado, disseram-lhe que dera uma saída, mas que o carro com certeza ainda não estava pronto. Tudo bem, o pai tinha um terceiro carro à disposição dela, um belo Rover antigo comprado num leilão da Sotheby's, reformado, mas muito pouco usado. Era carro dos Bairros Nobres, de um tipo que não se aventuraria a entrar na região do Café ÉL-LEI. Depois de estacionado, sob o olhar de apreço de um flanelinha bem pago, juntou gente em volta para admirá-lo, cidadão de um outro mundo, a afluência tão distante quanto o espaço. Ela não estava muito preocupada com a possibilidade de furto — era exclusivo demais para ser levado sem deixar rastros e grandiosamente obsoleto para se tornar uma fonte lucrativa de peças, se fosse para o desmanche. A única coisa que a preocupava era expor o carro — e ela, como sua ocupante — aos amigos. Não morava mais no Bairro Nobre onde crescera, e sim em edículas que antes serviam de acomodação aos criados, ou em apartamentos modestos do tipo que eles aprovavam, ou eram obrigados a aprovar, visto que não havia como pagar coisa melhor. No domingo em que foi se recuperar com água mineral e café ao lado dos amigos, depois de uma noite num clube de Soweto onde um deles tocara trompete, encontrou três crianças e um bebê de colo sentados felizes da vida em cima do capô brilhante, divertindo-se com a estatueta de prata de Mercúrio que era o emblema do carro. O pai talvez achasse graça desse novo uso de seu brinquedo de época, mas ela não contou nada a ele porque não convinha revelar à jovem madrasta que o carro circulara por lugares indevidos — esta vivia atenta, protetora das posses do marido.

Na semana seguinte — ainda não se dera o trabalho de ligar para a oficina de novo —, ao descer do carro lá estava o mecânico, na rua, olhando para o Rover.

Isso é que é carro... Desculpe-me. Como se tivesse abordado alguém que não conhecesse.

Não é meu! Reivindicou sua identidade: eu gostaria de recuperar o velho! E riu.

Parecia lembrado de quem era ela e de qual era o carro, entre os vários sob cujos ventres deitava. Ah, sim... Fica pronto na quinta. Eles tiveram que encomendar um distribuidor na autopeça.

Espiava o Rover de outro ângulo. Quantos anos? Qual é o modelo?

Não faço a menor idéia, sério. É emprestado, não é meu, não há dúvida quanto a isso.

Nunca tinha visto um — só em fotografia.

Eles eram feitos na Inglaterra, muito tempo atrás, antes que eu ou você tivéssemos nascido. Você gosta de carros? Mesmo trabalhando nas entranhas deles o dia inteiro?

"Gostar", eu não digo. Isso é diferente. É que é bonito (a mão comprida ergueu-se na direção do rosto e se abriu para o carro). Muitas coisas podem ser bonitas. O meu com certeza não é. Que outros defeitos ele tem, fora esse sei-lá-o-quê que você teve que encomendar na autopeça? Pelo visto vai ser um senhor conserto. Por que você não troca? Devia comprar um carro novo.

Estava virado para o outro lado, de novo olhando o Rover: as evidências indicavam que ela tinha recursos.

Ela rebateu a acusação. E por quê, se você pode fazê-lo funcionar de novo para mim?

Ele franziu os olhos, muito negros e líquidos ao sol, peremptório. Porque pode ser perigoso para você dirigir. Porque alguma coisa pode falhar e matar você. Eu não vejo (pareceu ter rejeitado uma palavra, provavelmente que lhe veio de outra língua — calou-se, incerto)... eu não sei como impedir isso no meu trabalho.

E se eu estiver dirigindo um carro novo, e passar alguém na rua com algum defeito no carro, isso também pode me matar — e aí?

Seria o destino, mas você não teria, como se diz, procurado. Destino.

Ela achou divertido: Existiria tal coisa? E eu acredito nisso? Então você acredita.

Estar aberta a encontros inesperados — era nisso que ela e os amigos acreditavam, de todo modo, como parte de produzir o valor de suas vidas. Por que não tomamos um café, se você estiver livre?

É minha hora de almoço. Derreou os cantos da boca, indeciso, depois sorriu pela primeira vez. Foi um relance de algo atraente retido no homem, que escapou em forma de belos dentes entre lábios de contornos nítidos sob um bigode tão negro quanto os olhos. O mais provável é que seja descendente de indianos, ou de muçulmanos; como ela, nativa deste país em que nasceram todos descendentes de imigrantes de uma época ou outra — no seu caso, de Suffolk e County Cork, assim como no dele de Gujarat ou da Malásia.

Café ÉL-LEI.

Os amigos com toda certeza na mesa de hábito lá dentro. Ela não olhou e foi para uma de canto, no terraço.

Em encontros casuais, as pessoas — sim, homens e mulheres, para evitar qualquer outro assunto que possa ser mal compreendido, comprometedor — contam uns aos outros o que *fazem*: ou seja, que trabalho é o deles, não como se ocupam sob outros aspectos. Uma palavra importante surgira daquilo que havia de escondido nesse homem — "destino" —, mas, afinal, era fácil contornar as implicações íntimas de crença ali contidas e dirigi-las para o assunto público: a ocupação mediante a qual ela, motorista do Rover (mesmo que, como insistia, fosse emprestado), bem como ele, seu lugar sendo o ventre dos veículos alheios, ganhava o pão de cada dia. Qualquer que fosse a ascendência dele, como integrantes da mesma geração viam no termo "pão" a noção mais de dinheiro que de comida. Mesmo assim ela se pegou falando com timidez, respeitosa das diferenças óbvias de "destino": ela no Rover do pai (tendo mentido por omissão a respeito disso), ele preso debaixo da lata-velha dela.

O que eu faço, o que você faz. Esse é praticamente o único assunto disponível.

Eu não sei direito como essas coisas funcionam. Na verdade eu queria ser advogada. Era muito ambiciosa quando estava na escola — tinha uma tia advogada na família, uma vez fui vê-la numa audiência, naquela beca preta maravilhosa, toda pregueada, de peitilho branco. Mas com tanta coisa no caminho... larguei o direito depois de dois anos. Depois foi letras... e, sei lá como, acabei trabalhando de relações-públicas, angariando fundos, jantares beneficentes, concertos de celebridades, grupos de música pop que vêm para cá. Todo mundo diz puxa, que ótimo, você deve conhecer muita gente famosa — mas você também fica conhecendo muita gente horrorosa, e precisa ser gentil com todos. Uma bajulação só. Não vou ficar muito tempo nisso. Parou antes de: Eu não sei o que quero fazer, se é que isso significa o que eu quero ser. Teria sido uma porta para o confessional, ainda que a ética fosse se abrir com estranhos.

Dá bom dinheiro, não dá?

Comissão. Depende do que eu apresento.

Ele bebeu tranqüilo seu café, em goles e pausas, como se num processo cadenciado. Talvez não fosse dizer mais nada: era uma atitude condescendente, afinal, provocar encontros espontâneos com a vida dos outros, uma mostra da convicção na igualdade de valores e interesses, isso de apanhar o mecânico na rede, Café ÉL-LEI. Quando ele tivesse tomado o último gole e largado a xícara, iria se levantar, dizer obrigado e partir — portanto era preciso pensar em alguma coisa para dizer, rápido, para emendar, para justificar a paquera.

E você?

Era a pergunta errada — pronto! Tinha escapado, saído tremendamente como Demonstração de Interesse, inclusive imaginou tê-lo ouvido tomar fôlego para poder lidar com a pergunta, para poder lidar com ela; mas tudo que fez foi esticar a mão para pegar o açucareiro, que ela passou mais que depressa, e servir-se de mais uma colherada para acabar com o que restara na xícara. Ele podia se manter em silêncio, se quisesse, podia falar, se desejasse, não era ela quem decidia.

Muitas coisas, países diferentes.

Talvez seja esse o caminho.

É como se eles não quisessem você, dizem que não é seu país. Você não tem país.

E não é assim mesmo que as coisas funcionam por aqui.
Isso é uma afirmação, vindo dela.
Para você.
Ah, pensei que você fosse, como eu, daqui, mas é bom sair.
Passei um ano nos Estados Unidos — um outro país qualquer teria sido melhor para mim.
Vou onde eles me deixam entrar.
E de onde... Ela hesitou. Agora não dava mais para evitar. Ele citou um país do qual ela mal ouvira falar. Um dos que foram repartidos na saída pelas potências colonialistas, ou que se separaram de federações costuradas para preencher vácuos de poder e enfrentar a reorganização das mesmas potências sob acrônimos que ainda marcam a ferro e fogo o mundo para si.

Um daqueles países onde não dá para separar política de religião, suas formas de perseguição da perseguição da pobreza, e fornecê-las como razão para partir e ir onde eles o deixarem entrar.

As coisas andavam ruins por lá. Ela sem saber direito do que estava falando.
Andavam, andam.
Mas você está bem aqui? Está?
Nesse momento ele devolveu cuidadosamente a xícara ao pires, ajeitou a colherinha e de fato se levantou para ir embora.
Obrigado. Preciso voltar ao trabalho.
Ela levantou-se também. Quinta-feira?
Melhor ligar antes de vir. Quinta.

Aqui é a Julie.
Mas ele disse, Quem, com quem você quer falar.
Eu sou a pessoa que deixou um carro para você consertar, você disse quinta.
Desculpe, está muito barulho — sim, pode vir buscar o carro.

Na oficina, ele entregou uma espécie de fatura de serviço para o dono, no escritório, e ela pagou.

Tudo bem agora? Tem certeza?

Ele encolheu muito de leve os ombros, como alguém acostumado a lidar com os nervos dos clientes. Podemos fazer um teste, se quiser.

Ele foi no banco do passageiro; ela manobrou rápido pelos obstáculos dentro da oficina, para mostrar-lhe que conseguia.

Deram uma volta no quarteirão, espirrando água dos bueiros entupidos, freando atrás das paradas repentinas dos lotações, espremendo-se com agilidade entre peruas estacionadas em fila dupla, evitando pedestres correndo no meio da rua como um cardume de peixes. Ela sentiu-se à vontade; agora fazia parte da correria, estava nela, falante.

Você continua achando que eu deveria comprar outro carro.

Faz sentido. Da próxima vez, vai quebrar alguma outra coisa; vai ter de pagar tudo de novo para ficar com a mesma velharia.

Eu compraria um bom carro usado. Talvez. Quem sabe não é uma idéia? Acha que poderia dar uma espiada para mim, se eu resolver? Vou precisar de alguém para dar uma examinada, alguém que saiba o que olhar debaixo do capô.

Se quiser, posso sim.

Ah, ótimo. E será que você não sabe de alguém que tenha um bom carro para vender? Talvez fique sabendo de alguma coisa...

As pessoas às vezes aparecem na oficina... Posso dar uma perguntada. Se quiser. Que tipo de carro?

Não um Rover, isso você pode ter certeza!

Certo, mas um duas-portas, quatro-portas, automático, o quê?

Havia uma vaga na frente do Café ÉL-LEI. Ela obedeceu o garoto que lhe fez um sinal com uma garrafa de cola na mão.

Discutindo a respeito do modelo do carro, do nível de posse adequado para ela, saltaram daquele que ainda era dela e deram alguns passos rumo ao terraço. Dessa vez entraram, dessa vez ele foi levado até a mesa dos amigos. *Oi, Julie*; um novo arranjo de cadeiras. — Este é o Abdu, ele vai me arrumar um carro novo. *Oi, Abdu*. (Parece-lhes uma abreviação de Abdurahman, conhecido entre os nomes muçulmanos da Cidade do Cabo.) Os amigos não têm pruridos em perguntar quem você é, de onde você vem — o exato oposto da xenofobia burguesa. Não, não do Cabo. Eles espremem a história da vida dele em dois tempos, intervêm, interferem com exemplos conhecidos, conselhos que têm para oferecer, um interesse inocentemente generoso ou desagradável, dependendo de como se encare a coisa —, mas ele não é de imediato o "cara da oficina", é um amigo, um deles, os horizontes da turma alargam-se o tempo todo.

Então quer dizer que é de lá que ele vem; um deles sabe tudo a respeito daquele tosco país. O "cara da oficina" tem um diploma universitário de economia (a faculdade de lá é uma da qual ninguém nunca ouviu falar), mas não há a mais desgraçada das chances (e aquele lugar *é* uma desgraça, sabe-se lá por quê, provavelmente por causa das facções políticas ou religiosas às quais ele pertenceu ou deixou de pertencer, ou pela falta de dinheiro para pagar suborno às pessoas certas) de conseguir uma colocação acadêmica. Ou um emprego de qualquer espécie, talvez; sem trabalho, sem desenvolvimento, o que você pode plantar no deserto, governo corrupto, opressão religiosa, conflitos de fronteira — uma montagem, ainda que imprecisa, de tudo que sabem sobre a região, *eles* estão discorrendo sobre seu *próprio* país. Mas então ela escuta uma explicação para algo que ouvira e não compreendera. Ele está dizendo aos outros: — Eu não posso dizer isso, "meu país", só porque alguém resolveu traçar uma linha e disse é aqui. No tempo do meu pai, eles o deram para os ricos, que governam para si mesmos. Portanto eu devia dizer, país de quem é este meu país. Com eles, seu inglês é até que adequado e ninguém se constrangeu em perguntar de que língua pátria vinham seu sotaque e suas expressões. Uma delas indaga, esperançosa, dessa procedência estrangeira, já que adotou uma fé que é uma forma de vida, não um etnicismo belicoso. — Você é budista?

— Não, eu não sou isso.

E de novo pôs-se de pé, tem que deixá-los, é um mecânico, pertence ao mundo manual do trabalho. Um deles pondera, quebrando um palito de fósforo em pedacinhos: — Um economista obrigado a virar mecânico. Onde será que ele aprendeu a lidar com carros...

Um outro tinha a resposta.

— A necessidade obriga. A única forma de entrar em países que não querem você é como trabalhador braçal ou sendo da máfia.

Passou-se uma semana. Ela nunca mais o veria. Acontecia, entre os amigos, entre as pessoas que eles paqueravam: — Cadê aquela garota que você trouxe outro dia, aquela que disse que tinha sido redatora dos discursos de um ministro que foi demitido? — Ah, parece que ela foi embora da cidade. — E aquele outro cara, interessante, que queria organizar os meninos de rua para tocar tambor na porta dos cinemas, será que ele conseguiu? — Não, não faço idéia de onde foi parar.

Duas semanas. Claro que o cara da oficina sabia onde achá-la. Aproxima-se da mesa dos amigos num sábado de manhã para lhe dizer que tinha encontrado um carro para ela. A oficina fechava aos sábados e ele usava um jeans preto muito bem passado, camisa rosa e um lenço de estampa *paisley* no pescoço. Eles insistiram para que tomasse café; era aniversário de alguém e em dois tempos a ocasião mudou de café para vinho tinto. Ele não tomava bebida alcoólica; olhou para ela erguendo a taça: trouxe o carro para você experimentar.

E os amigos, dispostos a rir de qualquer coisa, no humor em que estavam, fizeram-no de modo farsesco — ô-hô-hohohô! —, garantindo a ele: Julie bebe bem, não se preocupe! — Mas ela recusou o segundo copo.

— Os homens estão aí fora de bafômetro em punho, é fim de semana.

O carro não era de seu agrado — grande demais, difícil para estacionar —, e talvez não fosse para ser. Ele tinha um contato que estava de olho, traria outro no fim de semana seguinte. Se ela não se importasse.

Primeiro ela disse que não sabia se estaria livre; depois resolveu, deu-lhe o número de seu telefone. Não havia papel para anotar. A comemoração com os amigos continuava quente no sangue, ela riu. Escreva no pulso. Em seguida ficou constrangida com a petulância, porque ele tirou uma esferográfica do bolso, virou o punho para cima e estava anotando o número na pele delicada, nas veias azuis reveladas de si, ali.

Ele ligou, breve e formal, tratando-a por "senhorita" e sobrenome, e marcaram para antes do combinado, depois do trabalho. O carro, de novo, não era bem o que ela queria. Deram uma volta nos arredores da cidade, para confirmar. Era como se, livres da cidade, não houvesse só a estrada desimpedida para eles; com o rosto voltado para aquela estrada, ela pôde perguntar sobre aquilo em que os amigos haviam tocado — *a necessidade obriga*. Como é que uma pessoa formada em economia se torna um mecânico de automóvel? Não era preciso um longo treinamento, período de estágio e por aí afora? E, assim que ele começou a falar, ela interrompeu: Escuta, eu sou Julie, não me chame de nenhuma outra coisa.

Julie. Está bem, Julie. A voz dele era baixa, mesmo estando os dois sozinhos na estrada, ninguém para bisbilhotar. Ele hesitava, afinal não conhecia direito essa moça, seus amigos fofoqueiros, o fórum espalhafatoso e descuidado do Café ÉL-LEI; mas a vontade de confiar era maior. Não era mecânico qualificado. Por sorte, mexia em carros desde criança, o tio — irmão da mãe — consertava carros e caminhões no quintal... aprendeu com ele, em vez de brincar com os outros meninos... Trabalha na oficina ilegalmente — no "negro", exato, essa é a palavra que eles usam. Sai barato para o dono; ele não paga seguro contra acidente, previdência, convênio médico. Depois vem o sorriso raras vezes concedido, que dessa vez sobe até o olhar intenso, solene, quando ela se vira um instante para ele. Todos os princípios dos direitos do trabalhador que me ensinaram na escola.

Que homem mais horroroso, explorador.

O que eu faria sem ele. Ele se arrisca, eu tenho que pagar por isso. É assim que funciona para nós.

O automóvel seguinte serviu — tamanho, consumo de combustível, preço — e talvez tivesse estado disponível o tempo todo, mantido na reserva para o momento certo de ser revelado. Ela ficou satisfeita com o carro e também (embora não pudesse lhe dizer isto) porque com certeza ele receberia alguma coisa por fora de quem quer que fosse o antigo dono — desqualificado, trabalhando no "negro", não devia ganhar grande coisa.

Temos que comemorar. Bom você ter me convencido de que já era hora de abrir mão da lata-velha. Sério. Sou preguiçosa para essas coisas. Mas você não bebe vinho...

Ah, às vezes.

Ótimo! Então vamos batizar meu novo carro.

Mas não no Café.

Ele tinha falado: com isso, assumiram de pronto uma mudança de posições, que foram suave e firmemente invertidas tal qual uma troca de marcha sincronizada sob os pés da motorista; o responsável pelo relacionamento era ele. Na minha casa, então. Em sereno controle, não havia por que o mecânico vibrar assentimento. Mesmo que os brancos da turma admitissem que seu apê ficava distante o suficiente da ostentação dos Bairros Nobres para atender aos padrões de quem deixa a família, e fosse aceito pelos negros que participavam da roda como o tipo de lugar para o qual eles mesmos tinham ido quando se mudaram dos antigos distritos segregados, a edícula reformada era bastante confortável, com acessórios que deixavam à mostra uma certa folga inerente aos, e condicionada pelos, luxos tomados como necessidades: havia um banheiro imperando sobre a sala e quarto conjugados, e a cozinha acanhada estava equipada com freezer e vários eletrodomésticos. Desarrumado, porém; acomodações de alguém que não está acostumado a cuidar de si; para se sentar, ele teve de tirar uma xícara suja e um prato, uma profusão de envelopes, cartas abertas, casca murcha de maçã, velhos jornais dominicais de cima de uma poltrona. Ela pedia as desculpas habituais pela bagunça, como fazia com todos que apareciam por lá. Abriu uma garrafa de vinho, pegou um pacote de biscoitos, cheirou o queijo tirado da geladeira e rejeitou-o por outro pedaço. Ele observava essas tarefas domésticas sem oferecer ajuda, ao contrário dos amigos dela, entre eles ninguém deixa ninguém servir os outros. Mas comeu o queijo e os biscoitos, tomou vinho com ela, nessa primeira vez. Conversaram até tarde; sobre ele, sua vida; a dela era ali, onde estavam, na cidade dela, aberta em sua natureza para que ele a visse nas ruas, nos rostos, nas atividades — mas ele, a dele, estava escondida entre tudo isso. Nenhum registro dele em nenhuma folha de pagamentos, endereço nenhum exceto a/c de uma oficina e sob um nome que não era o dele. Outro nome? Ela se espantou: mas lá estava ele, uma presença viva em sua sala, uma atmosfera de pele, sístole e diástole de hálito misturando-se com o que emanava do estilo de vida dela, da comida, das roupas espalhadas em volta, das almofadas nas costas. Não era o dele? Não — porque eles o deixaram entrar com um visto que expirara havia mais de um ano, e estariam a sua procura pelo nome verdadeiro.

E aí?

Ele fez um gesto: Fora.

Para onde iria? Ela parecia prestes a dar sugestões; sempre há soluções no ambiente de onde ela vem.

Ele inclinou-se para se servir de mais vinho, como fizera com o açucareiro. Olhou-a e sorriu devagar.

Mas seguramente...?

Ainda sorrindo, abanando a cabeça de um lado para outro, com delicadeza. Veio uma ladainha de países em que já tentara e não conseguira entrar. Eu sou traficante de drogas, mercador de escravas brancas, vou ser um fardo para o Estado, é o que eles dizem, vou roubar o emprego de alguém, vou aceitar salários mais baixos do que os dos trabalhadores do lugar.

E com isso, por fim, puderam rir uns instantes, porque era bem o que ele estava fazendo.

É terrível. Desumano. Uma infâmia.

Não. Você não os vê nos lugares aonde gosta de ir, não os vê lá no bar? Ali, o *crack* que você arranja como se fosse uma caixa de fósforos, as gangues de esquina que roubam sua carteira, as mulheres que qualquer homem pode comprar — para quem eles trabalham? Para os de fora que tiveram permissão de entrar. Você acha que isso é bom para o seu país?

Mas você... você não é um deles.

A lei é a mesma para mim. Como para eles. Só que eles são

mais espertos, têm mais dinheiro — para pagar. Sua mão comprida se abriu, os dedos desdobrando-se na frente dela, junta por junta.

Existem gestos que decidem a vida de uma pessoa: o aperto de mão, o beijo; e este, na fronteira, na imigração, não teve poder sobre a vida dela.

Com certeza se pode fazer alguma coisa. Por ele. Ele tornou a dobrar os dedos, cerrando o punho, deixou a mão cair no joelho. Sua atenção desviou-se da confiança estabelecida entre eles e escapou distraída para a pilha de CDs ao lado. Descobriram que tinham alguma coisa em comum: um entusiasmo por Salif Keita, Youssou N'Dour e Rhythm & Blues, e ouviram os discos dela no aparelho de som que era dela, muitíssimo elogiado por ele. Você gosta de dirigir um carro de segunda, mas tem um equipamento de som de primeira.

Parece que ambos pressentiram ao mesmo tempo que era hora de ele partir. Ela presumira que iria levá-lo para casa, mas ele recusou, tomaria um lotação.

Tudo bem? É longe? Onde você está morando?

Ele contou: havia um quarto atrás da oficina que o dono o deixava ocupar.

Ela apareceu — não se permitiu perguntar por quê.

Apareceu na oficina, para lhe dizer que o carro estava se comportando bem. E era mais ou menos na hora do almoço dele. Aonde mais ir senão, naturalmente, ao Café ÉL-LEI, juntar-se aos amigos. E logo foi assim quase todos os dias: se ela entrava sem ele, eles perguntavam: cadê o Abdu? Gostavam de tê-lo na roda, já se conheciam bem demais, talvez, e ele era como uma mudança no clima, chegando fora da estação, o bafejo de uma temperatura desconhecida. Ele não participava muito da conversa incessante da turma mas ouvia, às vezes com atenção excessiva para conforto dos amigos.

— O que aconteceu com a Irmandade, é o que me pergunto. Cheios da grana, trabalhando no governo. Presidentes de empresas. Antes, estavam preparados para morrer uns pelos outros — certo, certo, isso não é verdade, admito —, agora passam tranqüilos com suas Mercedes oficiais bem na frente dos Irmãos sem teto largados na rua...

— Você viu ontem à noite, na televisão — aquele que foi comandante das tropas em Cuito, um herói, agora entrou para um clube exclusivíssimo de amantes de charuto... agora é ostra e champanhe, em vez de angu e carne de bode.

O poeta velhusco fechara os olhos e citava alguma coisa que ninguém ali reconheceu como não sendo obra dele: — "Sacrifício longo demais faz do coração uma pedra".

Ninguém fez caso.

— Não tem sentido... por que alguém abandonaria as coisas em que acreditou e pelas quais lutou, o que deu neles de lá para cá?

O que estaria pensando essa inteligência vestida de mecânico — nas poucas vezes em que tinha alguma coisa a dizer, furava a opinião dos amigos ou desbastava alguma convicção vociferante. Se ele falava, a turma escutava:

— Chance nenhuma de escolher na época. Só isso. Aquele angu e, para cada um deles, o outro. Agora há de tudo. Na mão. Para escolher.

— Ah! Quer dizer que a Irmandade é apenas uma condição do sofrimento? Não se aplica quando se tem escolha, e a escolha é o cheque gordo, o carro da empresa, as mordomias de ministro.

— Assim são as coisas. Você não tem escolher — escolha —, ou você tem escolha. Só dois tipos. De gente.

E eles escolheram dar risada. — Abdu, mas que cinismo...
— Então vamos lá, David, de que tipo você é, dentro das categorias dele...
— Bom, no momento minha escolha é pão sírio com queijo *haloumi*.
— Não existe livre-arbítrio numa economia capitalista. É o arbítrio do patrão. É isso que ele está dizendo, na verdade. — O teórico político da turma faz pouco.
— Você diz isso porque é negro, é a velha ladainha sindicalista, meu Irmão, e enquanto isso você não vê a hora de debandar e ir ser patrão em algum lugar.
Os dois se agarram pelos ombros, num falso conflito.
Todos conhecem as atitudes e as opiniões uns dos outros, até demais. A atenção se volta para ele de novo.
— Você concorda com essa coisa de economia capitalista?
— Do lugar de onde eu venho não tem economia capitalista, economia socialista. Nada. Aprendi sobre isso na faculdade...
E ele os faz rir, ri junto com eles, assim são as coisas na mesa, depois que você é aceito.
— Então que nome você daria — o que quer dizer com "nada"?
— Feudal. — Ele ergue os cotovelos da mesa, torna a baixá-los, olha para ela, sua patrocinadora ali, para ver se é a palavra certa; para ver se, com essa olhada, estará pronta para ir embora. — Mas eles se dão o nome de ministros, presidentes, isso e aquilo.
Os amigos observam os dois abrirem caminho entre os outros freqüentadores, que mastigam e bebem amontoados em torno de conversas confusas, fumaça de cigarro elevando-se como o ectoplasma de comunicações inatingíveis pelos celulares pendurados em cintos ou orelhas. — De onde foi que a Julie desencavou ele? — Um dos integrantes da Mesa que estivera fora no

dia em que Julie provocou um engarrafamento de trânsito teve de ser posto a par: naquela oficina da outra rua, foi ali.

O companheiro dela pára um instante no terraço e ela se vira para olhar: uma moça com os óculos escuros coroando os cabelos no alto da cabeça, coxas esparramadas, afaga as trancinhas rastafári de um rapaz desmaiado, por bebida ou drogas, em seu colo.

Ele se afastou com uma expressão fechada de repugnância. E ela: Bem? — mais por tolerância do que indagação sobre seu estado de espírito.

As pessoas são repugnantes ali.

Ela disse, como se falando por eles: Desculpe.

Você não está lá; eu não estou lá: para ver. Não é um enrosco no trânsito, mãos erguidas em sinal de culpa, rendição, reconhecimento, aberto ao público. Não é o espetáculo disponível tarde da noite na televisão para adultos. Ela ainda se junta aos amigos como de hábito em volta da Mesa a qual pertence — eles são, afinal de contas, seus irmãos eletivos, os que se distanciaram dos modos do passado e da família, seja ela de negros ainda morando nos velhos guetos, ou de brancos, nos Bairros Nobres. Mas tem um horário flexível de trabalho e aparece enquanto ele se deita sob um dos carros lá na esquina; nem sempre ele pode acompanhá-la no café ou no vinho vagabundo que servem no ÉL-LEI. Os amigos não são do tipo de perguntar o que está havendo, faz parte do credo geral: seja o que for que você faça, ame, *seja o que for que aconteça, que o atinja, companheiro, mano, para mim tudo bem*. As pessoas vêm e vão entre eles; contanto que permaneçam fiéis entre si: reunidos na Mesa.

Houve um dia em que isso foi algo que sem dúvida Abdu acabou percebendo sozinho, o dia em que estava com ela e um deles contou à Mesa que acabara de receber um diagnóstico: tinha AIDS. Ralph. Mesma proveniência farta de Julie, dos Bairros Nobres, olhos claros amarelo-cinza, maçãs do rosto luzidias, façanhas esportivas na adolescência que lhe conferiram ombros musculosos, a ponto de parecer que usava camisa com enchimento: eles o fitaram e foi como se o velho poeta visse algo que ninguém via na testa sem marca. O velho falou com a Mesa em grunhidos de oráculo. — É uma maldição ancestral.

— Pelo amor de Deus! Esse não é o momento...

Há hora e lugar para os pronunciamentos do velho maluco. Murmúrios: façam-no calar a boca, façam-no calar a boca. Mas quando o poeta da Mesa tem algo a dizer, não ouve nem atende ninguém.

— Somos descendentes do macaco. A doença começou com os primatas. Os humanos famintos das florestas mataram os macacos e comeram sua carne. E a maldição chegou até nós, por causa da vingança de nossos ancestrais primevos.

A convertida ao budismo remexe-se em assentimento: carnívoros, violadores do código de respeito à vida das criaturas.

Ralph, a vítima, de repente cai na gargalhada. Ninguém ousara sequer lançar um sorriso de incentivo para ele; um espírito de bravata toma conta da Mesa. O que coube a um deles não será algo com o qual não possam lidar eles próprios, como alternativa à repulsa e à simpatia xaroposa do Sistema. Eles sempre terão a solução — do espírito, se não a cura.

Ele, Abdu, não faz coro; talvez não tenha entendido direito que não se trata apenas de esse modelo de saúde atlética ser soropositivo, uma aposta arriscada no futuro, e sim de a doença — a maldição sobre a qual o poeta resmunga — já ter tomado conta.

Mais tarde, na rua, moderada, ela começou a explicar. Eu sei, eu ouvi. Seus amigos — eles riem de tudo. Difícil dizer se havia inveja ou acusação ali. Ela continuou calada. Eles são assim mesmo. É, nós não gostamos de muita lamúria. E, depois que ela disse isso, viu que poderia ser tomado como um repúdio à reação que ele teria, ela supunha, em sua vida oculta.

Ela chega à oficina por volta do meio-dia e ele entra no carro que arrumou para ela e que aguarda na porta. Vão até um parque distante do bairro do Café ÉL-LEI, caminham em volta do lago, compram comida de uma barraca de ambulante — cachorro-quente para ela, batata frita para ele. Ela quer saber do país dele, se tem fotos — ao fazer conjeturas, não possui sequer uma fotografia para guiá-la, fisionomias com as quais aprender. A silhueta dele, um vertical teso e magro quando emerge da penumbra úmida da oficina, as linhas das costas ao sol enquanto vai até a água para dar os restinhos de comida aos patos — ele é uma figura recortada de um cenário que sem sombra de dúvida ela imagina totalmente errado. Palmeiras, camelos, tapetes pendurados nos becos, vasilhame de latão. Dauras, aqueles barcos-gaivotas comandados por homens em cujas fisionomias não consegue enquadrar a dele. Não, ele não tem fotos.

Pouco que ver. É um povoado como centenas de outros por lá, pequenas oficinas onde as pessoas fazem coisas, cozinham, delegacia de polícia, escola. As casas, pequenas. Uma mesquita, pequena. É muito seco — poeira, poeirento. Areia.

Existem irmãos e um cunhado, irmãs mais velhas e mais novas que ele — uma família grande, claro, ele espera que ela compreenda, nessa parte do mundo. Há um irmão fora, trabalhando do outro lado da fronteira, nos campos de petróleo. A cunhada e os filhos moram com a família.

E aquele — o tio — com o quintal onde você aprendeu a mexer com carros?

Ah, ficava no povoado. Vizinho da nossa casa.

Você deve ter saudade deles, todos tão próximos, e nesse ponto ela se torna ele, enquanto caminha no seu ritmo, esqueceu-se de que se afastou para sempre, afastou-se da família, do que existe dela, nos Bairros Nobres. Mas não tem idéia (se não há nem mesmo uma foto) de como possam ser as pessoas de quem talvez ele sinta saudade.

Eu traria minha mãe. Aqui. Eu queria.

Tudo que disse. E — *claro*, de novo — isso era impossível, ele próprio não estava ali: desaparecera junto com o nome sob o qual nascera.

Talvez dela eu tenha uma foto — nas minhas coisas, no quarto.

Nunca vira o quarto. Para ela, ele era separado de lá, tanto quanto do outro lugar que também nunca vira, a aldeia naquele outro país.

Quando choveu no sábado, não foram ao parque, e sim ao lugar preferido dela — sua casa. Estava protegida por uma capa, mas a camisa dele molhou e grudou no corpo nos poucos instantes que separavam o carro da porta de entrada. Correr na chuva pede risadas. Tira, tira, a gente seca na cozinha. Pode vestir uma das minhas, são unissex, você vai ver. O peito e as costas reluziam como se a chuva o tivesse afagado com óleo, um arrepio perpassado sob os músculos do peito, e ele teve o que parecia ser, a ele, o atrevimento de pedir algo a ela.

Posso tomar um banho?

Seus modos a fizeram perceber de repente que ela jamais

se dera ao trabalho de pensar como seria se virar naquele quarto, naquele quarto atrás da oficina — será que não havia banheiro? Pode ir. Eu pego as toalhas. E o chuveiro é ótimo, se você gosta.

Sempre tomo banho de chuveiro — tem um chuveiro velho na oficina que às vezes funciona e às vezes não sai água. Vou tomar um banho de banheira, se não se importa.

Encha até transbordar! Tem espuma para banho, sabonete de ervas, essa coisa toda. Vou preparar um café enquanto isso.

Ela o ouviu lá dentro, o barulho da água nas paredes da banheira quando mexia o corpo, um pequeno gemido de prazer, o jorro da torneira aberta novamente, com certeza para completar a água quente. A presença fortuita dele na casa penetrou um pouco mais na essência do controle que tinha sobre si mesma. O apartamento virou um lar — pelo menos nesse sábado à tarde.

Ele saiu descalço, de jeans, sorrindo, a toalha bem dobrada nas mãos.

Não se preocupe, pode deixar.

Ela se aproximou para pegar a toalha. A toalha caiu e as mãos, as dele e as dela, se encontraram. Julie acariciou-lhe os braços, num reconhecimento contente do bem-estar dele; tão simples. Abraçaram-se. Tudo foi como devia ser. A sala era também um quarto, portanto nenhum embaraço para encontrar um lugar onde fazer amor. Se eles tinham de fato se desejado tanto assim, não ficara evidente antes — não houve mãos dadas, beijos nem carícias íntimas por sobre as roupas para excitar; e é provável que tenha sido por causa dele, alguma tradição ou inibição estranha a ela — ela estava acostumada aos jogos amorosos desde os doze anos, tivera a cota costumeira de amantes, o comum entre os amigos do ÉL-LEI, e tomava seus anticoncepcionais todos os dias, junto com as vitaminas. Ainda assim, ele também devia ter bastante experiência; fizeram amor com perfeição, ela tão excitada e satisfeita que as lágrimas vieram junto com tudo quanto a inundou, e torceu para que ele não as tivesse visto ampliar seus olhos muito abertos. Ele não passou a noite lá nesse fim de semana. Depois que se foi — levou o carro dela, ela quis assim, ele traria de volta pela manhã, para pegar a camisa e devolver a minha, ela disse, cabeça inclinada para um lado —, depois que ele se foi ela vagou pelo aposento, no eco da presença dos dois juntos. Já havia feito amor tantas outras vezes. Mas se agachou ao lado da estante e encontrou o que sabia vagamente estar procurando. Na antologia de poesia estavam os versos que expressavam aquilo de que tinha consciência em si mesma: *Todo aquele que abraça uma mulher é Adão. A mulher é Eva. Tudo acontece pela primeira vez.* [...] *Louvado seja o amor no qual não há possuidor nem possuído, em que ambos se rendem.* [...] *Tudo acontece pela primeira vez mas de forma eterna.*

Ele voltou de carro para a oficina trancada e deserta, o quarto recendendo a combustível e graxa, na calma e contentamento passageiro que vêm depois de fazer amor e não, ele admite, do que os amigos dela da Mesa chamam de trepar. Essa é a palavra que lhe vem, embora haja uma equivalente em sua própria língua. Sabe que ao menos proporcionou satisfação plena. Resiste aos sentimentos residuais de ternura por essa moça. Essa tentação.

Nenhum deles jamais duvidou de que todo e qualquer evento ou diversão que houvesse na vida dos amigos incluiria a presença da preocupação amorosa mais recente de um de seus pares: a moça e o namorado, o gay e seu gay — qualquer combinação que tivesse algo em andamento. Esse Abdu assistia a shows com ela que começavam nos chamados clubes noturnos, que não passavam de salas de casas dilapidadas do bairro alegremente transformado em boêmio, com cartazes de ícones BOB MARLEY VIVE HUGH MASEKELA BRENDA FASSIE ESTÁ DE VOLTA grudados nas paredes; alguns serviam angu e morogo de espinafre, junto com cerveja e uísque (a preços salgados), como sendo as ostras e o champanhe daquilo que o guru político da turma denominava de valores inalienados. A noite toda, os amigos zanzavam por essas casas modestas, construídas por especuladores brancos chinfrins aspirantes a ricos e pagas mês a mês por brancos da classe operária aspirantes a nobres, todas elas caindo aos pedaços na medida em que a nobreza, nesse nível humildemente esnobe, fora se tornando parte dos privilégios perdidos

37

dos brancos. Havia discussões sobre qual das casas era a mais legal, com muita campanha por parte daqueles que tinham ligações especiais com esse ou aquele estabelecimento, ou um fraco por ele porque a mulher que o dirigia era uma figura incrível da África Ocidental, por causa de uma cantora cuja voz podia arrancar o telhado, porque algum cara tocava marimba como você nunca ouviu na vida ou porque esta noite talvez haja duas bandas juntas dando uma canja. Certos bares, abertos num mês e às moscas no outro — Paris du Sud, Montmartre Mon Amour, empreendimentos de um ato único —, eram obra de congoleses, senegaleses e marfinenses francófonos cujos nomes talvez também tivessem desaparecido e que talvez vivessem como ele, só que com mais estilo. Quem sabe com uma mãozinha (não em sinal de entrega, de auto-exculpação, palmas erguidas como as dela) daqueles que podem pagar o gesto que ele demonstrara ao abrir as dele. Nessas rondas noturnas da turma, havia drogas à venda e de vez em quando alguns socos e brigas que não tinham nada a ver com os amigos, eles podiam ficar meio altos com bebida ou (sem dúvida o poeta, sempre a tiracolo, e a budista que raspara a cabeça) com aquilo — maconha — que circulava sob todos os nomes locais e conhecidos dos vários clientes, erva, *dagga*, fumo, mas eles tomavam conta uns dos outros e todos se divertiam. Exceto ele, pelo visto, o achado de Julie. Às vezes ficava sentado nas sombras, sem tomar nada; em outras, de repente ingeria álcool resolutamente, como se disposto a um estranho tipo de disciplina reversa. Se o teórico entre eles tivesse se preocupado com isso, teria descoberto uma técnica de sobrevivência. Nessas ocasiões o homem de Julie dançava feito um louco, ela ria muito com isso, surpresa, contente com essa persona, animada, curiosa para saber de onde vinha o desembaraço, a energia — discotecas na poeira daquele povoado, muito difícil! Quando ele era estudante na faculdade da qual ninguém nunca ouvira falar, ou trabalhando fosse onde fosse na Europa — devia ter sido nessa época; a atuação era maravilhosa, mas um tanto antiquada, as pessoas dançavam assim dez anos antes, os modismos deviam levar tempo para se infiltrar na lonjura de onde ele vinha.

Se as escapulidas ameaçavam ser durante a semana, ele tinha um motivo válido para não ir: a oficina; a oficina — deitar debaixo do ventre de um veículo, era essa a justificativa, sua razão-de-ser, de estar, *aqui*, acima de tudo. Precisava estar no serviço às sete da manhã; qualquer que fosse a ocupação dos demais, a questão de ganhar o pão de cada dia parecia adaptável a essas outras necessidades, prioritárias. Muitas vezes os amigos insistiam; era o código não verbal — o deles contra os costumes sentimentais do mundo, amigos existem uns para os outros, ao passo que amantes são transitórios: as reivindicações dos amigos vêm antes dos amantes. Você se importa se eu for? Nenhum entusiasmo na pergunta dela; talvez a esperança de que houvesse objeções.

Deitado na cama, ele espera por ela, acorda por ela. Para ela, a volta é a melhor parte da noite.

Sete da manhã ele está na oficina, no disfarce duro de graxa de seu macacão. Ou será que quando se despe dele, perna por perna, à noite, deixa sua única identidade, *aqui*, e entra num disfarce, o Abdu ninguém — ele não pode se perguntar isso, tais perguntas são luxos que não tem como bancar. Quanto ao quarto da oficina que lhe disseram que podia usar, continue na moita a respeito, ele foi alertado — como se todo armazém em desuso, barracão ou quartinho do bairro já não estivesse ocupado por alguém —, ele manteve alguns cobertores e umas caixas de papelão para sugerir que continuava morando no local; mas o proprietário complacente sabia das coisas. Aquela moça que via por lá todo dia, que vinha falar com ele em voz baixa quando fazia uma pausa no trabalho, ferramentas em punho, que aparecia para buscá-lo de carro toda noite: ela tinha classe, isso se via, apesar do tipo de roupa que esse pessoal todo dos bares usa, nem todos os brancos circulando por ali tinham classe, mas ela sim. Na condição de pai branco de filhas brancas, era uma pena ver o que ela estava fazendo com esse camarada vindo sabe Deus de onde, nada contra ele, mas ainda assim.

O proprietário aproveitou a chance, um dia em que ela foi até o balcão da oficina para perguntar se o mecânico saíra — ela não o encontrara por lá e precisava dar um recado urgente para ele.

O patrão pegou o papel dobrado. Olhou para ela.

— Ele não é flor que se cheire.

Os nervos da mão dela começaram a repuxar; perplexidade de que ele ousasse pensar que tinha o direito de deduzir que sabia quem ocupava sua cama, raiva diante da constatação de que partilhava padrões humanos em comum com esse palerma, igual-para-igual, branco-para-branco; e espanto: alguma coisa que talvez não soubesse sobre o homem que pusera em sua vida.

— Não me leve a mal. Para seu próprio bem, você é uma boa moça, é alguém na vida, dá para ver. Ele não é para você. Ele não tem nem permissão de estar no país. Eu lhe dou emprego, pobre-diabo, quer dizer, sabe Deus a quem pode acontecer uma coisa dessas, e são os outros, os negros de verdade, que estão com as cartas na mão hoje em dia.

A irritação atingiu-a com a violência de uma chibatada. Estava pronta para atacá-lo com a arrogância do "alguém" que havia nela e que reconhecia — mas foi então que interveio algo que aprendera, ao menos isso, com uma realidade alternativa a sua: satisfazer o impulso podia arruinar o disfarce do amante; este lugar onde ela o descobrira debaixo de um carro.

— Por favor, entregue o recado quando ele voltar. — Como se o homem atrás do balcão não tivesse dito nada. Ele deu uma fungada ríspida, esfregou um indicador devagar pela base do nariz e virou-se para o outro lado.

Segue-se então um período de tempo ao qual ela, e ele, talvez, retornem para analisar — lembrando um aspecto ora disso, ora daquilo, porque o passado não tem inteireza, estiolou-se com as explicações revisadas de como era, foi triturado pelas percepções posteriores — a vida toda deles.

O que lhe teria dado esse caráter especial? Ele vestia o macacão de mecânico e ia para a oficina todos os dias. Ela ia muito mais tarde para o conjunto de escritórios num décimo andar e ocupava a poltrona feita sob encomenda (presente de um dos clientes) diante da escrivaninha modular com uma vista magnífica da cidade, descontado um primeiro plano de computador, console de comunicações e vasos de plantas subtropicais trocadas mensalmente, mediante contrato, ou ia ao aeroporto receber a leva do dia de conjuntos de música pop. Deixavam a cama e se separavam sabendo que no fim de cada dia de trabalho estariam de volta ali, ignorados e inatingíveis por qualquer coisa ou pessoa que pudesse reivindicar direitos sobre ele. Separados nesses dias, nos fins de semana quase sempre iam até o *"veld"*, como ele se acostumou a ouvi-la chamar o interior, fossem planícies ou montanhas. Ali caminhavam, deitavam-se observando nuvens, o vôo dos pássaros, ali se espantavam, como fazem os amantes, com as diferenças nas percepções de um e de outro daquilo sobre o que tinham certeza absoluta. Não estavam jamais longe o suficiente da arrebentação de alguma estrada da qual tivessem saído, a zumbir sob o farfalhar do vento e dos chamados passageiros das aves, indiferentes à presença deles, ao contrário da inescapável inclusão exigida pela Mesa, naquele bar, o Café ÉL-LEI. Ela pousou a mão frouxa na garganta macia dele e, extasiada, disse: Ouvir o silêncio. A gente nunca ouve.

Para ele isso não era silêncio, esse acalanto de um tráfego distante que ela tomava como sendo! Silêncio é a desolação; o deserto.

Em volta do povoado?

Por toda parte. Logo que você dá uns passos, a alguns metros da casa.

Sua casa?

Claro.

E você costumava ir até lá brincar, com os amigos?

Não, não — lá nunca, jamais. Na rua.

Do que você brincava — futebol? Quais eram os jogos, ah, quando você não estava aprendendo sobre as entranhas dos carros!

Então podem rir do mecânico impostor, vem o afago na espessura lisa do bigode lustroso debaixo do sol, e beijos se seguem. Ela leva livros, bem como comida, para essas horas quando duplicam o desaparecimento da identidade dele, quando somem juntos no *veld*, mas os escritores de quem ela gosta em geral não são aqueles que ele conhece de seus cursos de inglês na faculdade (no deserto? num oásis de cartão-postal? — não existem fotografias). É leitor de jornais; compra, da última banca antes de saírem da cidade, todos os jornais do domingo, que enfunam e estalam em volta, navegam com o vento, com os dois deitados na velha manta que ela guarda sempre no carro. Ele lê os jornais em profunda concentração, com a disciplina da descrença, o primeiro princípio no teste dos fatos. Às vezes pergunta o significado de algum termo ou palavra que não conhece direito. Disfarçadamente, ela o observa enquanto ele não se dá conta — é um dos passatempos tranqüilos do amor: ele lê como se sua vida dependesse do que está ali. O livro que ela está lendo descansa sobre seu peito, aberto e virado para baixo, numa página onde leu uma frase, uma afirmação, que parece ter sido escrita para ela muito antes que viesse ao mundo e a este período de sua vida. Já leu várias e várias vezes, de tal modo que está gravada, impressa no ar em volta, ao redor dele e dela, no céu que os vigia lá de cima. "Decidi adiar nosso futuro tanto quanto possível, deixando tudo em seu estado atual."

Às vezes acontece algo bem diferente no *veld*. Uma excursão, nada menos, da Mesa do ÉL-LEI. Uma vez, houve até um acampamento de fim de semana, todos os amigos e o costumeiro rol cambiante de agregados. Ela se divertiu a valer, quanto a isso não resta dúvida, todo mundo bebeu um bocado de vinho, cerveja, e contou casos de outros fins de semana, que levaram a disputa por atenção ao *veld* inteiro com o vozerio animado, risadas, zombarias, gozações, uma matilha em perseguição cerrada. Ele trabalhou nas questões práticas, cortando lenha e cuidando da fogueira, carregando água do rio; não estivera presente nas aventuras anteriores, dormindo ao relento na praia em KwaZulu, sendo expulso de uma fazenda no Transvaal por um fazendeiro de chicote em punho, e não possuía histórias para acrescentar. Ouvia, ou não ouvia nada; ausente nos próprios pensamentos. De vez em quando, num momento para recuperar o fôlego, eles reparavam, e sentiam, era o que achavam, que estavam sendo estudados. Aí então Julie ia até ele, dividida entre o calor familiar de seu lugar entre os amigos e a presença de sua outra intimidade privada, para atraí-lo até aquele calor através de algum tipo de demonstração amorosa, pendurando-se nele, cochichando e mordiscando-lhe a orelha. Ele a afastava delicadamente, como se ela fosse um bichinho de estimação muito afetivo. Os amigos estavam acostumados aos jogos sexuais entre si, nessas transferências de fim de semana da Mesa do ÉL-LEI, ninguém teria dado maior importância ao fato; era ele — sua reação desconhecida que inquietava. Surgiram boatos: Esse relacionamento está ficando sério, nossa menina caiu mesmo por aquele seu príncipe oriental. De onde foi mesmo que ela o desencavou?

Mas continuando com o estado atual: a situação dele, por si só, determinava isso. Ele está aqui e não está aqui. É dentro dessa condição de existência que eles existem como amantes. Trata-se de um estado de suspensão, que elimina as pressões da necessidade de se planejar, como fazem os outros; de olhar adiante. Não há futuro sem uma identidade para reivindicá-lo; ou pelo qual se sentir obrigado. Não há cerceaduras. Em sua precariedade, é um estado puro e livre. Estado que os amigos da mesa do Café ÉL-LEI gostariam de atingir por algum meio do qual não têm muita certeza, não sabem definir, apenas discutir a respeito?

Então ela é pega de surpresa, cai do equilíbrio perfeito de sua corda bamba, quando ele de repente quebra um de seus silêncios.

Você tem mãe e pai. Por que não me leva para conhecê-los.

Ah, sim, e os dele estão tão longe! Ainda mais longe, mais distantes que o mar e a terra, na idéia que faz deles. Quer reagir com uma onda de ternura e culpa por ter sido lembrada disso — da nostalgia que acha estar sendo expressa. Mas ao mesmo tempo seu instinto de autopreservação, a imagem de si mesma que acredita ser seu eu verdadeiro e que deu um jeito de projetar para ele, a leva a driblá-lo com uma explicação compatível com essa mesma imagem.

São quatro. Pai e madrasta, mãe e padrasto. Como já lhe disse. Portanto eu teria que sujeitá-lo duas vezes. Dois casais e seu círculo; gente muito chata. Eu não quis fazer isso com você. Julie. Nós estamos juntos — cinco meses agora. Continuamos o tempo todo só com seus amigos. Não. Pensei que estivéssemos juntos sozinhos. Sim, estamos juntos, morando na sua casa, isso tudo... Mais de cinco meses. Se uma mulher escolhe um homem para isso, ou um homem escolhe uma mulher, é hora de os pais saberem. Ver o homem. É de praxe.

Talvez lá no lugar de onde ele vem. Pela primeira vez, a diferença entre eles, o condicionamento secreto de suas origens, um curioso elo especial na intimidade contra todos os demais, é uma diferença num sentido diverso — uma oposição.

Eu preciso lhe dizer. Você vai odiar. Eu não saberia quem escolher primeiro, meu pai e sua nova mulher, minha mãe e seu mais recente marido, dono de um cassino.

Só para confirmar: Você não tem irmãs nem irmãos.

Não, ela não faz parte daquela constelação de irmãos em que ele provavelmente se reconhece, mesmo não estando visível debaixo desse firmamento onde se deitam lado a lado.

Minha vida é minha, não deles. E repete, sem saber como dizer mais: Eu não queria submetê-lo a isso.

Ele fica mal-humorado; ou seria uma tristeza solitária esboçada naquele perfil? Ela se distancia, inquieta. O amor imprime um perfil tão definitivo quanto o cunho numa moeda.

Ela tem vergonha dos pais; ele pensa que ela tem vergonha dele. Nem ele nem ela sabem quem é o outro.

Quando o pai a convida de novo para o almoço de domingo (sem ao menos, durante vários meses, um telefonema que fosse da filha), ela diz que vai levar alguém com ela. A intenção da frase é dar uma dica, preparar o terreno: normalmente a formulação seria a de que estava levando um amigo. Não que isso fosse comum, de qualquer maneira; o pai raramente era posto em contato com os tais amigos, embora sem dúvida fosse capaz de julgar, pelas atitudes dela com ele e com a mulher, que alternativas haveria.

— Tudo bem para vocês? Para a Danielle...

Sabe que a meticulosa vida social da casa paterna é orquestrada pelos talentos sociais de sua segunda mulher.

— Deus meu, mas é claro. Pode trazer quem quiser, seus amigos são sempre bem-vindos, você sabe disso.

Ele não pegou a nuance; e há outra sua, aqui: uma censura implícita ao distanciamento da filha.

Com o propósito de começar com o pé direito na casa do pai, é uma boa idéia observar algumas convenções — mesmo que para todos os efeitos não seja uma convidada na casa do pai, seu "alguém" o é —, portanto no caminho pede a ele que pare o carro numa esquina onde tem uma banca de flores e compra um buquê de rosas. Você larga nas mãos da Danielle para que ela não as levante, digamos assim, contra você. Isso não é coisa que se compartilhe com o rapaz ao lado de quem ela está. Outra dica que ela pensa — espera — poder ser entendida por qualquer um que veja seu carro passando pelos portões de segurança da casa é que ele, o Alguém, não ela, está na direção.

Não tenha tanta certeza assim de que você sabe o que encontrará pela frente, aquele cenário desmontado e erguido para o mesmo ato todos os domingos, nos Bairros Nobres. Esses convidados não estão expostos, em todos os sentidos, seminus ao sol, em cadeiras de plástico ao redor de uma piscina, o pai não está com a barriga curvada em cima da carne na grelha. Este é um nível diferente de reunião social. Os convidados estão num terraço muito fresco, que se abre para uma sala que leva, através de arcos, a outras salas de estar de função não definida (para acomodar os grupos?), e as espreguiçadeiras almofadadas e os arranjos de flores são uma extensão, mais do que uma ruptura, dos confortos formais, buquês arranjados simetricamente e pinturas nas salas. A comida, já servida quando a filha da casa chega, é salmão norueguês frio, cozido no vapor, com molhos e saladas caleidoscopicamente vibrantes que Danielle ensinou o cozinheiro a fazer com perfeição. As *margaritas* (especialidade do anfitrião) têm seu orvalho de sal, e os canecos de estanho para cerveja e as taças de vinho estão embaçados com o contraste de temperaturas entre o dia quente e o conteúdo gelado. É tudo agradabilíssimo, o oferecimento desse tipo de domingo, não tenha a menor dúvida; Julie o recebe como de hábito: afundando num desânimo familiar. Mas ele está ao lado dela, um daqueles escudos invisíveis que detêm as flechas e mantêm a salvo quem o empunha.

Quando o pai foi apresentado ao Alguém dela, houve no rosto dele um momento fugaz de incompreensão do nome, superado mais que depressa por boas maneiras e um aperto de mão. Qual teria sido o registro imediato? Negro — ou algum tipo de negro. Mas o que ela leu nisso foi confundido de pronto com aquilo em que não reparara — já havia um casal de negros entre os convidados. Espantoso: a novidade mostrava quanto tempo fazia desde a última vez em que comparecera a um dos almoços de domingo na casa que Nigel Ackroyd Summers construíra para sua Danielle. A autoconfiança pragmática do pai sabia muito bem como lidar com nomes entendidos pela metade, agora comuns à infiltração nos negócios e nas comunidades profissionais daqueles que os possuíam. Já devia ter percebido, a essa altura, que o pai, na qualidade de banqueiro de investimentos nesta era de crescentes oportunidades financeiras internacionais e do galgar progressivo do poder político negro ao poder financeiro no cenário doméstico, precisava acrescentar tais nomes às listas de convidados para equilibrar seus contatos. Ele a deixou completar as apresentações: — Esta é minha filha Julie, e seu amigo...

Ele atendeu ao nome que não era o seu.

Veio aquele roçar deste-lado-e-daquele que Danielle teria dado, sem reparar, no rosto de um manequim de loja que estivesse diante dela para ser cumprimentado, em seguida a virada para quem quer que fosse que Julie trazia consigo: o levantar de cabeça e um sorriso de boas-vindas. Podia não passar de uma reação de anfitriã; ou, mais provável, ausência de surpresa de que aparecesse com o que sem dúvida era uma nova maquinação desgastante, a mais recente, para se distanciar do pai. O Alguém que Julie levou sorriu de volta e essa convenção igualou a que cada um tinha disponível por reflexo, estética pura, sinceridade irrelevante, a habilidade de executar uma transformação especialmente bela da fisionomia. (Ele sorrira para Julie, pondo a reserva de lado, nas sombras oleosas da oficina, ou teria sido na rua, na primeira vez.) E Danielle — o sorriso dela era uma espécie de anúncio pessoal de sua beleza. Ela era linda; o pai nunca errava. Sua inteligência social era administrada para sugerir, a qualquer um que apreciasse tal coisa, que a verdadeira era mais seca e ia mais fundo. A enteada a viu, como tantas outras vezes, resgatar de uma roda masculina, com a isca de algum pedido agradável, uma mulher entediada com conversas sobre assuntos dos quais a pobrezinha nada sabia; afastar-se com um balanço gracioso do traseiro (fora atriz de comédias sofisticadas encenadas em Londres, Paris ou Nova York, obsoletas agora por causa das mudanças que haviam mudado também a lista de convidados), misturar os presentes com a destreza com que se embaralham cartas, deixando escapar um comentário aqui, outro ali (... quero que você venha nos contar aquela espantosa...), sobretudo entre os homens, para mostrar-lhes que lia os jornais, que estava familiarizada com os boatos sobre empresários e políticos; retomar, entre as três ou quatro mulheres de sempre e que por nada deste mundo deixariam sua rodinha, variações de acontecimentos domésticos; e caçoar de uma feminista de última hora que de repente se pôs de pé, copo na mão, para interpelar dois homens entretidos numa troca de gracinhas masculinas a respeito de mulheres integrantes de uma diretoria.

Exceto por reabastecer o estoque de *margaritas* dos convidados, o pai deixava o grosso do grupo a cargo de sua Danielle. Ele e os que deviam ser os convidados principais a ser cultivados (a filha acredita conhecê-lo a fundo) estavam reunidos em volta das questões do dia, da semana; para ela, a vida dessa gente estava sempre sob controle — as conversas em volta, "compras no mercado futuro" (seja lá o que for isso) eram um conhecimento profundo, tirado do presente imediato, daquilo que ainda viria: o futuro, sobre o qual para o Alguém a seu lado não existia nenhum controle. A emanação da presença dele, o calor do corpo, seu hálito eram tão-somente uma névoa que o escondia deles; a realidade deles não sabia da existência do outro.

— Ouro... já não é mais a questão agora. Basta lembrar da crise, quase nos derrubou e nem faz tanto tempo... primeiro em Londres, as vendas fizeram o mercado despencar...

— ... um cofre cheio por aí, sem ganhar nada...

— ... exato. Desperdício de ativos. Para qualquer país. Vender, vender é a chave, vender por dólares, marco alemão, o que for, e comprar ações de empresas sólidas, comprar *blue chips*. Os ativos têm que render, é a lei da sobrevivência!

— ... é quase certo que a AngloGold vai começar a desmontar as posições de *hedge* ainda este ano... mais de cinqüenta por cento da produção é dela, com a probabilidade de uma grande queda no mercado físico...

— ... trinta e três mil toneladas de ouro nos cofres...

— Desloca e abre espaço para a platina, o que você acha...

— Não há futuro rentável na mineração de ouro no país, de toda maneira...

— ... todo aquele escarcéu sobre roubar o emprego dos pobres, acabar com a indústria... Os sindicatos e o governo têm de encarar os fatos... a economia do passado não funciona, ninguém vai resolver o problema do desemprego escorando uma indústria que perdeu espaço em termos globais. É o fim de uma velha era industrial, não simplesmente uma data num calendário...

— Com um aumento na eficiência operacional, algumas minas...

— ... greves? Problemas trabalhistas gigantescos?...

— Veja bem, foi um dia ruim, o setor caiu vinte e três por cento....

— ... leilão de grandes lotes...

— Não sei, não... recuperação em bases bem amplas, um programa bem formulado de expansão... cromo...

— ... software... mais lances hostis de aquisição...

— ... ah, e mais desmembramentos também, você vai ver...

— Você tem que deixar pelo menos um dia inteiro para Ellora e Ajanta, mesmo que a estrada, meu Deus, nem dá para acreditar, é de triturar os ossos. — Um contraponto de vozes trocava entusiasmos sobre férias passadas na Índia; como se tivesse localizado um artefato familiar, ou quem sabe movida por um impulso bem-intencionado de atrair para a conversa alguém que não parecia ser ouvido em parte alguma do grupo, uma mulher usando braceletes de prata, algemas particulares, virou-se, retinindo, para falar com o estranho.

— Estou louca para voltar, não dá para explicar, me sinto *em casa*, devo ser alguma dessas almas antigas que já tiveram uma existência anterior... Suponho que tenha nascido aqui, mas seus ancestrais... já voltou a seu país de origem alguma vez?

— Eu não sou indiano.

Mas não oferece uma identidade. Ela sacode a cabeça, num pedido sumário de desculpa (se é isso que se requer), e faz algum comentário sobre a comida deliciosa: — Estou indo pegar mais desse peixe da Danielle, está uma maravilha. — A postura das costas é a conclusão: algum tipo de árabe, então.

— ... mas quando o Dow e a Nasdaq diferem tão significativamente...

— ... um aumento de vinte e um por cento nos ganhos, quatro bilhões...

— ... ah, mas ficou bem abaixo das expectativas...

— ... como diz o ministro, "Endurecer para evitar a inflação", quer dizer, três e seis por cento como teste para os caprichos do sistema financeiro globalizado...

— ... o que é preciso é enfiar na cabeça dura deles... a scbrevivência de todos, privatizar é a única saída, quando um serviço precisa dar lucros, funciona com competência e é aí que o público obtém o que precisa...

— ... estou com um palpite, está todo mundo entrando, vai ser ou vai ou racha com a IT...

— ... nossa empresa tem colhido os benefícios do aumento nas exportações de metais básicos e produtos químicos, muito satisfatório...

— ... olhe, nada, *zero*, nada vai acontecer a menos que o Banco Central...

O outro negro entre os convidados estava sentado na ponta da poltrona, palmas nos joelhos. — Ah-eh... eu não discordo da diversificação, não, de jeito nenhum. Mas nosso problema, no fundo, é que não dispomos de capital de risco suficiente. Movimento suficiente na Bolsa.

— ... sem dúvida, as oscilações globais estragaram nossos planos de crescimento sob muitos aspectos, a moeda não pára de cair, os preços do petróleo não param de subir...

— ... movimento de vendas de mais de treze bilhões, as transações no mercado futuro estão dominando...

A interrupção entusiasta da recém-chegada da Índia distraiu a atenção do companheiro de Julie apenas alguns momentos; a resposta dele foi um aparte educado. Ela observa o jeito alerta e atento com que ele escuta essa linguagem íntima sobre dinheiro — como nunca escuta no Café ÉL-LEI; sempre ausente, sempre em outra parte, entrando nas discussões só muito de vez em quando, e apenas se confrontado. Ela está tomada de constrangimento — o que ele estará pensando dessa gente —, ela é responsável por seja lá o que isso for. É responsável por *eles*.

De repente ela some, sai da sala, avança pelo interior sombreado, pela escada.

Mas é para outra casa que ela foge com o intuito de se esconder; nesta ela nunca morou. Ali em cima não é o refúgio seguro do quarto onde foi criança. Cada aposento que espia — nenhum deles é o que foi o seu, com pôsteres adolescentes de astros de cinema e, sobre a cama, o velho panda de pelúcia que o pai comprou para ela uma vez, no aeroporto. Não é naquela casa que ela vagueia, pára, ouve a si mesma. A vergonha de sentir vergonha deles; a vergonha de ele ter visto o que ela era, é; já que ele é o que é, para além do submundo turvo da oficina, do barraco que lhe concederam, do nome anônimo pelo qual foi apresentado, ele que vem de uma aldeia onde o deserto começa perto de casa. Rejeição implica ocultação — e a rejeição dela ocultou essas origens agora sobejamente reveladas, servidas junto com as *margaritas*, o vinho e a natureza-morta formada pelo peixe, saladas e sobremesas. Enfia-se num dos banheiros; mas não consegue vomitar para humilhar a si mesma.

— Está se divertindo, minha querida — é uma ordem para que se acomode de novo, depois de ter sumido em alguma parte, ordem vinda do pai, que, de pé, pelo visto se prepara para propor um brinde.

— Nós não vamos chorar e implorar para que você não nos deixe, não vamos sequer nos queixar de que estamos sendo abandonados, mas queremos dizer que vamos ficar órfãos na quadra de squash sem seu serviço maravilhoso, Adrian, sem falar nos dardos com os quais você acerta — com precisão infalível, na mosca — as previsões de aumento nas taxas de juros e tudo que tem a ver com questões fiscais. Sempre lá, a postos para todos nós, antes que o Leão avance... e Gillie, sua casa sempre aberta na praia, durante o verão, seu coração aberto... Danielle e eu reunimos os amigos aqui apenas para desejar a vocês toda a sorte do mundo e muita felicidade, que você triunfe na Austrália, Adrian, com a fantástica expansão na transferência de seus interesses, com o esplêndido reconhecimento da experiência global que você possui e que os gigantes da comunicação tiveram a boa estrela de aproveitar. Você não precisa de conselhos; só não vá me comer carne de canguru, mesmo que seja patrioticamente servida nos jantares empresariais lá da terra, isso fica restrito apenas aos dois labradores que me disseram que a Gillie está levando junto...

Com risos e tilintar de taças, a conversa passa à Austrália e deixa a Cisco Systems, o ouro e a Índia. As mulheres demonstram o interesse apropriado pela casa que os emigrantes escolheram, nos arredores ou fora da cidade, clima excelente, de toda maneira. O homem explica que já está com tudo preparado — criadagem australiana maravilhosa, escolhida por ele mesmo em visitas preparatórias. — Vocês talvez não se surpreendam em saber que abrimos uma única exceção: meu velho motorista, Festus, lembram-se? Pois é, a mulher dele morreu faz pouco tempo, ele quer tentar vida nova, pelo menos é o que ele diz, de modo que está indo junto com tudo o mais que nós resolvermos empacotar.

O jovem estrangeiro (pardo, ou seja lá o que for) vai da proteção da filha de Nigel Summers para a conversa geral.

— Foi fácil obter visto de entrada?

Ninguém deve rir disto: a idéia de que um homem de tamanhas posses e estatura não fosse um ativo importante para qualquer país. O diretor-executivo de uma rede mundial da internet, bondosamente, sorri apenas, faz um gesto breve de assentimento, o queixo e o lábio inferior franzidos diante da ingenuidade.

O estrangeiro o encara de dentro de uma caverna de olhos negros que dizem é proibida a entrada: — Não estou falando do senhor. Perguntei do motorista.

— Ah, deixei isso a cargo de meu colega aqui, o Hamilton, doutor Motsamai. Ele é um mago, sabe muito bem o que é preciso apresentar, quem abordar, que documentos ter e por aí afora. Coisas burocráticas. Tem sido de grande utilidade, para nossas operações aqui, ter um grande advogado como membro da administração, um imenso bônus, sem falar no seu inestimável tino financeiro, claro.

O volume da voz foi aumentado para que o elogio pudesse chegar aos ouvidos do dr. Motsamai, mas ele estava concentrado demais numa outra conversa para ouvi-lo por cima de seu próprio barítono. Os olhares procuraram localizar aquele que fora dessa forma obsequiado, e uma mulher, satisfeita de estar por dentro, fez um aparte. — É o advogado negro que salvou o filho de um casal muito amigo dos Summers. Uma gente tão boa, uma tragédia. O rapaz pegou só sete anos por aquele assassinato tenebroso alguns anos atrás; ele matou a tiros o homossexual que tinha seduzido sua namorada, e ele próprio teve um caso com o sujeito. Podia ter pegado prisão perpétua.

Em inglês eles dizem *"relocate"*. O casal está *"relocating"*.
Se alguém ouvisse isso — será que eles sabem do que estão falando?
Quando em dúvida, vá ao dicionário.
"Locate: descobrir o local exato de uma pessoa ou coisa; fixar, limitar ou demarcar."
Descobrir o local exato de uma "coisa" é uma simples questão de pesquisa factual. Descobrir o local exato de uma pessoa: onde localizar o eu?
Fixar, limitar ou demarcar — uma terra, uma mina de ouro, coisas assim? A terra, a mina de ouro — o advogado habilidoso que acaba de ser elogiado pode lhe dizer como fazer para sair por aí tomando posse da terra, a mina de ouro (se é que vale de fato a pena possuí-la, segundo as informações mais recentes

de quem entende do assunto) pode ser obtida com uma fusão ou encampação. Descobrir e demarcar a si próprio, seria esse o significado secreto de "*relocation*" ao ser formulado pela língua e pela boca, em substituição a "imigração"? "*Relocate*" dizem eles. O eufemismo atual para levantar âncora e partir para outro canto, seja por coação da pobreza ou da política, seja por ambição e convicção de que há uma vida ainda mais privilegiada, longe dos forcados e das AK-47 dos pobres rebelados, longe das pistolas dos criminosos. Não se trata de desempacotar mobília em novo endereço. Algumas das definições do dicionário revelam o anseio inexprimível que não pode ser explicado por ambição, privilégio nem mesmo pelo temor dos outros. Terra prometida, uma Austrália, quem sabe.

Uma despedida é também uma celebração da imigração como solução humana. Ninguém aqui se lembra de que essa não é a primeira vez. Giles Yelverton. Hein Straus. Mario Marini. Debby e Glen Horwitz. Top (apelido) Ivanovic. Sandy e Alison McLeod. Owen Williams. Danielle (née Le Sueur) e Nigel Ackroyd Summers e a filha dele, Julie. Gerações enterraram essa sua categoria junto com os avós, mas todos eles são imigrantes por ascendência. Apenas o advogado Motsamai, entre todos, é a exceção. Ele estava aqui; ele está aqui; em posse do eu. Talvez. Advogado com o triunfo de casos famosos apoiando a carreira, agora financista, aquilo no qual se transformou deve ser aquilo que deseja ser; seu nome continua em identidade inalterada com o lugar onde sua vida começou e continua a ser vivida.

O festejado casal está prestes a se tornar um casal de imigrantes. Sentada entre os convidados, Julie os vê como aqueles que — o tipo de gente que circula na roda do pai — podem se mudar pelo mundo afora, bem-vindos em toda parte, o quanto quiserem, ao passo que alguém tem de viver disfarçado de mecânico sem nome.

* * *

O pai apareceu quando estavam indo para o carro. Eles já tinham feito as despedidas obrigatórias. Ele a deteve um instante com um gesto que mal lhe tocou o ombro. Ela virou-se para um rosto que conhecia da infância. — Tudo bem com você? — A voz para ela apenas. E naquele momento, que iria instantaneamente parecer jamais ter ocorrido, houve no olhar que ela lhe deu de volta, só para ele, o entendimento de que perguntava o mesmo: sobre ele, seu pai, de que havia entre os dois essa pergunta a ser partilhada, a ser feita, sobre ele, sobre a vida dele também.

Esse domingo terminou. Não precisa haver outro, nunca mais; ele deve ter se convencido. A mãe mora na Califórnia; tal apresentação, se Abdu achasse necessária, aconteceria quando e se algum dia ela acompanhasse o marido de volta a seus investimentos em cassinos do país. O que não acrescentaria grande coisa; tudo que havia para contar, confessar, ficara exposto à vista dele nesse dia. Na volta para casa, no carro que achara para ela, seguiram calados, necessitados de descanso. Sentia-se grata por ele não ter feito menção à experiência; não ainda. Pôs a palma da mão na coxa dele, ele tirou uma das mãos do volante, tocou na dela de leve e voltou a cuidar da direção.

Em casa — na casa deles — parou uns momentos quase zonza e olhou-o, uma asserção da realidade dela, diante dela. Ele espiava o conjugado apertado, com suas três cadeiras, mesa onde comer, cama para recebê-los, desfeita da manhã, como se buscasse um espaço onde se pôr.

Absolutamente repleta com aquela comida toda. E você? Vamos tomar alguma coisa? Um chá?

Ele ergueu a mão — não, não. E deitou-se de costas, pernas abertas, na cama. Ela seguiu-lhe os olhos pelo aposento para descobrir o que ele planejava dizer; depois aproximou-se e sentou na cama. Torceu o corpo, inclinou-se para beijá-lo, na testa e, então, hesitante, na boca. Inflamou-se na hora, com um rubor espesso pelo corpo e pelo rosto, tomada por um desejo impetuoso que tinha dificuldade em ocultar, fechando as mãos que ardiam para descer até o ventre liso de pêlos escuros que ela sabia existir sob a calça.
Pessoal interessante, lá. Eles têm sucesso.
Eram essas as palavras que ele buscava em volta do quarto. O desejo maravilhoso murchou de imediato dentro dela.
Pisariam na cabeça um do outro para tê-lo.

O documento devia ter ficado largado na escrivaninha de alguém naquele fim de semana. Ou talvez na agência dos correios de onde saía a correspondência que ele porventura recebia sob o nome que supostamente era o dele, aos cuidados da oficina que supostamente era o único endereço que tinha. Mais tarde ela visualizaria em vão essa agência fechada e deserta no domingo, um pesadelo à luz do dia, uma invocação de maus presságios à noite, no escuro da cama. Conceder ao papel o nome de "documento" era mais do que a brusca exigência que fazia sob o pretexto da lei tal, parágrafo tal da seção tal, conforme promulgada na data tal. Chegara ao conhecimento do Ministério do Interior que (nome verdadeiro) residia no supracitado endereço sob outro nome (aquele pelo qual atendia o mecânico) em contravenção à data de validade de seu visto de residência na República expirado no dia tal. Como infrator criminal (parágrafo e seção da lei), estava sendo devidamente informado de que deveria partir dentro de catorze dias, caso contrário seria processado e deportado para o país de origem.

Essas cartas que não vêm seladas, Negócios Oficiais. Julie nunca recebera uma; a papelada do imposto de renda, questões fiscais rotineiras do cidadão, tudo vai para os contadores da família. Ele apareceu na casinha ainda de macacão encardido, levando essa... coisa. O envelope fora aberto às pressas, rasgado — ele sabe o que esperar de missivas do gênero. Tinha lido o que estava escrito e viera como estava, saído do meio dos carros eviscerados e da música amplificada da oficina. — Chegou.

Ela quase esquecera; os meses transcorridos desde que adquirira o carro que ele havia achado para ela, a volta dele para casa e para ela todas as noites, as peregrinações pelos clubes noturnos com os amigos da Mesa, os fins de semana fora, no *veld*, deitados lado a lado em silêncio, a excitação e a paz subseqüente, depois de fazerem amor, noites e manhãzinhas — essas eram as coisas que a embalavam. Essas eram as coisas (que versos seriam esses que lhe voltavam à memória) que adiavam o futuro... deixando tudo em seu estado presente.

Ela se sentou de chofre na cama para ler aquilo de novo. Ele continuou de pé, como se já fosse o estrangeiro expulso do quarto. E então ela chorou e correu para ele, que não tinha consolo a oferecer nos braços que a envolveram. Os dois cambalearam, sem equilíbrio nos pés. Libertando-se, ela apanhou o papel. Pegou-o pela mão para que sentassem e lessem de novo, juntos. Mas ele acomodou-se do lado, ergueu os ombros, deixou-os cair e não acompanhou as linhas com ela. Já conhece a fórmula, o conteúdo, a fraseologia; é a forma de o mundo se comunicar com ele. Julie procura saídas, significados dúbios que possam ser interpretados favoravelmente e que ele sabe obstruídos, todos eles, não há dubiedade. Fora. Caia fora. Fora.

Depois ela sentiu raiva. Quem contou a eles? Como foi que descobriram? Depois de quanto tempo? Quanto tempo? Dois anos.

Dois anos e alguns meses.
Quem? Mas quem faria uma coisa dessas, para quê?
Qualquer um. Alguém querendo meu emprego talvez. Sim. Por que não.
Por que não! Que mal você fez, o que foi que você tirou de alguém, aquele emprego vagabundo e um barracão para morar! Julie. Alguém que está aqui, no próprio país.
E agora seus olhos penetram nela como holofotes, investigam-na, os lábios chupados em dor violenta, no lugar daquele lindo sorriso arqueado. Mesmo isto que estou vestindo, esta imundície... até mesmo, como é que você disse, um barracão, um canto na rua onde dormir, isso é dele, não meu. É como são as coisas. O que eu tenho é dele.
Uma rajada do que não conheciam deles separou-os. Angustiada, Julie queria avançar e engalfinhar-se com ele, enquanto ele era levado embora, enquanto ela era levada embora.
Por que você age assim! O que você vai fazer a respeito! Tem de haver algum recurso — protestar, recorrer —, esse departamento do Ministério do Interior, você podia ir lá agora, amanhã de manhã... Como é que você pode apenas...
Me deixar, me deixar: ele sabe que é isso que essa moça está dizendo no fundo; para ela, claro, expulsão significa perder o amante, uma cama vazia, pelo menos até — ela é livre, segura e livre — encontrar outro. Para acalmá-la, e a si próprio: eu vou lá. Nada será feito. Eles vão olhar o outro papel, de quase um ano e meio atrás. Eles sabem que eu devia ter ido embora nessa data.
Quer dizer que você sabia que isso iria acontecer. Mesmo tanto tempo depois.
Sabia, claro. Pensei quem sabe eles perderam o papel, talvez tenha tanto papel de gente como eu, vai ver esqueceram. Era essa a minha chance. É como são as coisas. Eu podia ir até

lá falar com eles, mas para quê. Melhor não fazer nada, eu não recebi a carta, não estou mais na oficina, estou num outro lugar...
Bem, eles não sabem que você mora aqui comigo. Você não mora naquele endereço, já é alguma coisa.
Eu acho que eles vão ficar sabendo.
Aquele sujeito horroroso da oficina! *Ele não é flor que se cheire, ele não é para você, ele não tem nem permissão de estar no país.* E seu emprego? Mesmo que não haja nenhum registro... você vai ter que sumir de lá também.
Sumir (ela lhe deu a palavra de que precisa), sim. De novo. De novo! E de novo outro nome.
Ele a vê girar a cabeça de um lado, de outro, presa na armadilha. É como são as coisas.
Se ele disser isso de novo! De modo que como as coisas têm de ser não é o que ele vai fazer com a carta, com esse documento que pronuncia sentença condenatória contra sua vida, e sim o que nós faremos. Ela tem amigos, graças aos deuses, dele ou dela, os de qualquer um; amigos que resolvem entre si todo tipo de dificuldade nas suas oposições às autoridades legalmente constituídas. Amigos que possuem soluções alternativas para a sociedade alternativa, e tudo leva a crer que é a ela que pertencem: a carta deixa claro. Ela abdica de quaisquer direitos que sejam seus, até que também sejam concedidos a ele. O que significa que não prestará obediência a nenhuma verdade engolida na escola, a nenhuma regra promulgada na Constituição, a nenhuma política de transparência como a das diretorias das grandes empresas onde o código que vigora é o dos investimentos.
Julie não lhe diz isso; só quando se aproxima do corpo dele ele se torna palpável, não desapareceu de sua vida quando pressiona sua boca na dele até que se abra e a deixe entrar, admitindo-a na quentura viva e úmida de seu ser.

Ele a recebe, mas não consegue se dar. Julie entende: o choque, a carta enfim entregue, que o seguiu, o descobriu; para ela, a indignação, alta dose de alarme, para ele um entorpecimento. Vamos até o ÉL-LEI. Precisamos conversar sobre isso. Ah, não. Não, Julie. Não agora, não esta noite. Vamos ficar só nós. O curioso é que começou a tirar o macacão escuro de graxa como se estivesse largando uma pele, deixando que caísse no chão e saindo devagar de lá de dentro. Talvez estivesse pensando em ir para a cama, a cama não é a oferta mais simples de esquecimento? Mas não. Quero tomar um banho. Ela escutou a água jorrar por um bom tempo. Ouviu-a bater nas laterais da banheira enquanto ele se mexia ali dentro. Apanhou o jornal e sentou-se com ele nas mãos. Aquela primeira vez; ele pediu para tomar um banho quente de banheira, ela o ouviu lá dentro; quando saiu, segurando a toalha bem dobrada nas mãos, estava descalço, de jeans, e ela viu o torso nu, a ondulação das costelas sob a maciez da pele luminosa, os mamilos escuros na almofada de músculos que flanqueavam o desenho dos pêlos negros encaracolados.
É como são as coisas.

Ficaram de se encontrar na Mesa durante o horário de almoço dele. Esse é o combinado; ela não iria até a oficina para pegá-lo — se não sabiam o que precisava ser feito, pelo menos ali havia uma providência iniciada, a trilha que levava da oficina à casinha, por intermédio dela, tinha de ser apagada. Procurem-no em outra freguesia.
Ela chegou antes dele.
Aconteceu. Veja a cara dela.
Os amigos do Café ÉL-LEI também haviam se deixado embair pela presença que acabara aceita naquele refúgio, a de Abdu; e receberam-na com olhares de alarme e curiosidade, desfechando suposições. (Terminou tudo. Ele largou dela. Ela viu qual era a do príncipe oriental e deu um basta. O papaizinho querido ficou sabendo do caso e cortou a mesada dela. O que mais?)
Assim, Julie teve tempo de lhes contar, de discutir o que ocorrera antes que ele chegasse. Na hora das primeiras manifestações, as reações dos amigos ecoaram as suas; as outras, os abis-

mos do medo e das emoções, hesitaram em abordar tão precipitadamente — até mesmo o hábito da franqueza amistosa esmorece diante de situações fora do alcance da experiência. As indignações circularam de um lado a outro em volta do capuccino. Aquele desgraçado na oficina! Aquele sujeito! Só pode ter sido ele, quem mais! Não venha me dizer que qualquer dos caras que trabalham para ele ia querer bancar o dedo-duro e ir falar com os homens! Mas que merda!

— Esperem um pouco. — O teórico político pensa antes de se permitir qualquer acusação apressada. — O dono da oficina não iria dar parte de um empregado. Se fizesse isso, estaria delatando a si mesmo, por ter contratado um imigrante ilegal. Isso é crime previsto no Código Penal. — A risada curta, dura, não é ofensiva; retifica os limites da percepção dos amigos brancos sobre as maquinações ardilosas da sobrevivência.

— Primeira coisa, fazer uma petição para que a ordem seja revista. É preciso se mexer.

— Você vai junto com ele falar com um advogado, não um daqueles figurões cheios da grana que só cuidam de divórcios e propriedades, um advogado especializado em direitos civis, que tal falar com Recursos Legais, eles devem saber um monte de coisas sobre esse tipo de situação.

— Não, não, você *vai* falar com um desses figurões, e vai pagar muito bem. Ora, Julie, você consegue o dinheiro...

David, que no momento cuida de uma casa vazia, tem seu tempo para oferecer a ela. — No meu entender, essa é uma questão prevista na Constituição. Acho. Será que não dá para ele pedir asilo político — talvez não... Vou com você à biblioteca jurídica, meu primo é advogado e vai poder fazer alguma coisa de útil uma vez na vida, ele vai nos botar para dentro. Você precisa saber tudo que for relevante, as entrelinhas, estar pronta para atirar tudo na cara do Ministério do Interior, você precisa encurralar os caras, de alguma forma...

O poeta laureado meteu-se em seu lugar de costume, a mantilha de cabelos brancos dessa vez amarrada para trás com uma fita preta, inteirando-se, em silêncio, com meneios de cabeça, do que aconteceu com o achado de Julie. — Ele precisa se esconder. Tem um mundo subterrâneo nesta cidade, em todas as cidades, o único lugar para aqueles de nós que não conseguem viver, que não têm meios, não se trata só de dinheiro, meios regulamentares, para viver de acordo com o que os outros chamam de mundo. Subterrâneo. Aquela penumbra é a única liberdade para ele.

Sumir. Julie, de quem entre os amigos este homem idoso gosta especialmente, aquela a quem diz considerar sua filha espiritual — Julie absorve a profecia, que reafirma seu medo. Enquanto tenta escutá-los todos ao mesmo tempo, confiante na sabedoria alternativa deles, mantém-se ereta na cadeira, vigiando o surgimento do amante entre os freqüentadores que entram e saem do Café ÉL-LEI. Ela retribui acenos de mão àqueles com quem seus olhos cruzam por acaso; os olhos negros dele por fim encontram os dela, sua criatura ímpar emergindo da floresta de outras.

Oi, Abdu. Hoje todos se levantam da Mesa para recebê-lo. Homens e mulheres, eles o beijam, de um lado e do outro do rosto, da maneira natural. Serve-lhes melhor que palavras, agora que o assunto está ali entre eles. Todos o rodeiam, exceto o poeta. Ele continua sentado, contemplativo, dizendo a si mesmo o que ninguém escuta, sem dúvida alguma citação de Yeats, Neruda, Lorca, Heaney ou Shakespeare que expresse o momento, o acontecimento, melhor do que qualquer coisa dita ou feita pela Mesa.

A vítima agradece educadamente; com a mão tomada pela

dela, senta-se para ouvir. Para ser interrogado e escutar as próprias respostas. Não há muito o que dizer além do que já arrancaram dele com a recepção fraternal que lhe deram, no dia em que ela o apresentou à Mesa, faz muitos meses; ou o que ele escolhe dizer-lhes? Às vezes ela precisa repetir-lhe algo que foi dito, quando a cabeça dele está voltada para o outro lado — o que ele procura nesse falanstério de bebedores de vinho e café?

Desde o momento em que entrou com aquele papel, no dia anterior, seu comportamento, a consciência com a qual um ser humano recebe o outro, tem sido de busca, um estado de alerta que descarta distrações. Ela pede café para ele enquanto o vê espiar o relógio; Abdu chegara só depois de passado metade do horário de almoço. Algum sinal de que alguém soubesse na oficina? Alguém tinha dito algo? Alguma pista?

Ele tomou o café de um jeito diferente, falando entre os goles. — Nada.

— E o patrão. Deixou transpirar alguma coisa? — A seguidora do budismo acredita que haveria uma sensibilidade a mudanças na atmosfera, mesmo sem ação nenhuma.

Foi interrompida. — Escuta, cara, será que você não entende, Teresa, eu já disse que é ridículo pensar que o patrão iria se entregar assim.

Julie prestou atenção cuidadosa, total, a todos os conselhos que esses bons amigos que sabiam como cuidar de si mesmos ofereceram sobre o que fazer. Não parava de mencioná-los a ele. Ele não parava de indicar com gestos calmos que tinha ouvido. O apoio de todos o rodeava; como se fosse um deles. Quando se levantou para ir embora, em sua persona de mecânico cheio de graxa voltando para a oficina, ele disse, sem rejeição: — Já fiz tudo isso antes. — Era isso aí: da primeira vez em que recebeu a comunicação para deixar o país, quando o visto expirou.

Julie queria correr atrás dele, mas seu lugar — era ser deixada para trás no Café ÉL-LEI. Ralph sorriu para ela, uma vítima a quem, quando contou à Mesa que estava com AIDS, não puderam oferecer como solução nada mais que a própria bravata da vítima, o riso.

Quando voltou para ela naquela noite, depois da oficina, Julie passava a ferro o jeans de grife que ele sempre usava, mesmo enquanto ainda morava naquele barraco miserável. Uma toalha dobrada sobre a mesa onde comiam, a calça estendida por cima, as duas mãos sobrepostas no cabo para pressionar o ferro e enfatizar um vinco.

Ele nunca a vira entregue a uma tarefa doméstica dessa natureza. Embora optassem por viver numa casinha de fundos reformada, em vez de numa linda casa com terraços sombreados e aposentos para todos os propósitos públicos e particulares, pessoas como ela têm sempre uma negra para limpar, lavar e passar. Desde que se mudara para lá, largava as roupas no cesto apropriado, junto com as dela — Julie separava o macacão, carapaça rígida feita da sujeira da semana, e alfinetava nele um bilhete dizendo que precisava ser lavado separadamente.

Ela levantou a vista da mesa e os olhos dela estavam cheios de lágrimas.

Inevitável, pois: as lágrimas, em algum momento. Ele se aproximou, tirou-lhe o ferro das mãos e virou-a para ele. Tudo bem. Tinha de beijá-la, essa água que corria salgada para a boca dele; todos os fluidos do corpo que ele experimentara, o suor, as secreções do sexo dela, estavam ali.

Depois foram se sentar no degrau de concreto abaulado na porta da casinha, de frente para o emaranhado maciliento de pinheiros e jacarandás afogados no escuro das primaveras, que constituía a porção que cabia a ela do velho jardim no qual, muito atrás de onde estavam, havia uma casa principal. Ela se levantou de imediato para entrar e pegar uma garrafa de vinho — se a cama é a oferta mais simples de esquecimento, entre os amigos o vinho é a melhor maneira de adquirir coragem para lidar com os problemas. Tirou a rolha com um puxão repentino e tomou um gole, taças esquecidas. Passou a garrafa para ele, que a pôs no chão, sobre a terra. Ela então começou a rever as sugestões feitas por gente, seus amigos, acostumada a driblar a autoridade. De novo ele escutou o que já escutara antes. Muito prática, agora, essa Julie. Ela iria com David até a biblioteca jurídica para se familiarizar com a legislação em vigor. Iria se informar — as pessoas tinham de ter cautela ao revelar certas ligações — sobre o tipo de advogado disposto a empregar maneiras informais de eludir a lei. Devia haver muitos mais como ele — como eles dois — na mesma merda. (Sabe que ele não gosta de ouvi-la usar essas palavras que todo mundo usa — na verdade deve haver o mesmo tipo de necessidade na língua dele, mas claro que, se ele quisesse aliviar seus sentimentos desse modo banal, ela não entenderia.) Também não custa nada marcar uma hora para ir falar com os Recursos Legais, eles hão de saber sobre medidas convencionais a tomar, os fundamentalistas dos direitos humanos devem ser bem versados nessas questões.

O ar engrossava em volta, preparando-se para a chuva; ele aspirou fundo várias vezes. Falou para o matagal escuro de folhas e galhos enredados numa escuridão crescente: — Por que você prefere esses amigos? Em vez da sua família.

Para ela, foi como se tivesse ouvido alguma coisa que não era para ouvir. A Mesa; mas por que mudar o assunto urgente! Com relutância, ela distrai-se. Não sei o que você quer dizer. Às vezes as limitações do uso que ele faz da língua provocam desentendimentos, embora ache que amorosamente aprendeu a interpretá-lo por instinto.

É gente que está se dando bem na vida. O tempo todo. Sempre progredindo. Inteligentes. Com o que produzem, fazem no mundo, não são só conversas inteligentes. Estão vivos, pegam as oportunidades, usam (estala a língua no céu da boca, em busca da palavra) a vontade, sim, é isso mesmo, a vontade. Para fazer. Para ter.

Aquele pessoal que você viu na casa de meu pai. Aqueles? É, seu pai e os outros. Eles sabem do que falam. O que acontece. Fazem negócios. Isso não é mau, isso é o mundo. Progresso. Você deve saber. Não sei por que você gosta de ficar sentada ali todo dia, naquele outro lugar.

O vento que varre caminho para a chuva de repente se interpõe entre eles. Ela se ergue de um salto para entrar em casa, ou para não ter de aceitar o que fora dito, para deixar que fosse levado para longe deles. Ele vai atrás.

A garrafa caiu e o vinho escorre, sua trilha captando a luz das janelas, um brilho, antes de ser sorvido pela terra.

Lá dentro, na pressão atmosférica da tempestade que se aproxima, ela se sentou com as mãos no colo e os olhos nele, de uma forma que lhe perguntava o que ele queria.

Você pode procurar seu pai. Ele sabe muitas coisas. Eles não sabem de nada. Se sabem, não podem fazer.

Ah, não! Não. Não. Isso é impossível. Não. Ele não conhece essas coisas. Não, não.

Abdu avança célere para dentro do recuo dela: medrosa, no fim das contas, menina com medo do pai. — Não falo do meu, de mim. Mas de outras coisas que não são fáceis, diretas. Ele sabe. Acredite.

Quase exausta: — Você não entende.

E depois é tomada pelo remorso, porque, ao dizer isso, fez com que ele entendesse: porque você não é um deles. Ele mesmo tinha dito isso um dia antes, daquele, *qualquer um*, designado para despojá-lo do macacão e assumir seu lugar debaixo dos carros: *mesmo isto que estou vestindo, esta imundície, mesmo um barracão, um canto na rua onde dormir, isso é dele, não meu.* O *que eu tenho é dele*: de qualquer um deles, aqueles com os direitos legais de nascimento, com lugar na hierarquia social, um quinhão nos investimentos. Um homem desses. Estava dito: O *que eu tenho é dele*: você, a filha de seu pai, é *dele*, não minha. Como podia Abdu admirá-los, esses outros amigos, os diretores administrativos do pai, os curadores de fundos, os diretores-aranha no miolo das teias que enleiam os Mercados, e ao mesmo tempo não perceber isso? Para o pai, que final mais oportuno para essa última doidice, para esse comportamento impossível por parte da filha! O homem deportado — *finis*, o caso todo resolvido sem nenhuma necessidade de discussões em família, conflitos de valores entre pai e filha, relações azedadas, o resultado habitual de qualquer interferência paterna necessária. A lei o fará. A lei a salvará de si mesma, graças a Deus. O pai só precisa estar lá para ajudar a juntar os cacos de prostração dela, se ela aceitar o amor dele depois que o escolhido (sabe Deus onde foi que ela o achou) estiver definitivamente fora da jogada.

Eles foram para a cama logo depois. A coisa mais gentil para eles sem dúvida alguma teria sido fazer amor. Mas esse é um direito *dele*, isso é *dele* — do rapaz adequado que pertence aos almoços de domingo servidos em belas varandas, à conversa confidencial dos homens que o amante a seu lado tanto admira.

O fim; fim de um inverno, o deles juntos. A primeira chuva de uma outra estação despencou sobre a casinha qual uma multidão em cerco fechado. Depois dos meses quebradiços de secura, tudo de que era feito o abrigo dos dois — madeira, telhado metálico, reboco sobre tijolo — voltou à vida, estalando e mudando de posição como se estivesse sendo amassado num punho gigante; como se as marteladas da água e os materiais dotados de fala por pressão e expansão fossem as vozes dos curiosos, dos metidos, dos desdenhosos, dos falsos simpatizantes e dos sentenciosos, dos repudiadores lacônicos ditando os termos daquele documento, vociferando em volta numa mímica grotesca da tagarelice familiar dos amigos.

De manhã, ela deitada na banheira e ele fazendo a barba com todo o cuidado em volta do par lustroso de asas sobre a boca, Abdu virou a cabeça sem lhe ver a nudez. E aquele advogado? Ele fez alguma coisa por alguém que matou. Escutei uma mulher falando a respeito. Você conhece — ele estava lá na casa do seu pai, ele sabe quem você é. Você podia procurá-lo. O negro.

Bem. Comove-a um alívio parecido com gratidão que ele tenha aceitado que ela não irá — ela não pode — falar com o pai. É, talvez ele fosse a pessoa para... mas será que ainda advoga? Acho que largou a banca para fazer dinheiro, você viu que era da roda.

Você pode descobrir.

Ah, isso eu posso, é fácil. Mas há tão pouco tempo, tempo nenhum. Temos que pensar em tudo, qualquer um que...

Três dias passados desde a ordem. Ele está olhando para ela, parado na frente dela, quando ela sai do banho, consciente de que está nua, enrolando-se numa toalha. Pense, pense. Ela precisa: porque ele está lá com ela, dela; e ao mesmo tempo não está, sem nome, sem endereço, sem direito sobre ninguém.

Seguramente você já terá ouvido falar dele, se for uma mulher de classe média ou o homem que vive com essa mulher, nesta cidade. O dr. Archibald Charles Summers é ginecologista e cirurgião obstetra, formado pela Universidade Witwatersrand, membro do Royal College de Cirurgiões do St. Mary's de Londres, membro do Instituto Obstétrico de Boston, Massachussetts e tem um consultório, digamos assim, em que a procura excede a oferta. Talvez porque esteja na moda, mas isso não seria de todo justo; Archibald é bem mais que um modismo, os honorários de praxe pagos a um especialista jamais cobririam o que ele oferece. As mulheres falam dele com o sentimento reverente da absoluta confiança entre paciente e médico, mesmo nesse ramo da medicina em que o médico é o padre, o intermediário no surgimento de uma nova vida, e a mulher, seu acólito ativo. Como obstetra, ele é o Anjo Gabriel de cada uma: sua anunciação, quando do lê um ultra-som — é menino. E sua careca brilhante, orelhas proeminentes e sorriso de adoração são as primeiras coisas que ela vê quando ele ergue a vida que emerge de seu corpo. Entre nascimentos, e depois que a reprodução deixa de ser parte da programação biológica da paciente, ele cuida — da maneira a mais conscienciosa possível — do intrincado sistema dentro delas que lhes caracteriza gênero e influências, e que muitas vezes até decide o equilíbrio crucial de reações, temperamentos, dos quais depende a maneira como conseguem lidar com os outros relacionamentos homem-mulher — os reconhecidos, com amantes e/ou maridos.

As salas do consultório do dr. Archibald são um lar: fotografias de estúdio de seus filhos quando bebês e na formatura, fotos da fauna selvagem, que é seu passatempo preferido, pôsteres sugerindo as belezas do mundo, vindos de museus visitados em viagens. As mãos enfeitadas de jóias da recepcionista indiana anotam qualquer mudança no endereço das antigas pacientes, cumprimentadas de novo, enquanto uma azáfama de enfermeiras com fartos traseiros maternais, africânderes e negras, falam o tempo inteiro umas com as outras e recebem para os testes o tubinho onde a paciente urinou na privacidade do banheiro azulejado de azul, no qual sempre há um vaso cheio de flores naturais sobre a caixa da descarga.

As pacientes dele — suas meninas, como ele chama a todas, tenham vinte ou setenta anos — referem-se a ele entre si como Archie. Vou fazer minha consulta semestral com o Archie na semana que vem. Acabei de vir do consultório do Archie — está tudo bem, ele ficou satisfeito comigo. E se nem tudo estiver bem, se rosa, estiveres doente, e o verme invisível de Blake, que voa durante a noite na tempestade uivante, consumir o coração da rosa, tiver invadido com um câncer, Archie, com a faca na mão que cura, há de cortá-lo fora para que ela continue a florir, porque Archie é aquele que dá vida.

O médico é casado e apaixonado pela mulher há pelo menos trinta anos. Seu harém de pacientes não tem nada em comum com a paixão que sente por ela e que nunca esmoreceu; a penetração da habilidosa mão direita coberta de látex na vagina de suas pacientes, jovens e desejáveis, envelhecidas e sem sexo, reduzida à questão de uma espécie de exploração das tripas na adivinhação diagnóstica feita pela ponta dos dedos, pode levar, quem sabe, a uma repulsa pelo corpo feminino. Ou então — e quanto a isso? — a visão de coxas abertas, o calor macio que deve ser sentido apesar do látex — tudo isso pode ser excitante, um médico é um homem por baixo do avental branco. Mas nem um nem outro desses riscos profissionais o afeta, nem nunca afetou, mesmo na juventude. Infalivelmente, ele se excita com a visão, o cheiro e a sensação do corpo da esposa e só dela (ela que foi tão difícil de conquistar), e é o homem, não o médico, quem entra nela e com ela viaja pelos gozos prazerosos de ambos, como se sempre houvesse, acessível para ela, uma ilha em mares quentes, igual àquelas para onde às vezes viajam.

Quando conversa com as mulheres de seu harém, depois do exame, e senta-se alguns instantes na beira da cama de aço onde elas estão deitadas, pode estar em contato com o corpo cuja nudez resguardou respeitosamente outra vez sob o lençol e colocará a palma da mão tranqüilizadora sobre os quadris amortalhados enquanto diz a ela como se comportar, enquanto conversam sobre as pílulas que ela precisa tomar, os exercícios essenciais para ela se manter. São dois seres humanos idênticos em sua vulnerabilidade perante as provações da vida (e as meninas inclusive muitas vezes lhe confessam as suas, específicas), a debaterem juntos como melhor se pode sobreviver. Ela sabe que isso não é nem de longe o toque da antena do sexo, e ele sabe que ela entende que assim é. Ele não precisa da presença de uma enfermeira na sala de exames — precaução que a maioria dos ginecologistas toma — para garantir às meninas seu respeito.

"Archie" é também o tio Archie, irmão do pai de Julie. Ele costumava ir buscar Julie para brincar com os primos quando pequena. Se Julie pudesse ter escolhido um pai, teria sido ele. Continuava sendo. Ele era um Gulliver no qual as crianças podiam montar e brincar. Provocador e contador de histórias. O pai a levava a lugares em dias marcados, a peças infantis e apresentações de gala no clube de montaria; a mãe não achava necessário comparecer e ficava em casa. Ou talvez fosse ver um dos amantes — mas uma criança não tem consciência dessas acomodações na vida dos adultos. (Nigel: coitado: se acontecia de ela pensar no assunto depois de grande.) Não tinha mais nenhum contato com os primos, mas vez ou outra, com a mesma infreqüência da própria presença, quem sabe, encontrava esse tio entre os convidados dos almoços de domingo. Ia direto para ele, entre pessoas que lhe eram estranhas, embora talvez soubesse muito bem quem seriam os integrantes da roda de Danielle e do pai — alguém que lhe dava prazer espontâneo encontrar, alguém com quem dividia o entendimento de se achar deslocada entre os presentes na casa construída para Danielle. As vidas profissionais e o temperamento dos irmãos eram muito diferentes, mas ele continuava parte das raízes e talvez Danielle fosse uma de suas "meninas". Julie, claro, nunca o consultara; com Gulliver, um exame ginecológico teria parecido, se não para ele, ao menos para ela, uma espécie de incesto. Está consciente de que retém traços do recato excessivo das moças bem-educadas, resquícios de falsa modéstia, apesar da troca liberal de todos os fatos da vida na Mesa.

Precisamos pensar em todos, todo mundo quê.

Quê?

Antes de irem ver o famoso advogado juntos — se ele puder de alguma forma ser abordado, com base em sua associação com o pai dela, que não pode de maneira alguma saber da situação — tem de haver alguém. Não um pai, mas em lugar disso certamente uma dependência amadurecida. Alguém distante, que os interrogue em busca de uma solução, mesmo no silêncio deles, distante do tipo de sabedoria convencional, das diretrizes das quais ela depende e que vêm da Mesa. Vai falar com o tio.

Que tio é esse?

Eu lhe contei sobre ele, meu adulto predileto, quando criança.

Ele conhece gente?

Bem, ele é importante...

Então. Se não quer ir falar com o pai, ao menos demonstra algum apego aos parentes, como os que a gente dele procura e dos quais obtém alguma providência quando em apuros. Ela vem para ser abraçada antes de ir; ele a segura por um instante como alguém que concede isso a uma criança de partida para a escola.

Embora tenha tido o privilégio de conseguir hora, precisa esperar entre mulheres no ambiente claro da sala climatizada com as imagens de manadas de elefantes, filhotes de leão e festividades marítimas de Bonnard. Entre mulheres; mas quem entre elas, mãos manicuradas descansando com segurança no volume de grávidas barrigas sob roupas elegantemente folgadas, cinturas esbeltas de dieta realçadas por cintos rebuscados, rostos jovens reproduzindo o da modelo mais recente na capa de uma revista, peles envelhecidas repuxadas no olho por plástica, cabeças trançadas com esmero baixadas trocando confidências — duas negras da nova classe alta, rindo e conversando na língua delas; quem, de todas essas, faz a menor idéia de qual seja a versão de Julie de uma queixa feminina, do porquê está ali. Nisso, não são nem mesmo do mesmo sexo. Uma delas lhe sorri, mas está com a cabeça voltada para o outro lado, como a dele, tantas vezes, no Café ÉL-LEI. Meninas juntas. As meninas dele. Ela achava graça de ouvir o tio se referir a elas dessa forma. Mas está isolada.

A versão em jaleco branco do tio ergueu-se da escrivaninha e veio encontrá-la com um abraço. — Enfim você decidiu vir ver onde eu trabalho! Vamos tomar um café, um chá, temos uma pequena cozinha aqui, e há de tudo, Earl Grey ou Rooibos, você sabe, ou seria um suco, manga, maçã...

Há o preâmbulo das desculpas por ter insistido em passar na frente de alguma paciente, do agradecimento por deixá-la aparecer assim sem mais nem menos. — Desculpas! Minha querida Julie, quantas vezes eu tenho a chance de vê-la! Ah, eu sei pelos meus filhos, a vida das gerações se bifurca em direções diferentes, nossa única encruzilhada possível é a casa do Nigel, e tanto a sua estrada quanto a minha e a da Sharon não fazem essa rota, isso nós sabemos. Mas tudo bem. O Nigel é tão importante agora, saiu-se tão bem, e eles estão ótimos juntos, ele e Danielle — você e eu devemos ficar contentes com isso, hum?

Sharon. À menção do nome da mulher de seu tio, reconhece por quê, em sua aflição para pensar em alguém, qualquer um, não fora levada até ali apenas pelo elo da infância. Archibald Charles Summers traíra no seu tempo todas as expectativas de escolher uma das filhas das conhecidas famílias anglicanas, sócias de clubes de campo e donas das casas de veraneio no Cabo, entre as quais era tão popular como jogador de pólo e parceiro de dança na velha África do Sul; foi bem na época em que estava formalmente "noivo" de alguém que todos concordavam ser uma escolha adorável e adequada, exímia cavaleira, que de repente se casou com Sharon, uma judia, filha de um imigrante lituano que tinha uma loja de malas junto com uma sapataria na mesma região onde agora se espalhavam os clubes noturnos escusos, os bares, o Café L. A. e a oficina com o barracão que acomodava um imigrante ilegal. Ecos da reação aterrada da família chegaram a seus ouvidos de criança; para ela, Sharon era a ruiva bonita, mãe de seus primos, fornecedora de doces de gengibre e cenoura da cor de seus cabelos crespos, que você não comia em nenhum outro lugar, cujo abraço foi ficando mais e mais acolchoado de carnes no decorrer dos anos de infância.

O café que ele pedira (Por gentileza, Farida, diga à Thabi que gostaríamos de um café — com bolacha, eh?) forneceu a transição confortável aos assuntos de interesse geral. Que carreira estava seguindo agora, ela que sempre fora tão ousada, com muita razão, aliás, há muitas mudanças entre as pessoas por todo o país, novas formas de ser ativo, explorar. E riram juntos quando ela desdenhou de sua própria ocupação atual, a velha treta disfarçada do que acabou denominado de a "nova mobilidade social", relações públicas. — Ah, e ele precisa contar a ela — ele e Sharon tinham passado o fim de semana prolongado num certo hotel-fazenda em Drakensberg. — Sharon e eu saímos renovados, as caminhadas no mato, o sol quente e as lagoas geladas que você descobre em lugares onde não tem ninguém, você mergulha em pêlo; se ainda não conhece, vocês dois precisam tirar um tempo e ir até lá. Ele não sabe quem possa ser o parceiro atual dela, mas acha que tem obrigação de se lembrar, pelas notícias mais recentes que possa ter tido em encontros com ela.

Não há muita chance disso agora.

No breve silêncio dela, embora jamais se intrometa — suas meninas sempre encontram nele o momento receptivo certo para falar daquilo que precisa ser abordado —, ele encontra a sutileza de uma reação aberta, franca. — Agora, você não veio me ver aqui no consultório, em vez de dar um pulo em casa, só por causa dos meus belos olhos azuis...

Ele facilita.

Mudança. — Tem uma coisa, nós, o homem que você talvez não conheça, ou se você não calhou de ficar sabendo pelo Nigel que ele esteve comigo lá, um domingo, nós não sabemos o que fazer a respeito.

— Ah, então é isso. Minha menina... Está bem. — A luz da janela atrás dele, salpicada de trepadeiras no parapeito, brilha nas orelhas protuberantes, mapeia vasos capilares vermelhos fininhos. Aquele rosto ainda é o rosto do pai que você escolheria. Daquele que faria qualquer coisa para ajudá-la.

E então ela percebe: ele acha que ela foi vê-lo para fazer um aborto.

Concepção indesejada — isso parece o fim do mundo para muitas pacientes. O que a sobrinha lhe narra sobre esse homem que tomou para si é uma ameaça *do* mundo. O mundo seguro no qual, como alguém que sempre a teve sob seus cuidados, mesmo sem vê-la nem saber por onde andava durante meses a fio, ele continuava a se sentir responsável por ela, disposto a acolhê-la debaixo das asas diante do que considera uma renúncia a isso pelo temperamento do irmão, no tão festejado primeiro casamento dele e na subseqüente deserção da mãe em favor de um dono de cassino. Ele não entende dos labirintos da lei, não é seu ramo, mas conhece, por suas manifestações físicas, mentais e espirituais (ele acredita no espírito ou na alma, isso é parte da inocência com a qual a mão enluvada entra no corpo, abrigo da alma), o incontornável poder da atração física sobre suas vítimas, suas pacientes; a impiedade, a imprudência. Uma jamanta passando por cima da personalidade. Ele também acredita no amor (sem dúvida influenciado por sua duradoura experiência com isso), o amor é o espírito — não necessariamente presente na atração física, mas substituído por sua negação, crueldade (ele vê casos de estupro, esses tempos violentos que não poupam os ricos). Sabe como o amor, quando misteriosamente engendrado pela atração física, desenvolve a capacidade de assumir, à exclusão de tudo o mais, seja o que for que ataque o outro; o outro tornou-se o eu. Assim, na presença dele, ela sabe; sabe que ele sabe que ela ama o homem que apareceu para ela, pernas, corpo, por fim cabeça, de sob um carro. E, quanto a isso, ele reconhece que não há nada a ser feito; ainda que muita gente possa pensar diferente, e sentir-se grata pelo fato de que a lei fará o serviço por elas. O que há para ser feito — claro que apóia a contratação de um advogado, na verdade de advogados, de qualquer figurão disponível; assim como em sua profissão, é preciso ter segundas e inclusive terceiras opiniões para as alternativas necessárias a uma ação radical. Onze dias mais, das duas semanas!

— Quer que eu vá com você falar com esse advogado que você conhece? Quer que eu vá junto?

Ela sente um injustificado alívio na ansiedade, baseado em nada, só por causa dessa espontaneidade por parte de alguém que não pode ajudá-la. Não, não, ela e o amante irão juntos.

— Qualquer hora, a qualquer hora, eu estou aqui. Sharon e eu, em casa. Pode ligar, pode aparecer. Pergunte ao advogado se algum tipo de carta de recomendação, não tenho idéia da forma exigida, ajudaria. Alguma garantia para seu rapaz da parte deste velho cidadão respeitável e cumpridor das leis.

Ele a acompanhou pela sala de espera, por entre mulheres de olhares erguidos para cumprimentá-lo de seus lugares, levou-a pelo corredor até os elevadores e esperou junto, para que não ficasse sozinha com portas a deslizar e a se fechar sobre ela.

De fato, o advogado tarimbado não atua mais. Fica sabendo disso por vias indiretas, uma vez que não podia perguntar ao pai sem dar uma explicação dos motivos de seu interesse. Um dos amigos — David — é sua fonte, através de contatos antigos que retoma para ajudá-la. A Mesa é unânime: vá falar com o cara de qualquer maneira, mesmo que ele não advogue mais, ainda terá as coisas todas na cabeça, ele não vai se recusar a lhe dar um conselho, ele já viu você, viu Abdu, você mesma disse, na casa de seu pai. Como é que ele vai recusar. Não tem como!

Juntando-se a eles, na Mesa, a vítima, o acusado, o que está em perigo, o escolhido da amiga Julie — que percepção há de ter ele de si próprio? Escutou atentamente a todos.

— É isso que eu digo a ela.

Você sabe por que estou relutante. (Para o caso de a palavra não ter sido entendida:) Não estou muito a fim.

Eles são iguais a qualquer outra combinação de amantes que vão e vêm, estão tendo um arranca-rabo sob a proteção da Mesa.

E daí, se ele comentar com seu pai? Pode ser até bom. Se partir dele, um sujeito importante de quem seu pai gosta. E daí se ele contar!

Ela é atendida pela secretária-geral, quando liga para a sede da empresa no número que lhe deram, é transferida para a secretária particular, depois para a assistente e, por fim, para o dr. Hamilton Motsamai em pessoa. Teve de se apresentar à assistente como filha de Nigel Summers. O advogado mostra-se (no jargão empresarial com que está acostumada no círculo do pai) afável, como vai o Nigel, estarei numa reunião com ele na semana que vem, muito bem — claro que me lembro de você, a casa de seu pai é um lugar especial, repousante... sim. Ele tem uma voz grave e suave, voz de negro, que soa como se estivesse saindo de alguém grande e alto, mas ela se lembra dele como um homem pequeno, de corpo ágil. Se for urgente, claro. Muito bem. Afinal, é a filha do Ackroyd — mas então, estranhamente, como se em contradição, ela acrescenta algo meio sem jeito.

— Espero que não se importe com meu pedido — o senhor poderia fazer a gentileza de não mencionar que eu liguei, se por acaso entrar em contato com meu pai.

De modo que na mesma hora surge um segredo entre ela e esse estranho do qual ele, o amante, nada saberá. Embora tudo nela seja dele. Este é um mero fiapo da meada de artimanhas que sabe ser preciso aprender numa circunstância para a qual, em todo seu confiante desdém pelas convenções, se descobre despreparada. Ele, descoberta sua; também isto a ser descoberto em si mesma.

A secretária particular, que marca um horário, lhe pede o número da placa do carro, para que ela possa usar o estacionamento da sede da empresa, nas vagas do subsolo. O bom Toyota usado que o mecânico lhe arranjara encontra lugar na caverna. Julie olha um instante para o avatar desse mecânico, agressivamente belo, lenço de seda no pescoço, a camisa mais bonita. Ela sorri, mas Abdu sabe que Julie está tentando medir com outros olhos a impressão que ele precisa causar. Atravessam a catraca de segurança onde introduzem os cartões plásticos recebidos do guarda que, na entrada, conferiu o número da placa; são conduzidos por outro homem uniformizado para registrar (o nome dela serve a ambos) hora de chegada e outros detalhes de identificação num livro de capa de couro gravada a ouro; e levados por uma jovem elegante programada para prefaciar com um *E como vão os senhores* as instruções sobre qual elevador chega ao décimo sétimo andar. As portas se abrem numa área de recepção que antecede corredores e pequenos cômodos interligados, como num hotel cinco estrelas; palmeiras debruçam-se num domo de vidro, uma fonte goteja do bico de garças de bronze e, sob as luminárias, há sofás e poltronas de couro pálido agrupadas para bate-papos. Algum tipo de almoço está em andamento, transbordando de um dos recantos. Nota-se a curva de um pequeno bar, baldes de gelo brilhantes como prata sobre suportes, um bufê oculto por gente servindo-se sob o acompanhamento de risos e vozes dos quais o agudo jorra como outra espécie de fonte. Ele e ela param de pé: as luzes se acenderam num teatro.

O conjunto de salas do dr. Motsamai fica além da sala da secretária particular e da sala da assistente dele, todas as duas certificada e sedosamente loiras. Ele recebe a filha de seu associado e o moço (estrangeiro) não na formalidade do escritório onde discute negócios, mas na saleta ao lado, não tão grande que impeça o contato olho a olho, mas bastante confortável, com móvel para a televisão e um leque de jornais financeiros nas mesinhas de vidro. A barba rala, pontuda e mimosa, usada conforme está nas gravuras de antigos reis tribais, equipara-se em distinção ao cravo branco na lapela, ao lado da roseta de alguma Ordem.

É evidente que caberá à filha de Summers falar.

A expressão muda enquanto ouve a história. É como se tivesse sido devolvido por ela a uma outra vida: essa é a fisionomia absorta e intensamente atenta do advogado tarimbado, não a do mui afável vice-presidente ou seja-o-que-ele-for desse conglomerado bancário ou seja-o-que-isso-for. A história da moça se torna uma confissão detalhada de tudo que ela aprendera em minúcias à força de tanto ser repetido e ela, é óbvio pela maneira como a narra, está ciente de que o companheiro vigia em silêncio.

Na outra manifestação de seus poderes intelectuais, de sua maestria profissional, o advogado ouvira e analisara inúmeras confissões. Ele alterna concentração nas palavras da jovem com olhares meticulosos e austeros para o lado do companheiro — sim, para verificar, em sua própria interpretação daquilo que ouve, as ações e prováveis motivações desse amante.

Quando ela termina — ou melhor, pára de falar — tem de controlar as emoções que vêm à tona, a vontade é continuar, implorar, declarar seu caso, o caso do amante; o advogado está familiarizado com os sintomas dos muitos que prestaram depoimento em tribunal. Ele se acomoda na poltrona e pressiona os ombros de encontro ao descanso acolchoado, a toga invisível ajustada em volta — o advogado tarimbado foi por um tempo ministro substituto e poderia ter sido, em caráter permanente, o Meritíssimo Juiz Motsamai da Suprema Corte se não tivesse se decidido por aquela outra forma mais lucrativa de poder sobre os destinos humanos, as instituições financeiras. Também está mais do que acostumado, por sua carreira passada, aos olhares que se cravam nele, o oráculo. É uma das recompensas de ter descartado aquelas togas fartamente preguedadas em favor de um terno leve feito sob medida, não ter mais que ser alvo desse tipo de expectativa; ele próprio às vezes tinha que combater a emoção para entender — homem vulnerável que era, negro cujos pais haviam sido eles próprios suplicantes — que ele não poderia oferecer nada mais oracular que o gerenciamento dos fatos nus e secos.

Deixou que alguns momentos de silêncio dissessem isso, a esses dois.

Depois falou. — Vocês não são casados.

— Não. Não.

Ele então produz uma espécie de som de órgão, algo entre uma exclamação e um resmungo, uma antiga afirmativa africana. Podia tanto ser um consolo quanto um aviso — ela está familiarizada com expressões não verbais peculiares aos africanos, assim como gregos, italianos ou judeus têm as suas, características, mas a roda que freqüenta é a dos jovens que, tendo perdido os recursos mais grandiosos, eloqüentes e tradicionais para se exprimir como africanos, passaram com facilidade à Mesa, aos bares e às ruas apenas o adequado à usança geral de todas as culturas locais, por toda parte, expressões que circulam na boca de uma geração, a sua, de todas as cores e tipos.

— As chances de obter sucesso numa petição feita em nome do senhor...? seriam talvez um tanto melhores se vocês fossem casados. Ele se beneficiaria com o dispositivo que determina que o cônjuge de um cidadão deste país — e, claro, Julie, senhorita Summers, não resta a menor dúvida de que a senhorita o é — tem o direito de permanecer aqui. Um momento: esperem... Recorrer ao casamento agora — a esta altura — só faria prejudicar o caso ainda mais; a união seria vista como uma artimanha para obter residência, mais nada. Para funcionar como fator positivo na obtenção de visto de entrada, pedido de residência permanente ou suspensão de ordem de expulsão, o casamento já tem de ter uma certa duração — prova de que se trata de um relacionamento genuíno. Vocês entendem. Há imigrantes demais dispostos a pagar alguma mulher por uma certidão de casamento, a consumação dá-se apenas no papel, o divórcio vem depois de um intervalo apropriado. O Ministério do Interior, que o intimou com a ordem para que deixe o país (ele aponta delicadamente a barba para o jovem estrangeiro), sabe desses truques. Portanto: inútil, nesta fase crucial, para você.

Algum tipo de garantia — um apoio ao pedido — quanto ao bom caráter e recursos financeiros — será que isso ajudaria? Tem essa coisa de alguém se tornar um fardo para o Estado?

Ela é a filha de Nigel Ackroyd Summers, claro. Mas ela mesmo dissera, não conte nada a meu pai que eu vim procurá-lo... Bem, é muito provável que a moça já tenha um dinheiro seu, separado do da família — prática comum entre pessoas de posses, para garantir uma redução nos impostos de herança, quando esse péssimo dia chegar.

— Cartas de apoio, presumo que de pessoas de reputação ilibada... sim, talvez pudessem ser úteis numa situação, como dizer, um pouco menos prejudicada. Irremediavelmente prejudicada. O que mais se poderia dizer. Eis aqui um rapaz que entrou no país por meios dúbios e que, expirado o prazo do visto de permanência, tinha ordem para partir, há quanto tempo...

A barba inclui apenas ela, que não responde; confirmar o tempo seria o mesmo que uma confissão de culpa por parte de um criminoso. A barba aponta para o rapaz em questão, no banco dos réus.

— Um ano, cinco meses e algumas semanas.
— Aí está. Ah-eh... Você deveria ter deixado o país há mais de um ano e cinco meses, você sumiu, permaneceu aqui em contravenção às leis, conseguiu *eludir a lei*, acabou sendo culpado de violar a Lei de Imigração, desafiou o Ministério do Interior. E, ainda bem para você, devido à ineficiência do serviço, com a qual estou bem familiarizado dos tempos em que advogava, seu caso caiu em algum buraco do sistema de arquivos, perdeu-se nos computadores, o pessoal fumou uns cigarrinhos, bateu papo, conferiu no relógio a hora de ir para casa e esqueceu de você! Talvez possamos dizer que você teve sorte. Esquecido! Teve sua moratória, seu tempo... Não sei se foi sorte de fato, se olharmos sua situação agora.

Mas eles estão sentados diante dele *agora*, a jovem e o homem que chegou até ela vindo de onde tinha *sumido*, debaixo de um carro, no chão imundo de uma oficina, os meses e semanas têm sido deles, *ele não é para você, ela não é para ele*, mas eles têm sido, eles são, um para o outro!

O fluxo do advogado não pode ser impugnado, ele não pode ser interrompido, está fazendo seu arrazoado, é de praxe, insofreável.

— Você se colocou numa situação em que há uma acusação criminal a sua espera, sem falar numa ordem de expulsão do país. Esse é o ponto de atrito. É isso que depõe contra quaisquer que sejam os testemunhos sobre seu caráter, sua aceitabilidade como futuro cidadão, suas possibilidades de segurança financeira, garantias e o que for que possa ser apresentado. Lamento muitíssimo ter de lhe pôr a par desses fatos incontroversos! Você foi avisado de que seu visto havia expirado e que não seria renovado; você optou por continuar ilegalmente no país, livrou-se de sua identidade e assumiu um nome fictício. Se tivesse ido embora, voltado para seu país de origem, ou ido para algum outro lugar onde soubesse que poderia entrar, se tivesse requisitado um novo visto da imigração de lá, fora de nossas fronteiras — então os testemunhos de cidadãos proeminentes daqui teriam lhe sido de grande serventia... garantias... O dinheiro é sempre útil. Sim (a nota grave soou de novo, tirada das profundezas). Ah-eh. Essa gente aceita suborno. Vocês sabem disso. Todos nós sabemos disso. Ah-eh. É a epidemia que corrói a liberdade obtida para nossa pátria, adoecendo-nos por dentro, uma das feridas abertas da corrupção. Certo. Com dinheiro, sem dúvida — dinheiro suficiente — vocês poderiam molhar a mão de alguém para rasgar essa última ordem de sair do país. Você poderia manter seu nome falso por mais alguns meses, arranjar outro, sumir mais uma vez por — não sei — quem sabe por mais um ano, mas algum outro funcionário, com algum ressentimento do primeiro, vai acabar encontrando seu registro no computador, haverá mais uma acusação criminal contra você, sua condição se tornará habitual, violação da lei mais suborno.

— Quer dizer que não pode nos sugerir nada, doutor Motsamai?

Ele continua olhando intensamente para ela, as sobrancelhas arqueando-se devagar.

Um lampejo de ressentimento: *ele não é para você*, na verdade é isso que ele está dizendo: o famoso advogado é um *deles*, da turma do pai e de suas acetinadas Danielles, pesando prós e contras entre futuros e fundos com *hedge*, instalado em seu palácio corporativo, pouco adianta que seja negro; acabou virando uma das vítimas daquele pessoal, agora é um *deles*. Também ele espera que ela escolha alguém de seu meio — do meio ao qual ele pertence.

Ela se levanta para partir. Mas é como se a antiga perícia em decifrar suplicantes desesperados tivesse lhe dado intuição para saber como está sendo julgado; ignorando-a, volta-se para o estrangeiro dela.

— Eu sei como são essas coisas. Meu povo já foi rejeitado em muitos portões de entrada e saída. Muitos anos, séculos. Eu mesmo, quando era jovem. Quando tive a chance de ir para o exterior aperfeiçoar meus estudos. Nos anos sessenta, levou três anos. O tempo todo um vai-e-vem, vai-e-vem. Até que a papelada acabou recusada. Visto de saída, só de ida. Vá e não volte nunca mais. Foi esse o carimbo que eu tive que aceitar na época. Obrigada. Adeus. Ela também tem suas intuições, sabe aonde ele quer chegar reivindicando irmandade legítima com o sofrimento de seu povo junto com um distanciamento bem-sucedido dele. No entanto há ainda outras habilidades à disposição, aprendidas em tribunal e reuniões de diretoria, ele sabe como desarmar a hostilidade das testemunhas e a de investidores difíceis. Responderá, a seu tempo, a pergunta que ignorou. — Bem... já peguei muitos casos aparentemente sem a menor esperança no meu tempo, de modo que sugiro que procurem um advogado burro o bastante para pegar casos assim e inteligente o suficiente para saber o que pode fazer com o de vocês. Eu procuraria um antigo colega.

— Obrigada. Não. Obrigada...

Ela é detida por um aperto no braço da mesma mão que a cerca de carícias.

— Será ótimo. Muito obrigado. Pode ser agora? Pode conseguir? Podemos ir a qualquer hora, agora mesmo.

— Bem, tenho uma reunião, alguns papéis para rever, mas vou pedir a minha assistente que ligue para meu colega assim que eu estiver livre e, depois que eu falar com ele, ela telefona para vocês. Ela tem seu telefone, senhorita Summers, a senhorita tem um celular, claro...

Entrega as chaves do carro a ele.
Certo. Certo. Lá está o lindo sorriso dele, para ela, o mesmo dos primeiros dias.
Chato pretensioso.
Certo. Certo. Antes de dar a partida, ele faz o necessário, engancha um braço nela e beija-lhe o rosto tenso.
Podemos achar nosso próprio advogado. Não devíamos ter vindo procurá-lo. Eu já devia saber o que ele estaria pensando o tempo todo: *o que meu pai não iria dizer!* E não acredito que saiba muita coisa a respeito, não deve ter lidado com esse tipo de caso, não é espetacular o bastante, não é assassinato.
Você está errada, sabia. Ele entende de impostos. Como não pagar, certo. Mas isso também é difícil. Assim é o mundo, como os outros amigos do seu pai, ele sabe como funciona o mesmo tipo de tudo quanto é coisa para outros negócios.
David conhece advogados.
Que tipo de advogado o David vai conhecer? Esse homem é importante, sua turma é graúda. Escute, Julie.
Este fora o recado do aperto no braço: eu sou um homem. Eu sou aquele que não é para você, mas que a possui todas as noites: me escute.

A ligação veio pelo celular que o pessoal de relações públicas para quem ela trabalhava insistia que carregasse consigo o tempo todo. Essa ligação não foi a troca gozadora de jargões profissionais que costumava ser a forma favorita de comunicação entre eles. O nome do colega do dr. Motsamai, o número do telefone, o endereço, a data e a hora da consulta. Julie e seu problema estavam na Mesa. Música de fundo significava uma intromissão de peso nessa hora, mas todos fecharam os ouvidos: os amigos seguiam-lhe os lábios enquanto Julie repetia a informação. Um deles passou uma esferográfica ao amante para que pudesse anotar, mas ele não tinha papel, e o poeta, que muitas vezes escrevia versos que lhe vinham pela câmara de eco do zunzum do Café ÉL-LEI, e que suspeitava que o estrangeiro talvez não conseguisse mesmo entender direito as coisas, anotou a informação para ela em meio aos rabiscos tântricos de seu livrinho de literatura popular.

Em algum lugar em meio às poucas posses de um imigrante ilegal havia algo que ela não sabia que existia: um terno. Talvez estivesse guardado dentro de uma capa plástica no barracão da oficina. Colocou-o para ir ver o colega de Motsamai. Disse que seria melhor ir sozinho e obviamente estava confiante o bastante para fazê-lo. Parecia à vontade dentro da versão moderna, paletó folgado, dos trajes que marcam a categoria dos cidadãos de bem, assim como a toga preta marca a categoria do juiz, tão à vontade quanto parecia dentro do macacão de mecânico. Ela percebe que um imigrante ilegal precisa ser uma espécie de camaleão, junto com todos os demais subterfúgios disponíveis. Ela foi junto, no fim. Podia haver dificuldades com a língua.

Já na sala do advogado, quem falou foi ele, numa alternância insistente de rapidez e hesitação, ao mesmo tempo frustrada e veemente. Ele encontrou as palavras: o advogado compreendeu-as, seu âmago, uma outra língua entre os dois homens. Houve alguns papéis a assinar. O advogado tinha uma prega de pele rosada e solta instalada debaixo das espessas sobrancelhas rajadas, que descia até a metade das pálpebras; havia um quê de hipnótico em suas feições. Redigiria uma petição para que o período de catorze dias fosse prorrogado, existiam determinadas pessoas em certos departamentos que precisavam ser abordadas, tudo isso seria feito sem demora. Aí então o verdadeiro processo de obtenção de um visto permanente de residência poderia começar. Todas as ponderações foram perfeitamente compreendidas e anotadas. O cliente seria mantido informado.

Sobravam cinco dias, depois quatro, dos catorze estipulados. Depois veio a dilação — o hipnotizador informou seu cliente de uma prorrogação de outros catorze dias, concedidos em razão das novas investigações que o representante legal faria do caso a ser apresentado. Não apareceram na Mesa. Sob o disfarce de mecânico, ele ainda ia todas as manhãs para a oficina, num ritual que perdera o propósito. Não saíam mais à noite. Ficavam deitados na cama ou sentados no degrau ainda morno do sol do dia, e conversavam na escuridão do jardim noturno. Tinham vivido tão-somente no presente e agora falavam do futuro que viria, ou que nunca viria. Que estava ali, deles, existia para eles.

O que você gostaria de fazer? Mesmo.

Informática. Estudar mais um pouco.

Podíamos fazer algum projeto juntos, enquanto você se prepara...

A Cidade do Cabo seria um bom lugar.

Enquanto você estuda, podíamos levar adiante algum projeto, já pensei nisso muito vagamente, algumas vezes, agência de direitos autorais pela internet, um site, não um escritório, tem tanta gente que eu conheço que trabalha com artes e entretenimento e não tem a menor idéia de como funcionam os direitos

autorais, vivem sendo enganados. Conheço bem essas coisas, pelos contatos de RP que tive.
Cidade do Cabo... belo lugar, dizem.
É, talvez; a gente bem que podia. Precisamos ir para longe daqui. Passei férias lá, claro, a vida toda — mas morar nunca.
Férias maravilhosas, quando criança — o mar.
Você vai gostar. De morar.
Sempre quis morar perto do mar, não sei por que nunca encontrei energia para me mudar. E você? O mar.
Não conheço o mar. Nada do mar.
Ela comprime a mão dele, palma com palma: a areia, a poeira. O mar é o oásis definitivo do mundo ressequido, abismos fervilhantes de vida, a superfície livre, com travessias onde não há fronteiras, marés subindo ora aqui, ora lá.
No sétimo dia da dilação, o advogado deixa um recado na caixa de mensagens dela. Devem ir vê-los às três e meia.
Ele se ausenta da oficina sem explicação — agora não importa mais. Ela o leva até em casa para se trocar; reluta em dizer-lhe que não é necessário pôr o terno, o jeans elegante basta. Ambos sentem aquele estranho aperto na garganta, como se houvesse ar preso ali dentro. A expressão por baixo da prega de carne, a meia-pálpebra, continua a mesma. O advogado os cumprimenta com um aperto de mão; a dela, a dele, depois todos se sentam. Quando fala, é apenas para o estrangeiro, porque é a ele que aquilo que tem a dizer se aplica — a moça é filha de Nigel Ackroyd Summers, Motsamai informara —, não há ameaça contra ela, ela pertence à roda. Todas as vias possíveis tinham sido exploradas. Até o nível mais alto, ele poderia acrescentar. Motsamai tinha sido de grande ajuda. Não existe possibilidade de que seja concedido um visto de residência permanente. Ele lamenta muitíssimo ter de dizer: não há mais nada que possa ser feito, por ele ou qualquer outro. Precisa dizer isso ao cliente,

para poupar esperanças vãs e gastos inúteis. — Para ser sincero, mesmo que você chegasse a pensar no assunto como um último recurso, nem mesmo o dinheiro acharia as mãos certas. Como já deve ter lido nos jornais, está havendo muita denúncia de corrupção nessa área, nesse mesmo departamento, atualmente. O que resta para perguntar; mas eles aguardam.

Primeiro o advogado repete o que acabou de dizer; os clientes muitas vezes não querem ouvir, não assimilam as más notícias, acreditaram nele, em sua infalibilidade profissional, acima das circunstâncias provocadas por si mesmos, irreparáveis.

De repente passa a falar com a moça, como se o que tivesse para dizer precisasse ser transmitido ao cliente por intermédio de alguém próximo a ele — duro demais para ser dito diretamente. — Ele terá que deixar o país em dez dias. Consegui estender um pouco mais o prazo, eles tinham dado uma semana.

Eles resolvem voltar — estão de volta — ao Café ÉL-LEI. Que outro lugar havia para ela? E para ele nunca houve um, nem ninguém.

Ela conta a história aos amigos várias vezes, à medida que um e outro chegam à Mesa em momentos diferentes do relato. Querem saber todos os detalhes, é a maneira que têm de demonstrar preocupação; repetem-nos, pesam, ponderam, fazem as mesmas perguntas, vozes de um coral. Ao redor, idas e vindas, risadas, cadeiras arrastadas, fita cassete rodando, cabelos tirados do rosto, cumprimentos animados, murmúrios, incessantes: a Mesa poderia perfeitamente estar no meio de uma festa de aniversário.

— Eu já lhe disse isso antes, meu irmão, suma. É a única forma. Como os moçambicanos, congoleses, quenianos, o que for.

— Mas é melhor outro lugar qualquer. Durban, Cidade do Cabo, cair fora daqui.

— De jeito *nenhum*! Esta é a única cidade grande o bastante, é o labirinto onde se perder para sempre.

— Claro, senão, como é que todos esses aí se viram? Me diga. Estatuetas e badulaques em tudo quanto é calçada — você os vê por toda parte, papagueando felizes da vida em suaíle, francês, eu sei lá. Tantos que ninguém consegue pegá-los. De batelada. Ninguém pega.
— Por ali é noite, cara. Eles são negros como eu. Este cara aqui, o Abdu, ele não é um deles, seu rosto e tudo mais — conta uma história.
— Badulaque, que badulaque...
— Não estou falando de drogas; coisas, trecos kitsch, se você for capaz de reconhecer quando vir.
— Continuo achando que vocês pegaram o advogado errado. O problema é que você é muito fina, Julie, mãos limpas dos Bairros Nobres, essa coisa toda. O Deus-aos-Domingos só vê o pardal cair do ninho, menina, ele não decreta tu-não-farás aos arranjos corporativos, mas diz que não *convém* usar advogados pilantras. Não venha me dizer que não dava para dar um jeito. Pô, se o graúdo lá do Ministério do Interior acabou de ser convidado a sair por causa da corrupção...
Julie tamborila a madeira da Mesa com os dedos espalmados. — Eu não sou tão inocente assim, nem sobre o que se faz lá no lugar de onde eu venho nem no Ministério do Interior. É que o problema está justamente no que você sugeriu. Um arranjo. Não é nenhum escrúpulo vão. Soubemos de boa fonte que todo mundo está morrendo de medo de oferecer uma mão agora. É bem provável que ele acabasse sendo preso por tentativa de suborno, além de tudo.
— Que naaada... quanto mais alto você vai, menor a chance de ser pego. Não venha me dizer que com os contatos certos...
Pensando em seu pai, claro; o dinheiro paterno sempre fora uma presença que a Mesa ocultava de Julie, em contrapartida à falta de Rovers clássicos na vida de quem se pronuncia e

na dos outros amigos. As exceções — os companheiros de fuga dos Bairros Nobres — sabem que Nigel Ackroyd Summers jamais se aproximaria de um ministro de Estado com quem costuma almoçar para lhe pedir que um imigrante ilegal saído de um país atrasado qualquer continuasse dormindo com sua filha. De um deles, uma rejeição rápida: — Impossível, Andy.
— Mas você não vai me dizer...
— Se todas essas centenas, milhares, se safam, *tem* de haver uma solução. Você precisa perguntar por aí. Por toda parte. Onde *é* isso?

Ela aguarda respostas que não vêm; os amigos sempre se uniram em busca de soluções para tudo quanto acontece a qualquer um deles. Soluções alternativas de vidas alternativas? Mesmo que seja apenas, na vida de quem se senta entre eles todos os dias com a sentença de morte da AIDS sobre a cabeça, para transformar uma notícia insuportável no consolo do riso.

— Suma, meu irmão. Como eu disse.

O poeta, sempre a tiracolo, esteve presente, calado em meio às repetições da história. Dobra uma folha arrancada de seu livrinho, no qual acabou de escrever algo, e entrega na mão dela.

De volta à casinha, ela nota um barulho estralado no bolso da camisa, o do seio esquerdo. Apalpa o bolso *por toda parte, pergunte por toda parte*, tira o pedacinho de papel, desatenta, ele está tomando água, um copo, dois copos, goles fundos, na pia, engasga no último e sacode devagar a cabeça. Ela desdobra o papel e lê o que está escrito.

"Isto não é tudo, mas é a primeira parte e é de alguém chamado William Plomer, que você não conhece.

Vamos para um outro país,
Nem seu nem meu,

Começar de novo.
Um outro país? Qual?
Um sem labaredas, onde a febre
Espreita sob as folhas, e a água
É vendida aos que têm sede?
E carregar drogas ou papéis
Nos sapatos para não morrer de fome?
A esperança seria nosso passaporte,
O resto fica entendido
É só dizer a palavra.
(Desculpe, não me lembro como termina.)"

    Julie lê o poema em voz alta para ele, mas foi endereçado a ela.

Mudo.
Podia muito bem sê-lo. Se a conversa gira em torno de coisas que você conhece melhor que ninguém. Você é mudo se não consegue falar — falar a língua deles como eles. Tem que usar os lábios e a língua para outro propósito, o pênis e até as solas dos pés, afagando-a na cama, em lugar de opiniões, convicções. De que adianta isso agora?

Ele não consegue fazer amor. Ela nunca passou por isso com os outros amantes. Sem lhe dizer nada, ele pega o carro — onde terá ido? Volta com os pertences deixados no barracão de mecânico. A sacola de lona com etiquetas esfrangalhadas naquela escrita desconhecida esparrama-se no chão da sala onde eles comeram e dormiram, juntos.

Pergunta se ela sabe onde pode conseguir uma passagem aérea barata. Claro que ela sabe; seu trabalho com grupos pop e conferencistas a faz ter contato com agências de viagem e

companhia aéreas. Então ela o olha, lá dentro dele, sem acreditar no que ouve.
Você me arranja uma? Ou me diz aonde eu preciso ir?
Os seios sobem e descem debaixo da malha e as narinas de seu belo nariz (ele nunca achou que ela fosse bonita, mas sempre, desde aquele primeiro dia em que surgiu de sob o carro, considerou o nariz dela como tal) estão rígidas e infladas. Alguma coisa vai acontecer, lágrimas, uma explosão — ele precisa acudir depressa para evitar seja o que for, está com os braços em volta dela, da mesma maneira como se pode recorrer a tampar com a mão a boca de alguém.
Aquilo com que ela briga, não só neste momento de confronto prático mas o tempo todo, nos dias que são eliminados cada vez que a luz entra pela fresta das cortinas sobre a cama onde se deitam, não pode ser discutido com ele. Não ainda.

Sumir. Como eu falei.

Das duas uma. Ou ele some numa outra cidade, com outra identidade, mantém-se ao largo, ou some na deportação.
À noite voltam outra vez para o Café ÉL-LEI, afastam-se do silêncio da casa e da sacola de lona largada no chão, porque em geral lá sempre tinha alguém de quem se sentia próxima, entre os amigos.
A briga continua veemente dentro dela. Está possuída, sente-se estranha aos demais, até mesmo àqueles a quem considerava próximos; a briga os torna estranhos para ela. Sente como se nunca os tivesse conhecido, nenhum deles, no sentido verdadeiro de conhecer que ela agora tem com ele, o homem que lhe é estranho e que chegou um dia saído de sob a barriga de um

carro, frugal na concessão do belo sorriso, dignificado de uma forma aprendida durante uma vida tão oculta dela quanto o nome que levava. A turma dela, Companheiros, Irmãos e Irmãs. Eles são os estranhos e ele é o conhecido.

Então, o que está acontecendo?

— Pouca vergonha. Eles entram e saem dos aeroportos, passam pela imigração com cocaína enfiada no rabo, *ecstasy* na vagina — e olhe que não estou falando do êxtase que as faz gozar —, mas ele é recusado e chutado.

Nem a indignação nem a simpatia contam; são apenas assuntos da noite, para a animação e exibição de praxe. Vamos pedir mais vinho, você está precisando de uma bebida, Julie, vamos lá, Abdu, você também. Alguém passa um baseado, provavelmente é disso que um príncipe oriental mais precisa. O poeta não está. Não há ninguém. Não haverá ninguém, para ela, nesta cidade, neste país.

Os dois não bebem nem fumam e saem cedo. O espaço vago que ocupavam na Mesa fica em silêncio; rompido: — Não é o fim do mundo. Nossa menina já esteve apaixonada algumas vezes antes, como todos sabemos.

— Essa investida dela foi um desastre desde o começo.

— Pô, ele não é um cara mau, só precisava de uma mãozinha. De uma cama. E obviamente soube como ocupá-la muito bem.

— Nunca vi a Julie desse jeito. Tá ruço, cara.

Um apêndice recém-anexado à Mesa passa a mão na cabeça raspada, os olhos arregalados, como se a seguir a trilha que a amiga íntima e o estrangeiro abriram pela alegria fustigante do sábado à noite.

— A Julie precisava dar uma relaxada.

Como não há mais sentido em fazer o papel de mecânico, ele passa os dias, seus últimos, na casinha. Está sem fome, mas sente uma sede constante; deita-se na cama, cujo prazo de utilidade também já venceu, com uma jarra de plástico cheia de água gelada a seu lado no chão.

De modo que estava ali quando ela chegou do trabalho, trazendo o envelope da agência de viagem. Entregou-o a ele, na cama. Ele demorou-se uns instantes, lendo o nome da agência, vendo o logotipo de algum grande pássaro voando, como se procurasse se convencer de seu presságio. Fez um talho no topo com a unha e passou o indicador na beirada para abri-lo. Dentro, havia dois bilhetes aéreos.

Ela parou diante dele com as mãos unidas atrás das costas, qual uma ginasiana.

E agora é chegado o momento: não houve uma descrição desta Julie, pouca indicação de como ela é, a menos que as ações e as palavras de alguém evoquem um rosto e um corpo. De toda forma, não há uma descrição que seja *a* descrição. Todos que vêem um rosto vêem um rosto diferente — o pai, Nigel Ackroyd Summers, sua mulher Danielle, a mãe na Califórnia, lembrando-se dela, seus contemporâneos da Mesa, o velho poeta inédito; seu amante. A fisionomia que ele vê é a fisionomia definitiva para a situação atual. As duas passagens aéreas que segura nas mãos, vira, abre, verifica, materializam um rosto, o rosto dela, que não existia antes, o rosto do que é impossível, não pode ser. Então, o que ela era, e é agora — como a mulher Julie é, aparece-lhe diante dos olhos.

Elas sempre querem saber o que têm de bonito — as mulheres, em qualquer lugar do mundo —, mas suponho que eu nunca tenha feito isso porque não consegui pensar em como dizê-lo, não da forma como consigo pensar em minha própria língua agora. Também nós temos nossos poetas, de quem ela nunca ouviu falar, Imru' al-Qays, Antara. Preciso entender o que estou vendo quando olho para esta moça, esta mulher — quantos anos, vinte e nove, um ano mais velha que eu. Mas não são os dias e anos, é a vida que dá a idade! Ela é uma criança, são todos crianças, e o que ela quer fazer agora não é para ela, a vida da qual é totalmente inocente, da qual não faz a menor idéia, a inocência é ignorância entre eles. Ela chegou à oficina como qualquer outra das mulheres deles, que têm um carro oferecido pelo pai ou marido e a liberdade da qual nem se dão conta para ir aonde bem entendem e conversar com um homem estranho, despejando ordens enquanto eu saio debaixo de um carro e me levanto, um idiota sujo dentro daquele macacão, para ir atrás dela na rua. Será que não entende que uma moça como ela não pode sair sozinha, no lugar para onde estou sendo mandado de volta? Não creio que eu tenha olhado de verdade para ela. Naquele dia. Bem: européia; mas elas não se definem assim, não estão na Europa — pertencem a este país. Portanto, branca, jovem, sem ser elegante, mas vestida no estilo que para eles disfarça a diferença entre ricos e pobres, do jeito como meu macacão deveria disfarçar o fato de eu ser um imigrante ilegal foragido. Mas ela me olhou. Não sei o que foi que imaginou ter visto, houve aquele convite para tomar um café. E lá estava ela, naquele bar ruidoso, com um homem desconhecido, um ninguém que ela encontrou, se não na rua, então num lugar pouca coisa melhor. Suponho que a tenha visto como mulher, então. Não era loira — meu tio e meus primos me disseram que gostam muito das loiras —, cabelo de um castanho sem cor, sedoso e liso, caindo atrás da orelha. Mais tarde, na cama junto com ela, às vezes eu reparava que a orelha mais próxima de mim no travesseiro era pequena e rente à cabeça. Bonita. Olhos cinza-aguados e não muito grandes, sempre me olhando de frente. O que mais; sobrancelhas bem mais escuras que o cabelo, naturais, não aquela linha fina que as moças levantam e franzem para flertar com a gente lá de onde venho. Pintura escura na boca cujos músculos sempre se mexem de leve, inconscientes, enquanto acompanha o que alguém está lhe dizendo. Como se estivesse aprendendo uma língua. Tentando. Como se soubesse, certo, ela não sabe de nada. *De nada!* É impossível, essa idéia dela. O que faria lá? O que espera que eu faça com ela. *Lá*. A responsabilidade perante o pai dela, ela acha que ele não importa, mas ele é alguém nesta cidade e eu serei o maldito estrangeiro imundo que a está levando para uma faixa exaurida e depravada de terra que nem os europeus queriam mais, deram graças de se ver livres, até o petróleo está do outro lado da fronteira. Rapto; assim seria chamado em meu país. Que serventia terá ela? Para si mesma, para mim. Ela não é para mim, será que não entende isso? Mimada demais para entender que é isso que ela é, pensa que pode ter tudo, não sabe que a única coisa que não pode é sobreviver àquilo que decidiu que quer fazer agora. Loucura. Loucura. Pensei que fosse inteligente. *Burrice*. É isso aí. Ponto final.

Pela primeira vez, desde a primeira xícara de café juntos, eles discutiram. Ele, que falava macio, gritou com ela. Ele, que era belo, tornou-se feio com a raiva e o desprezo.

Quem lhe pediu para comprar duas passagens. Você não me disse nada. Não acha que tinha de discutir o assunto? Não, você está acostumada a tomar todas as decisões, faz o que bem entende, nem pai, nem mãe, ninguém pode lhe dizer nada. E eu — o que sou eu, não fala comigo, não me pergunta —. você não pode viver em meu país, não é para você, você não entende o que é viver lá, vai querer morrer se tiver que morar lá. Será que não entende? Eu não posso ser por você — responsável...

Ela enrijeceu de raiva, mastigou as palavras. Ninguém precisa ser responsável por mim. Eu me responsabilizo por mim. Por você. Sempre você. Acha que isso tudo é muito corajoso. Deixe eu dizer uma coisa. Você só sabe ser responsável por você aqui — neste lugar, entre seus amigos do bar, no país onde você tem tudo. Eu não posso ser responsável. Não quero isso.

Ele viu, não pôde evitar de ver, tudo mudar nela. Tudo quanto ela fora para ele, a unidade física, a ternura, a expressão de todo seu ser concentrada nas horas passadas com os advogados, as humilhações sofridas diante da indiferença dos comunicados oficiais, o reconhecimento dele como o homem que ele sabia ser debaixo do ninguém com nome falso — isso tudo apossou-se do corpo e do rosto dela numa revelação. E as palavras dele *Não quero isso* desfecharam o murro estonteante.

Você não me quer.

Não cabia a ela dizer essas palavras; ele as ouviu como ela as ouvira. Não havia nada para ela dizer; ela não sabe de *nada*. Isso é verdade, mas ele enxerga, sente, vê revelado diante de si algo que não sabe: essa moça estrangeira tem por ele — há lindas palavras que lhe vêm na língua pátria — devoção. Como poderia alguém, homem ou mulher, não querer isso? Devoção. Não é natural, ser amado? Aceitar uma bênção. Ela sabe *alguma coisa*. Mesmo que venha da ignorância, inocência da realidade.

A potência lhe voltou, porque essa estranha o fazia inteiro. Nessa noite, fez amor com ela com a ternura recíproca — dê-lhe o nome antigo que quiser — contra a qual se guardara — com uns poucos lapsos —, não podia se dar ao luxo de um compromisso naquela situação, precisava estar apto a pegar aquilo que o próximo apoio tivesse a oferecer, fosse o que fosse. Nessa noite, fizeram amor, o tipo de amor que é um outro país, um país em si mesmo, nem seu nem meu.

Com a aceitação do amor vem a autoridade para impor condições. Eles nunca disseram as velhas palavras surradas um para o outro, para ela são clichês burgueses largados para trás; ou talvez seja porque cada um precisaria de um vocabulário diferente em suas duas línguas. Mas há uma conseqüência comum a ambos: se você me ama, irá querer fazer o que eu digo, ou ao menos abrir concessões para me agradar. Era direito que informasse o pai da decisão. A idéia de fazê-lo encheu-a de espanto. Ele insistiu. Ela viveu a cena toda de antemão, e a realidade corroborou-a: foi sozinha, sentou-se no terraço onde eram realizados os almoços de domingo e a intenção que anunciou ganhou incongruência por força do cenário em que foi ouvida. *Você sempre levou sua própria vida e, no meu amor por você, sempre respeitei isso, embora às vezes tenha me trazido preocupação — e mágoa, sim, mágoa. Você não tem consideração pelo que faz, indiretamente, à sua família, desconfio que mimei você, isso sempre acontece com o pai ou a mãe, quando há um divórcio. Culpa minha. Seja como for. Muitas foram as vezes em que tive* de estar a postos, pronto para apoiá-la, levantá-la quando levava um tombo, e eu só respirava de novo quando você recobrava os sentidos. Nunca achei o pessoal com quem você anda digno de você — não me venha com esse sorriso, não tem nada a ver com dinheiro nem classe —, mas sempre achei, à medida que você foi crescendo, que acabaria descobrindo por si mesma. Que faria alguma coisa da vida e de todas as vantagens que teve — inclusive liberdade. Você está com quase trinta anos. E agora me vem aqui, sem aviso prévio, e simplesmente nos diz que está indo embora daqui a uma semana para um dos piores países, um dos mais atrasados e pobres do Terceiro Mundo, atrás de um homem em situação ilegal, sendo deportada — exato — de seu próprio país, expulsa junto com ele, alguém de quem ninguém sabe absolutamente nada, alguém com sabe-se lá que tipo de criação. Quem é ele lá no lugar de onde vem? O que faz lá? Que tipo de família é a dele? O que nós sabemos, todos sabem, é que o lugar é perigoso, um país de rivalidades políticas criminosas, um padrão abominável de saúde pública — e no que diz respeito às mulheres: você, você para quem independência, liberdade, significam tanto, eh, lá as mulheres são tratadas como escravas. É da cultura, da religião. Você está fora de si. O que mais posso dizer. Você escolheu ir para o inferno à sua moda.

E agora de repente parece velho, seu pai, impotente em vez de irado, é uma tática que já usou antes, mas se sente aliviada de que o amante não esteja junto para ver isso.

O encontro foi quase mas não tão ruim quanto o que se preparara para enfrentar munida da incontestável confirmação de duas passagens aéreas — não resta autoridade no amor do pai para cancelá-las —, porque, ao que tudo indica, existe outra crise familiar, algo do qual ela ainda não ouvira falar.

— Minha filha e meu irmão... O que mais vai nos atingir agora. Ambos em perigo. Você sempre foi apegada a seu tio, foi a ele que recorreu nessa história toda, não foi? Por acaso sabe o que está acontecendo com ele? Mas você está dando as costas a tudo que constitui sua vida. Quando ela exige, rápida: — Archie, o Archie está doente? — o pai aponta para a mulher. — É melhor a Danielle lhe contar, fica mais bem explicado por uma mulher, vocês conhecem melhor essa coisa toda.

Depois de ter dito o que fora incumbida de dizer, e de a filha ter ido embora com um abraço desajeitado que o pai mal aceitou, Danielle aproximou-se dele e, por trás da poltrona, substituiu o abraço rejeitado. — O que você esperava? Essa gente com quem ela anda o tempo todo. Naquele domingo, quando ela o trouxe, eu tive um pressentimento. Este não é como os outros.

O dr. Archibald Charles Summers exerce a medicina há quase meio século. Depois de quarenta e um anos de profissão, a ética é tão imutável quanto o amor; você sempre viveu para eles. Durante quarenta e um anos, as infinitas oportunidades do ginecologista estiveram ali, um harém de beldades passando literalmente por suas mãos. Naquela tarde, como em todas as tardes de consulta, a sala de espera onde as pacientes aguardavam a chamada estava cheia. Suas meninas. Nesse dia, havia duas novas aquisições, sem dúvida levadas pela fé das demais nos poderes de compreensão e cura de seu "Archie". As novatas eram identificáveis porque, sob a orientação da serena e elegante Farida, estavam ocupadas na recepção, preenchendo formulários com detalhes pessoais. Farida lembra-se bem — eficiente como sempre — das duas, uma do tipo que chega com a primeira gravidez e a outra, idade declarada no formulário como sendo trinta e cinco, uma mulher de aparência jovem — bem-dotada em todos os sentidos (a lembrança que Farida tem dela depois), roupas caras, anéis, seios macios como marshmallow unindo-se no decote generoso do vestido quando se inclinou para escrever. Sua consulta era uma das primeiras e não precisou esperar muito tempo. Farida conhece todos os tipos: essa era daquelas que fingem não estar ciente de que existe alguém mais, alguma outra mulher que não seja ela no espaço em volta do eu. Não levara um livro, como fazem as intelectuais, não remexera na bolsa nem pegara e largara uma revista atrás da outra, como fazem as outras. Uma daquelas tensas e altivas, com coisas demais na cabeça.

Ao ser conduzida à sala do médico, cumprimentou-o como se aliviada de ter escapado e de se ver enfim ao lado de um igual. Recostou-se com toda a confiança na cadeira em frente à mesa guarnecida com algumas provas de gratidão das pacientes, peso de papel de malaquita, agenda gravada em relevo, um punhado de canetas douradas e prateadas, minicalculadora, duas estatuetas, réplicas de alguns deuses e deusas — de pronto ele foi interrompido por um telefonema urgente e ela apanhou um dos objetos sagrados, virou-o, sorriu. Ao encerrar a ligação com um gesto de desculpas, ela devolveu o deus à mesa. — Como o bom doutor Freud, o senhor gosta de ter arte antiga por perto.

— São bonitos, não são? Do período grego no Egito, segundo fui informado.

— Bem, estou certa de que são um desvio necessário do presente, com os problemas de pessoas como eu.

Ele percebeu então, de imediato, que aquela não era mulher para ser abordada com preâmbulos. — E que problema é esse? — Ele também sorria de leve enquanto passava os olhos pelo formulário com os dados pessoais e histórico médico dela.

— Estou no meio de um divórcio — e o senhor sabe como são essas coisas, o advogado diz que se eu quiser obter aquilo a que tenho direito não posso ser pega com ninguém mais —, se os advogados de meu marido souberem que há outro homem...

— Compreendo. Em geral, é assim mesmo.
— Pois é. E eu estou com um problema.
— Existe um outro homem. Em geral, também é assim mesmo. A senhora está com — vejamos — trinta e cinco anos. É uma idade irrequieta para as mulheres. Se ao menos os homens entendessem isso, não haveria tantos divórcios.

Ambos riram.

— Portanto o senhor já sabe o que vem a seguir, doutor. Acho que estou grávida. Sabe Deus como isso foi acontecer, eu sou cuidadosa. Os sintomas de hábito, sem menstruação há dois meses. No primeiro mês, achei que fosse por causa daquilo em que todos põem a culpa, hoje em dia, o estresse. Estou num novo emprego — gerente de crédito de uma multinacional — e agora me vem isso. Fiz aquele teste de urina — deu negativo, mas não confio.

— Tem algum filho de seu casamento?
— Não. Um aborto, cinco anos atrás. Não sou do tipo maternal, essa foi uma das coisas — das muitas coisas — erradas no casamento.

— Portanto, se confirmarmos sua gravidez, a senhora não quer a criança. Do seu amante. Preciso lhe perguntar, a senhora sabe. Sua resposta afeta o que viermos a discutir depois.

— Nada de filhos. Não. Ele também não vai ficar sabendo. De todo modo, parece que terminamos. Não quero nenhuma complicação. Não pensei que o senhor fosse ser um desses médicos que desaprovam o aborto.

E então essa é uma das infelizes. Acha que não presta, todas elas acham, as meninas; quando querem fazer um aborto por esse ou aquele motivo, soam petulantes, mas se acham antinaturais, as mães e avós lhes diriam isso e elas ainda escutam o eco. — E não sou, minha cara. Uma vida indesejada tem poucas chances de uma vida que valha a pena. Mas preciso ver

quais são as opções disponíveis para você. Agora venha, vamos dar uma olhada.
Deve ter sido assim.

Ela se despiu no cubículo onde os aventais disformes ficam pendurados no gancho, à espera de serem discretos por cima da nudez obrigatória diante do médico, um ritual bem diferente de ter sido despida pelo amante, ainda que conseqüência dele. A enfermeira, chamando-a de "meu bem" e cantarolando baixinho, levou-a à sala de exame, a câmara interna de Archie, privadamente sem janelas; depois se retirou. Ela deitou-se sobre o lençol branco engomado estendido numa espécie de cama de aço e viu a pia com torneiras que podiam ser controladas com os cotovelos, as luvas de látex cobertas de talco, os potes de ungüentos e um longo instrumento brilhante numa prateleira pequena.

O médico entrou por outra porta, fechou-a sem ruído, lançou-lhe um meneio de cabeça tranqüilizador e entregou-se a suas preparações sacerdotais com a calma que tanto significa para suas meninas, todas elas tratadas de forma idêntica, com o mesmo respeito pelos sentimentos que estejam experimentando ao ter de entregar o corpo sem intimidade. Ele abriu o avental, colocou uma toalha de linho sobre sua barriga, cobrindo o púbis, para que ela não passasse pelo constrangimento de ter de ver, primeiro, a mão enluvada abri-la, depois pressionar até o fundo o que deviam ser os dedos compridos da mão morna que ela não enxergava, até tocar em alguma resistência dentro dela; aquilo devia ser o útero, o centro de toda a vida cuja santidade há tanto tempo é missão dele. A mão causou uma pequena sensação momentânea, uma dor meio vaga, feito tristeza; a mão, o toque — tudo foi recolhido.

Ele tirou a luva, virou-se para ela com a fisionomia de boas novas. — A senhora não está grávida.

Ele a viu respirar fundo e inclinar a cabeça para trás. Suas meninas. Se os homens soubessem as crises que as mulheres deles enfrentam. — Mas nem tudo está como deveria estar lá dentro, minha cara. Deixe-me explicar. Ele a estava cobrindo por inteiro, juntando as laterais do avental, enquanto removia a toalha. Em seguida empoleirou-se na beira da cama de aço, no seu jeito de sempre, uma perna apoiada no chão, a outra dobrada sobre o joelho, para confortar as ansiosas meninas com sua presença, toda ali só para elas, não obstante o quão grave fosse o que tinha a lhes dizer. E colocou a palma da mão tranqüilizadoramente sobre o tecido do avental que cobria os quadris, enquanto dizia:

— Não há com o que se preocupar no momento, mas seu útero é retrovertido, o que significa que é virado para trás, fora de lugar — você não sente dor nas costas, sente?

Ele viu — lembra-se de ter visto — que ela mordia o lábio inferior, com força, como uma criança que suprimisse uma sensação de triunfo.

— Não. Não, não.

— Então deixemos como está. Se começar a sentir dores e incômodos, tomaremos uma providência. — Ela é uma mulher inteligente, vai achar divertido ouvir um daqueles seus antigos ditos militares, as meninas todas já ouviram. — Não peça para falar com o brigadeiro, a menos que ele mande chamar.

Ela segurou a mão dele no local onde havia pousado, e apertou-a. Suave, mas firmemente, ele a retirou, estava acostumado com esses arroubos de gratidão, as mulheres de fato sofriam demais de estresse.

De volta à escrivaninha, com a paciente diante dele em suas roupas elegantes, os trajes de uma mulher que se acha atraente, que se apresenta, e não sem razão, como tal, passou-lhe a receita de hábito para amenorréia e despediu-se com palavras de cautela, que ficaram entre uma admoestação e uma brincadeira — Mas não confie nesse seu útero — tome sua pílula todos os dias, eh. — Não preciso voltar? — A senhora é uma mulher saudável. Apenas se cuide. É isso que eu digo a todas as minhas meninas e espero que me ouçam. — Todas. — Um esgar irônico na boca. — Ah. — Apanhou o deus pequenino, colocou-o de volta. — O senhor não acha que eu deveria vê-lo de novo. De toda maneira. Suas meninas. Como mentor delas, às vezes elas têm necessidades que vão além do que ele pode ofertar. Terminado o tempo — chegou a hora da próxima —, ele gentilmente insinua isso levantando-se e dando a volta na mesa para apertar-lhes a mão: nesse dia, com essa mulher, como de hábito.

Naquele fim de semana, ele e a mulher Sharon entregaram-se ao amor que tinham tanto pela música quanto por passeios no campo num balneário não muito distante, onde um conjunto de câmara deu um concerto no domingo só com Mozart. Quando chegou ao consultório, depois de suas visitas matinais ao hospital, na segunda-feira, havia uma intimação para que comparecesse em juízo por acusação de assédio sexual. A nova paciente dera queixa.

Não havia lugar dentro do presente deles para qualquer um ou qualquer coisa que não fosse o significado das duas passagens aéreas, pedido de visto, reserva de cheques de viagem em dólares, comunicado aos donos da casinha de que estaria vaga, abandonada em uma semana, a locatária não voltaria, não, tudo que houvesse lá dentro poderia ficar com qualquer pessoa. Uma mala elegante, com rodinhas, bolsos para documentos e cadeado com segredo (presente de aniversário escolhido por Danielle para o pai lhe dar, um ou dois anos antes), já estava a postos ao lado da sacola de lona vinda do barracão da oficina. Ela não sabia o que pensar, o que dizer, quando voltou da visita de despedida que o amante insistira que fizesse à casa do pai. Que iria voltar em algum estado de nervosismo — era inevitável, ele aceitara isso de antemão. Mas agora era a confusão total, o que vinha a ser isso tudo, o tio, que tio, nada com o pai e ela.

Archie. Aquele que eu fui ver, quando ainda estávamos tentando... Como é possível isso! O que estão fazendo com ele, o que estão fazendo com todos nós, o que está acontecendo, o que está acontecendo...

O que se poderia esperar que dissesse? Cada sociedade tem seus próprios costumes e formas de lidar com aqueles que traem — mas ele não conhecia as palavras em inglês para isso. Ele é um homem de idade, não é? Você precisa entender que essas coisas acontecem.

Mas ele não entendeu o que ela quis dizer com *acontecendo*! Ele não entendeu! O terremoto interior que ninguém avisara que um dia poderia abalar você: banimento, deportação, uma acusação que nunca, jamais, deveria ter sido levantada contra o comportamento de um homem desses, o homem que era para ter sido o pai dela. E agora ela estava atônita com o que ele, o amante, o amado, pensava: complacência, nem mesmo choque. Você não *acredita* de fato que ele faria uma coisa dessas! Você não pode acreditar numa coisa assim!

Por acaso eu o conheço? Nunca vi o homem. Só sei como são os velhos. Coitado.

Archie sempre esteve a postos para ela. Ele disse, apenas uns dias atrás, a qualquer hora, venha me ver, venha nos visitar, Sharon e eu, a qualquer hora. E agora: estar a postos para ele... foi até o telefone, mas foi o amante quem pensou melhor. Isso não serve. Ligar. É melhor você ir vê-lo em pessoa. Essa é a maneira correta, se você quer...

Ah, sim, ela *quer*. Essa coisa horrorosa não pode atingir Archie, impossível.

Assédio sexual — o patrão enfiando a mão por baixo da saia da secretária, o político bulindo com os seios da assistente —, isso é para os tablóides. Ele escutou com paciência — ou talvez estivesse com a cabeça em outra parte, Julie estava perturbada demais para reparar — ela lhe contar, uma e outra vez mais, quem era e o que era esse tio, tanto para si como para os outros, quantos anos de cuidados, perícia e cura iniciados antes mesmo que fosse nascida. Mais para o final da tarde, ela voltou até o carro e ele a ouviu dando a partida. Sabia para onde.

Para a casa de Archie: pouco mudada. Só as árvores crescidas, imensas. O mesmo jardim onde rolara na grama com Gulliver. Cachorros vieram se arrastando e pulando em saudação, ela apertou a campainha do interfone e de dentro do que pressentiu ser um vazio veio o sotaque de uma empregada negra em meio à estática para lhe dizer que o doutor e a esposa tinham viajado, disseram que só voltarão no fim da próxima semana; não podia fornecer a ninguém o nome do lugar onde estavam.

Próxima semana.

Ele e ela teriam *partido*; as duas passagens de avião estavam em sua bolsa, o passaporte na embaixada do país dele, para o carimbo do visto de entrada.

Ela voltou à casinha mais cedo do que ele pensava, calma. Tudo que posso fazer é escrever para ele. O que mais. Quem poderá ser essa criatura para enfiar uma coisa dessas na cabeça enlouquecida. Mas a carta não foi escrita. No dia seguinte, ao receber seu documento oficial, o visto carimbado no passaporte, aconteceu mais uma coisa. Eles se regozijaram, se abraçaram, quase caíram no chão juntos, e de repente, sério, ele disse.

Agora, antes de irmos, temos de nos casar.

Casamento é para pares convenientes dos Bairros Nobres, para os Nigel Ackroyd Summers e suas mulheres. Seja o que for que o estrangeiro possa pensar sobre a Mesa do Café ÉL-LEI, outras formas de confiança lhe foram mostradas lá.
Para quê. Não precisamos disso.
Ele a olhou pelo que pareceu um tempo enorme.
Para quê. Ela disse de novo. Não precisamos disso. Um pedaço de papel... como aquele que eles não quiseram lhe dar... para deixá-lo ficar.
Mas ela sentiu que ele lhe negaria seu raro sorriso, para sempre. Nunca mais. O espelho negro de seus olhos recusou-se a refleti-la.
Se você quer partir comigo, então precisamos casar. Não posso levar uma mulher para dentro da minha família, conosco — assim.
É só dizer a palavra.
Ela ri, com lágrimas.
Ele a tomou nos braços, beijou-a solenemente, como se fizesse um juramento. Dois dias antes de o avião levantar vôo, foram até o cartório apresentar-se ao escrivão, a primeira vez que ele ousou mostrar a cara num órgão oficial. David, da Mesa, foi a testemunha requisitada e única. Evitaram qualquer tipo de celebração nessa noite, no bar aonde ela o levara, no impulso, naquele dia da oficina, para tomar um café. Ele tinha razão sobre a Mesa — algo deixado para trás, abandonado como a casinha —, a Mesa tinha tanta utilidade para ela, para ele e sua natureza, quanto as reuniões dos almoços de domingo no terraço de Nigel Ackroyd Summers.

Vamos para um outro país...
O resto fica entendido
É só dizer a palavra.

Ibrahim ibn Musa. Ele pára ao pé da escada, onde o avião baixou do céu com sua carga humana. Atravancado de sacolas e maletas penduradas a tiracolo, vira-se para esperar que ela desça logo atrás dele. Ele está em sua pátria. Ele é alguém que ela vê pela primeira vez. O calor é uma mordaça tapando boca e nariz dela. Não há palmeiras. Ibrahim ibn Musa. Os dois atravessaram a pé o rangido pedregoso da pista de pouso escorados pelos outros, entraram num burburinho de ecos em que movimento e som formam um uníssono confuso e agora estão diante dos guichês de imigração. Um homem atrás da divisória de vidro bate o carimbo. Ibrahim ibn Musa. O visto dela toma alguns momentos de exame. Mulher dele; Ibrahim ibn Musa. Só; é isso aí.

Um aeroporto num país assim é uma massa humana ondulante e mutável em que todo o individualismo se resume a dois estados, ambos de suspensão, ambos temporários, ambos um vácuo perante a realidade: Chegada, Partida. A auto-absorção total se torna seu oposto, uma imensa condição amorfa. As velhas agachadas, joelhos escarranchados, saias ocupadas pelo vai-e-vem de crianças, as mulheres de véu negro espiando, acotovelando-se, as bocas mastigando comida, as panças dos homens grávidos de idade sob túnicas brancas, os padrões enroscados da fala humana, risadas, exaspero, discussão, os montes de bagagem, resíduos de vidas, soma de vidas (quais?), numa existência-que-não-existe comum. Julie não é diferente, não percebe quem é nessa imersão, todos sem nome: apenas ele, oficialmente: Ibrahim ibn Musa.

Ele foi muito eficiente, falando a própria língua, fazendo perguntas, travando diálogos de desenvoltura coloquial com aqueles que abordou. Apanhou a mala elegante e a sacola de lona, empurrou e berrou para agarrar a porta de um táxi antes que outros o tomassem. A corrida do aeroporto até a periferia da capital no asfalto esburacado foi uma disputa com outros veículos forçando a ultrapassagem, como cavalos na aproximação da linha de chegada. De repente ela se sentiu contente e riu, procurando a mão desse novo ser. Estou aqui! Estou aqui! Querendo dizer: você acredita? Estou com você.

Ela se remexia de lá para cá para ver de uma janela e de outra os contornos da cidade surgindo cegamente adiante — a seus olhos — as poucas fábricas decrépitas, oficinas mecânicas e os nichos cobertos por toldos, onde homens sentados tomavam café. Branca, branca, a luz do sol era branca nas formas cubistas de construções perfuradas pelos dedos indicadores dos minaretes.

Nós não vamos ficar na cidade. Vamos direto para a rodoviária agora.

Eu quero andar um pouco, ver tudo.

Certo. Não hoje. Não há muitos ônibus para onde temos que ir.

A rodoviária na periferia da cidade era uma versão menor do salão do aeroporto. Só que ali havia caixotes de galinha entre os fardos contendo as posses de toda uma vida. Ele a desencorajou a ir ao banheiro. Isto aqui é um lugar sujo. Esquece que sou da África? Já acampei por toda parte, fiquei em povoados, você conhece meus amigos — não estávamos exatamente procurando banheiros azulejados...
A testa dele franziu-se de impaciência. Você não conhece isto aqui.
Ela se sentia tomada de amor por ele: ele está em choque por ter voltado para casa. Não deve fazer conta de sua irritação para com ela. Ibrahim... (experimentando o nome, ouvindo-lhe o som, sentindo-o na língua). E como é que eu fico? Quer que eu faça na calça, dentro do ônibus? Mas só ela deu risada.
Espere. Ele pegou no braço de um dos homens reunidos num grupo loquaz e perguntou algo que recebeu uma resposta entusiástica de todos ao mesmo tempo. Há um lugar onde podemos tomar um café aqui perto; você pode ir enquanto estivermos lá, é melhor.
Mas e o ônibus? Ibrahim. Nós vamos perder o ônibus? Temos meia hora.
Tiveram que se carregar mutuamente de novo, feito os jumentos vistos no caminho do aeroporto, depois ele a pegou com firmeza pela mão, desviando-a de ônibus, carros, caminhões e bicicletas, ardiloso como os cães vira-latas. Puxada, não precisava ver aonde estava indo e os olhos dardejavam em volta, por toda parte, arrebatando uma colagem de imagens claras e escuras, um vendedor com braceletes de pão enfiados nos braços, uma cara de bruxo esmolando, as mãos lindas de uma criança segurando firme no véu que ocultava a mãe, o sorriso arreganhado de um homem que a olhou por instantes, as tabuletas das lojas com seus arabescos alardeando sabe-se lá o quê. Mas

ele — era como se tivesse se isolado daquilo por onde caminhava; distanciando-se como já fizera tantas outras vezes daquele outro — tão remoto — café, da Mesa que *ela* apresentara a *ele*. Este "café" era um estabelecimento minúsculo percebido como escuridão pelos olhos que olhavam lá para dentro a partir do brilho branco; objetos pendurados no teto e uma vitrola automática despejando uma música alta e nasal. Ele — Ibrahim — falou com a silhueta branca de uma túnica (impossível discernir a fisionomia do homem de imediato) e obteve permissão para usar o banheiro privativo. Seu marido (outra identidade nova) teve de acompanhá-la, um estranho não poderia levar uma mulher até lá, e ela achou divertido ser conduzida, como se atravessasse uma rua, feito uma criança, até um barracão com uma porta presa por uma só dobradiça. Ele ficou do lado de fora, de costas para as necessidades privadas dela; uma delicadeza que teria feito a Mesa rir, se tivessem visto.

Quando ela saiu, ele retesou os ombros alguns momentos, de nojo, e franziu o nariz ao respirar. Isto aqui é um lugar sujo. Dito de novo, julgamento de alguma espécie, não a observação passageira sobre um buraco no chão rodeado de concreto sobre o qual ela se equilibrara.

Bem, eu me sinto melhor... e de qualquer forma é mais limpo que um trono onde todos estiveram sentados. Claro que para vocês, rapazes, é mais fácil; nós, mulheres, carecemos do acessório adequado, talvez sempre haja o risco de a gente cair lá dentro.

Vamos. Temos de tomar o café.

Ele não gosta desse tipo de asserção de intimidade, essa maneira de falar não cai bem numa mulher com quem se faz amor. Uma mulher que nem era para ser dele.

Ela não se deu conta de que ofendera suas sensibilidades, mas de novo pegou e apertou-lhe a mão enquanto se achavam sentados a uma mesinha de metal do lado de fora do estabelecimento, tomando café em duas pequenas xícaras de vidro. Estou aqui, estou aqui. *Nós estamos aqui.* Ele vê que isto — a primeira xícara de café no ÉL-LEI, a cama em que fizeram amor, a decisão insensata de vir para este lugar, este país, da qual não houve como dissuadi-la, inclusive, sim, o casamento que ele não teve outra opção senão insistir que fosse realizado —, tudo isso era mais uma das aventuras para as quais ela se vangloriava de estar sempre preparada, estando bem longe da bela casa do pai. Mas quão preparada, agora, para o que havia no fim da viagem de ônibus.

Eles tinham uma noiva para ele. Claro. Desde os dezesseis ou dezessete anos houvera uma moça reservada. Mesmo antes talvez; era uma bem pequena, toda cotovelos e joelhos magrelas, que balançava a trança entre a criançada com quem ele brincara, mais tarde reconhecida, de olhos tristonhos para chamar a atenção, no grupo de moças que já haviam passado a puberdade. Mas já estaria fora do caminho, a essa altura, ele se ausentara tempo demais — houve outros refúgios além das entranhas de um carro, em outras partes do mundo onde não era bem-vindo. As moças se casam cedo neste lugar que a inocente, a mulher estrangeira atirada contra ele pelo balanço do ônibus, chamava de sua pátria: você está em sua pátria! A aventura, para ela, apagara as semanas de esforço angustiado para evitar o banimento a esse retorno. Mas o vai-e-vem do corpo macio de encontro ao dele trouxe-lhe uma ternura de irrelevante distração, gostava de mulheres roliças, da carne que acomoda os rebordos e estrepes afiados do destino de um homem. Esta Julie que não era para ele possuía apenas a quantidade certa de carne para consolo. Lá estava, um peso delicado de quando em vez, reconfortante a seu lado. Ele não sabia o que estava pensando; não queria pensar sobre o que quer que fosse indo e vindo em sua mente, de um lado e de outro, junto com o esforço do ônibus para permanecer na estrada.

Todos foram preparados; ou avisados. Ele estava voltando, não como o filho bem-sucedido que obtivera uma vida melhor, a vida ocidental da versão televisionada, levando o quinhão deles nos bolsos e em si, mas como um refugo, sem nada além de uma mulher — uma estrangeira.

Ao menos ela tinha algum dinheiro, porque era uma daquelas para a qual ele não servia. Mas era duvidoso o quanto isso compensaria, afetaria sua família, já que ela se dava ao luxo, o luxo daqueles que sempre tiveram tudo, de se orgulhar de não aceitar nada do pai rico, mesmo que ele oferecesse. O cartão de crédito e os cheques de viagem em sua bolsa a tiracolo representando uma soma limitada eram os preparativos para essa aventura, do mesmo jeito como costumava fazer em outras viagens ao exterior. Fundos que somente se voltar em breve lhe darão a chance de comprar para si, em moeda estrangeira, as coisas que possuía no lugar de origem e das quais vai descobrir não poder abrir mão — o essencial dela não é o essencial deste lugar.

Ela terá o bastante para pagar sua comida e a minha enquanto estiver aqui. É isso que eu, o filho deles, trago de volta para escorar-lhes a velhice, para minhas irmãs e o futuro de seus filhos, e para meu irmão caçula que espera seguir o caminho — longe daqui — aberto pelo mais velho.

E de novo não sabe o que está pensando, ou melhor, sentindo, ondas de amor e ressentimento atravessando a inevitabilidade da família à espera para recebê-lo.

Ela exclamava, fazia perguntas — o que é isso, ah, olha só

aquilo — sobre a paisagem do deserto por onde estavam sendo transportados, tudo novo para ela. Para ele, nada mudou. Está tudo como sempre esteve; tudo do qual acreditava poder escapar.

Como soubesse que estavam se aproximando do povoado onde havia a imagem da família à espera, olhou para ela, de cima a baixo, de um jeito que a fez virar-se, sorrindo uma pergunta.

Você não tem alguma coisa para pôr por cima? Numa das sacolas.

Pôr? O quê?

Ele tocou no esterno à mostra no colarinho aberto da camisa. Aqui. Para cobrir.

Mas está tão quente. Não estou bem assim? Ela ajeitou os ombros da peça indeterminada de roupa que usava para viajar com conforto, junto com o jeans, e por um instante o movimento dos músculos trouxe à vista a curva suave dos seios.

Uma echarpe ou coisa assim.

Não vejo como alcançar nossas coisas — nossas malas — com toda essa gente, vou pisar em todo mundo. Espere. Espere — tenho um alfinete de gancho em algum lugar...

Ela juntou, na base do pescoço elegante que algum dia se tornaria pele preguedada, as pontas da indumentária e prendeu-as, com alguma dificuldade, pelo lado de dentro do tecido, para que o alfinete não ficasse à mostra. Assim está bem? Assim está bem?

Com os olhos baixados, já preocupado com algum outro pensamento, ele fez um gesto, a mão erguida do pulso, para dizer que qualquer improvisação que ela tivesse arranjado serviria. Ela não estava em seu meio, agora, no Café ÉL-LEI; enfiara na cabeça de vir para cá, para este lugar. E este lugar tinha regras, assim como a bela casa do pai e os convidados que a freqüentavam tinham as deles. Ela fizera sua escolha; lá estava. Eram dela as escolhas. A liberdade do mundo era dela.

Eles estavam todos ali. Em sua mente. A mãe, para quem quisera economizar o dinheiro ganho na oficina, a quem quisera afastar do jugo dos encargos da família neste lugar sujo, sujo com a política dos ricos, sujo com a pobreza. O pai sempre com as mãos semi-engelhadas e caídas de lado, de um homem que vive apenas através das expectativas que deposita naqueles que engendrou (eles precisam viver a vida que não pôde), os irmãos deixados para trás, as irmãs entre as quais sempre haverá uma inflada com filho, o marido ciente de que seu lugar não é em primeiro plano, a cunhada, mulher do irmão que foi trabalhar com petróleo, cuja reputação de ser difícil já chegou até ele; as crianças, bebês quando partiu, que devem estar crescidas, agora, o Tio que não é mais mecânico de fundo de quintal e tem uma revendedora de veículos e uma oficina autorizada, os vizinhos, testemunhas de tudo na vida uns dos outros, saindo para ver o que esse filho trouxe do mundo, sua bagagem e sua estranha mulher.

Ibrahim ibn Musa. A fisionomia contraída numa careta de dor e raiva com o feitio daquela existência, mas os olhos, tão negros quanto os deles, enchem-se de lágrimas à vista de seu povo.

Julie Summers. No amontoado humano do aeroporto, aos olhos do homem mal divisado no estabelecimento cavernoso, nas fisionomias curiosas voltadas para examiná-la de perto no ônibus, deu-se conta de que era de alguma forma estranha a si mesma, tanto quanto para eles: ela era o que eles viam. Essa moça, essa mulher vivera a vida toda sob o olhar dos negros, no país de origem dela, mas jamais obtivera deles esse tipo de consciência de si: quer dizer então que pátria é isso. Percebeu o fato com um distanciamento intrigado. O que significou também que ao aproximar-se da família dele nesse estado, junto com ele, o filho que lhes pertencia, pôde fazê-lo oferecendo um conhecimento emocional de si mesma: se era estranhamente nova para eles, era também estranhamente nova para si mesma.

Lá estavam eles. No terminal do ônibus, os homens da família; não poderiam ter sabido a hora exata da chegada, mas lá estavam eles. As fotografias que deviam estar guardadas — ele não sabia bem onde — entre as coisas que mantinha na oficina e que nunca lhe foram mostradas — aqui estão elas, trazidas à

vida. O grupo formal de homens tornou os dois reconhecíveis, distintos do anonimato da multidão confusa; à parte, pertenciam a ele, Abdu-Ibrahim, e a onda de contentamento deles estourou sobre o casal. Os velhos inclusive, o rosto todo vincado, mas incerteza nenhuma quanto a qual deles era o pai, houve um momento de quietude naquele rosto — o momento de incredulidade ante uma ansiada materialização oferecendo-se em carne e osso — que o tornou inconfundível, apesar de não haver semelhança física entre pai e filho. Os abraços foram longos. A correria e o falatório das pessoas no terminal formavam um coro de acompanhamento; ela se viu presa na emoção desses homens, não sabia se fazia parte deles ou do coro. Era como se tivesse perdido Ibrahim de vista. Ele a estava apresentando ao pai. O homem fez um discurso de boas-vindas, afastado dos dois, e ela sentiu a atenção que lhe era dispensada, ele estava se dirigindo a ela, e abriu-se àquilo, ao passo que o filho, seu marido, dava apertões nervosos com algum tipo de impaciência ou desaprovação em seu braço, enquanto traduzia. *Fale inglês, fale inglês.*
— A interrupção não foi notada. — Ele fala um pouquinho. Pelo menos para cumprimentá-la.

Ela safou o braço da mão restritiva, rejeitou-a; o fluxo rouco e o zumbido gutural da língua atingiram-na num comprimento de onda de significado outro que não o verbal. O segundo senhor, braços solidamente cruzados no peito em sinal de confiança, sorrindo do alto de alguma superioridade só sua para o cerimonial, lhe foi apresentado — o Tio. Os nomes dos outros não puderam todos se encaixar de pronto nos irmãos de quem ouvira falar, e havia os primos também, a se confundir com eles. Alguns estavam com roupas ocidentais, esportivas, outros com as longas túnicas brancas tradicionais que, aos olhos dela, conferiam a eles estatura indefinida, e o grupo inteiro trilhou o caminho de seu grande evento para fora do terminal, e foi rumo aos quatro carros nos quais, discutindo de forma teatral quem iria em qual, os dois encontraram lugar. Ela sentou-se junto à porta do passageiro, dividindo o banco da frente com o marido, que ia ao lado do Tio, no volante do seu carro, o melhor. Os outros os acompanharam numa procissão de buzinas até o destino: o lugar, a rua, a casa de onde Ibrahim ibn Musa saíra para a oficina no quarteirão do Café ÉL-LEI.

Numa rua, havia gente na porta de uma casa, sorridente e irrequieta quando a procissão parou buzinando, o carro do Tio na frente, os outros, calhambeques gastos, freando com sacudidas e estremeções da carroceria escangalhada. Mais parentes do sexo masculino da vizinhança a ser apresentados e entre eles as crianças da casa. As crianças encararam a mulher que Ibrahim trouxera, deram risada, saíram correndo quando ela riu e estendeu os braços para recebê-las. A casa — a frente, a fachada —, só pôde ter uma noção periférica dela através do grupo animado, do transporte da mala elegante, sacola de lona e pacotes agarrados por mãos variadas encarregando-se de tudo. Um telhado plano de concreto com alguma algazarra de vida visível lá por cima; mulheres espiando para baixo de trás da mureta em volta, olhos ansiosos, risonhos.

Ela passou por um vaso de flores alto, pintado de azul, uma grade contra ladrões entreaberta na entrada.

Batida pela luz de fora, centrada numa penumbra ilegível, estava a silhueta ainda mais escura de uma sólida figura sentada num sofá; a presença desta casa.

Foi o marido quem a levou até a mãe. As boas-vindas foram formais; à medida que seus olhos acostumaram-se com a mudança na intensidade do sol, surgiram o aposento silencioso, outras mulheres. A presença — esta mulher com um belo rosto (Julie sabia que ele se pareceria com a mãe) firmado sob um palimpsesto de sombrio cansaço e sulcos de experiência inimaginável dirigiu-lhe a palavra com imponência, devagar e na própria língua, mas o olhar estava pousado no filho e as lágrimas correram, ignoradas por ela, pela placidez da face. Ele traduziu de modo abrupto, provavelmente omitindo os floreios, em seguida a mãe engolfou-o e a revoada de irmãs pousou sobre ele, sobre a mulher que levara como esposa. E na mesma hora a impressão causada por aquela casa, pelo lar no qual fora então verdadeiramente recebida, rompeu-se com atividades que se esparramaram por soleiras onde as pessoas abriam passagem equilibrando travessas de comida envoltas em vapor e aromas picante-adocicados. As mulheres eram um torvelinho de trajes abundantes, seda sintética e sutache, saltitando e esquivando-se; os homens conduziam, davam ordens. As pessoas sentaram-se no carpete e em almofadas ao redor de mesinhas baixas e comeram — do jeito como Ibrahim não mais fazia, com os dedos. Nem todas as travessas encontraram lugar sobre as toalhas floridas, entre os pratos de vidro e os copos de cores vivas. Havia tigelas de frutas e doces sobre o aparelho de televisão; os pequenos comiam com concentração entre os pés dos adultos, e as crianças mais velhas entravam e saíam correndo, servindo-se no caminho. Ibrahim, o noivo, estava ao lado do pai; Julie, a noiva, a sua frente, ao lado da mãe dele. De vez em quando mexia no alfinete que mantinha a blusa insuficiente próxima à garganta; a respiração da presença poderosa a seu lado mexia trajes que subiam e desciam, amplos. A comida estava deliciosa; terminada sua porção de cuscuz com legumes, as mulheres trouxeram costeletas de cordeiro, salada, e distribuíram em volta os doces cobertos de mel; ela ao menos sabia o suficiente para observar a etiqueta e não recusar nada que lhe fosse oferecido, o que ali seria falta de educação; o poder do café forte ajudou, parte da terapia antiga, após deixar outros tipos de deleite para trás. Bebidas sintéticas adocicadas substituíram o vinho; para indicar intimidade, ela tinha erguido o copo para ele, entretido com os homens, pedindo seu belo e raro sorriso — mas o sorriso não veio, os olhos dele cruzaram com os dela um instante, mas pelo visto estava respondendo perguntas do pai e irmãos. Foi o Tio que o fez sorrir, ressoando uma risada pela boca cheia enquanto lhe contava o que devia ser uma piada ou fazia algum comentário malicioso — esta era, afinal de contas, uma espécie de festa de casamento, bem como de boas-vindas ao filho. Uma das irmãs conversou num inglês muito tímido com ela, quando instigada pelas outras na própria língua a se aproximar da noiva de Ibrahim. Houve um diálogo de frases feitas para que a estrangeira recém-chegada à família não se sentisse de fora — os homens estavam confiantemente animados entre si, em volta do filho restituído, as mulheres preocupadas com servir mais comida, conversando baixinho enquanto se moviam com agilidade em volta.

— Como foi a viagem.

— A viagem foi boa, mas você sabe como é longe — de onde Ibrahim e eu viemos.

— Nós sabemos. Ele nos mandou uma carta. Um dia chegou. Espero que goste daqui. É apenas uma aldeia.

— Espero que me mostrem sua aldeia.

— Ibrahim vai mostrá-la.

As duas moças se entreolharam em profunda incompreensão, cada qual incapaz de imaginar a vida da outra; sorridentes. Foi talvez nesse exato momento que tomou a decisão: preciso aprender a língua.

Uma das portas levava direto da festa para o quarto que obviamente fora vagado para Ibrahim e sua eleita. A mala elegante e a sacola de lona na mesma posição em que estavam, lá na casinha dela. Ele fechou a porta isolando-os do grupo que limpava a festa havida na sala comum.

Lá estava a cama imensa, velha e alta, com a cabeceira e os pés de madeira entalhada. Uma profusão de colchas coloridas sob uma outra, de crochê. Ela admirava: que esplêndido. Ibrahim, mas que cama.

Ele a viu; é a cama do pai e da mãe, o único esplendor do casamento, a pretensão absurda no início da pobreza forçada, o retiro onde cada qual desabara todas as noites, durante todos os seus anos. É a cama em que cada qual morrerá.

É a cama onde foi gerado.

Julie começou a desempacotar os presentes que haviam levado.

Não. Agora não. Amanhã nós os daremos. Já chega por hoje.

Ele fechou a cortina de renda na janela. Amanhã. Ele iria insistir que os pais se mudassem de volta para o quarto, ele e ela tinham de achar algum outro lugar para dormir.

Um pouco mais tarde, ela foi até ele. Agora eu preciso é de um banho quente demorado. Onde fica o banheiro?

Não existia banheiro. Teria ela pensado nisso, quando decidiu vir com ele? O lugar fica enterrado no deserto. A água é como o ouro no país dela, tem de ser tirada lá do fundo, muito fundo, bombeada até o povoado — a pouca que existe. Teria ela alguma idéia do fardo que iria representar? De modo que eis aí. Loucura. Loucura pensar que ela poderia agüentar, aqui Ele estava bravo — com a casa, com a aldeia, com seu povo —, por ter que lhe dizer outras coisas inaceitáveis, dizer-lhe de uma vez por todas o que significava aquela teimosia burra de ter vindo junto com ele a este lugar, depois de não ter conseguido, com todos os seus privilégios, que ele fosse aceito no dela. Amanhã. Outros dias à frente.

E era como se ele soubesse o que seria.

Ela quer ver "tudo". Dois dias se tanto depois de instalados na casa, ela lhe diz que se ele não estiver com vontade de acompanhá-la, se há pessoas que ele precisa consultar, coisas que precisa fazer, ela não se importa em absoluto de explorar a aldeia, de pegar um ônibus para a capital, sozinha. Claro. Claro. Independente. Essa é a maneira como está acostumada a viver, satisfazendo a si própria. De novo. Mas isso é impossível aqui. Ele tem de estar com ela, ou algum integrante da família, se houver um que possa ser compreendido, tem de acompanhá-la a toda parte, exceto em umas poucas ruas da vizinhança, é como são as coisas no lugar que ele achava ter deixado para trás. Não é comum que as mulheres se sentem para comer com os homens, hoje foi uma exceção especial por causa das circunstâncias — será que ela entende. Para eles, já basta que ande de cabeça descoberta — isso ainda toleram, em um rosto branco, talvez. Ele resistiu firmemente quando a mãe o chamou de lado e insistiu que sua mulher pusesse um lenço na cabeça ao sair de casa ou diante de homens que não fossem da família; resistiu com dor, porque é sua mãe, a quem queria dar uma vida melhor. E *ela*, a que ele trouxe de volta consigo, tudo que trouxe de volta consigo, é a causa dessa dor.

Não é um despertador que você tenta abafar com a mão tateante. O gemido nascente perdura, some e volta como se um sonho tivesse sido dotado de voz, ou — no quarto surge o prelúdio cinzento da alvorada na pálpebra soerguida — algum animal no deserto lança seu grito. Existem chacais, eles dizem.
É o chamado às orações.

O primeiro ajuste a qualquer mudança há de ser à estrutura de tempo nela contida; isso começa com a primeira vez em que a criança vai para a escola: tem início o refreamento da vida em sociedade. As outras demarcações do dia estabelecidas por essa mesma sociedade vêm em seguida, hora do trem, hora de bater o ponto, hora do cafezinho, hora da academia ou hora do drinque, dependendo das circunstâncias de cada um. Cinco vezes ao dia, a voz do muezim impõe a estrutura de tempo na qual ela entrou, como outrora em suas viagens de turismo acertaria o relógio e viveria uma hora local diferente daquela vigente no país deixado para trás.

Depois de muita discussão na língua que ela não entendia,

mas cujos tenores de ofensa mesclados aos de teimosia sentiu intensamente — de alguma forma era ela a causa —, em meio à controvérsia entre pai e filho e ao monumental silêncio da mãe, que a ignorava, tinham pego a mala elegante e a sacola de lona e se mudado para o puxado e para a cama de ferro. Vieram ruídos de andanças do outro lado da parede da casa e o fragor da grade da porta da frente. O pai, acompanhado por apenas um dos irmãos, fora fazer as orações matinais na mesquita. Abdu-Ibrahim a seu lado virou-se e dobrou o travesseiro sobre a orelha, para escapar aos chamados do muezim. Ao meio-dia, à tarde e à noite ele também parecia não escutá-los, mas não precisava tampar os ouvidos. Ela perguntou quais eram as outras funções do muezim.

Não há muezim nenhum, tem uma gravação e um alto-falante, você o vê sobre a mesquita, é isso que temos aqui, como milagre da tecnologia, neste lugar.

Mas, sem comentários, acompanhou o pai nas orações da sexta-feira e, um dia depois de chegar, começou a usar o barrete que, da cama de casal, ela vê largado junto com as roupas quando o muezim inaugura o dia dela. O barrete tinha um bordado intrincado, com linha prateada, feito, ela supunha, pela mãe; ele a avisou para se manter respeitosamente afastada e calada sempre que a mãe estendesse o pequeno tapete de veludo e inclinasse os volumes respeitáveis até nele encostar a testa, entregue a um transe particular de orações num canto protegido de um corredor onde os membros da família iam e vinham.

De modo que ela quis ver o lugar. O que há para ver num lugar como o nosso.

Não é a Cidade do Cabo, para onde iriam, começar um negócio à beira do mar e da famosa montanha.

Os turistas não vêm aqui, para quê. A tumba de Sidi Yusuf, o homem santo de muito tempo antes, supostamente o motivo de o lugar ter surgido. Não era bem um santuário, só gente das redondezas do deserto vem visitá-lo.

Ela envolveu-o pelas costas e pousou os lábios no cabelo negro brilhante, logo acima da nuca. Eu não sou uma turista.

Ele a levou com a irmã, Maryam, até um grande terreno baldio com uma cerca derrubada e um portão pendurado, sem função. Dia de feira. Barracas mambembes, distorcidas pelo calor, esparramavam-se por ali, abastecidas, arrastando para a areia pedregosa arranjos geométricos de legumes, frutas, tegumentos secos e tiras de algo indecifrável — peixe ou carne —, grãos, pão chato, caldos de coisas — criaturas? — aprisionadas em vidros, torres de melancias voluptuosas festonadas com listras verdes e douradas, guirlandas de rodas de bicicleta unidas umas às outras, calotas e ferramentas escangalhadas, velhos rádios, geladeiras evisceradas e remontadas — uma exposição de *objets trouvés*, ela lhe disse, encantada. Perguntou a Maryam sobre o homem agachado que trabalhava numa máquina de escrever decrépita enquanto uma mulher lhe falava com eloqüência. — Muitos não sabem escrever. Eles pagam por uma carta. — Um outro sentado diante de pós brilhantes de cores diferentes em pratinhos espalhados sobre um tapete — especiarias, e não poções, ela supunha. Sapateiros: pilhas de sapatos velhos cuja disformidade adquirida de pés vivos sugere os mortos. Um homem com o aspecto que têm os cegos que falam sozinhos entoava o que deveriam ser textos religiosos. Ibrahim teve de ficar junto enquanto ela espiava o estoque de uma barraca vendendo pôsteres, a Kaaba em Meca, a Mesquita do Profeta em Medina, a Cúpula do Rochedo, a caligrafia esplendidamente intrincada de versos do Alcorão.

Eu quero saber.

Ele soltou um riso rosnado e deu-lhe um empurrão delicado para que se mexesse. Roupas de terceira mão amontoavam-se para que uma quarta pudesse usá-las, óculos escuros e telefones celulares eram oferecidos com insistência; havia pilhas de pratos de plástico, xícaras, tigelas e jarros esmaltados, panelas, chaleiras decoradas com padrões florais de uma ostentação orgânica um tanto crassa para uma aldeia no deserto.

Por que o mundo despeja essas coisas horrendas aqui, será que os moradores não fazem coisas muito melhores, eles mesmos?

Não quebram tão rápido.

Mas ela assume a responsabilidade para si. Por que nós mandamos essa porcariada.

A irmã com seu parco vocabulário em inglês tentava acompanhar, os olhos nele, nas palavras dele.

Porque aqui não há dinheiro para pagar nada melhor.

Aqui é para onde ela insistiu em vir, aqui está ela, junto das bacias espalhafatosas de lata que tanto a ofendem, das crianças vestidas com as sobras de roupas velhas passadas de mão em mão, dos pares de tênis sofisticados na ponta das pernas finas — e sabe-se lá como foi que os conseguiram — infernizando para vender dois ou três cigarros, um punhado de balas.

Mais tarde, nesse mesmo dia, o Tio foi buscá-los — ao sobrinho e à noiva — para visitar sua casa nova; não morava mais ao lado, na rua onde Ibrahim nascera, outros parentes, primos distantes, ocupavam agora essa casa. O carro era forrado de amuletos pendurados, de textos árabes ilustrados, exalava o cheiro de algum desinfetante perfumado de banheiro e a voz risonha e gutural do dono poderia passar por conversa de disc-jóquei acompanhando os sortilégios sinuosos do pop orientalizado transmitido pelo rádio. Ibrahim baixou o vidro da janela e, enquanto viajavam, ela reconheceu o local da feira, agora deserto, invadido por cabras, corvos e um punhado de meninos jogando bola. Estava curiosamente consciente dele, de Ibrahim seu marido, sim — observando-a como se para notar antes dela o que ela pudesse estar vendo. Aquela era a única rua asfaltada do povoado, com homens sentados debaixo do oblíquo desabado de toldos rústicos, tomando café, alguns pelo visto entretidos com um jogo qualquer — difícil distinguir o que era, de um veículo em movimento. Por toda parte, gente vendendo e comprando. Mulheres envoltas em preto puxavam crianças irrequietas que poderiam ser de qualquer lugar — a exuberância da infância é uma resposta universal ao fato de se estar vivo: a dele, nesta aldeia, pode não ter sido, afinal de contas, assim tão diferente da dela, rolando por cima de Gulliver num belo jardim, adormecendo com brinquedos de pelúcia comprados por Nigel Ackroyd Summers nas lojas *duty-free* dos aeroportos do mundo. É só depois de crescer, de se tornar o homem que ele é e a mulher que ela é, que as circunstâncias se interpõem. Na frente de barracões e construções a esmo, que ou ainda não tinham sido terminados ou tinham ruído, difícil saber qual das duas alternativas, ela vê pela primeira vez na vida dois velhos compartilhando um cachimbo de água, o narguilé das gravuras nas histórias infantis de Sherazade. Tanta vida!

Mas ele fecha a janela enodoada enquanto o Tio impele o carro para a trilha na areia, fora do asfalto, que deve levar a seu novo endereço.

A casa do Tio tem tudo nos limites das ambições materiais possíveis de satisfazer neste lugar — caso o sobrinho, ao entrar, precise ser lembrado daquilo que traz consigo o tempo todo, da advertência implacável que o espicaça e magoa, que o martiriza para estimular a vontade de continuar lavando prato num restaurante de Londres, esfregando o vômito embriagado do chão de uma cervejaria em Berlim, deitando debaixo de caminhões e carros no quarteirão do Café ÉL-LEI e emergindo para aproveitar a oportunidade — que escolhas há — de se tornar o amante de uma daquelas pessoas que têm tudo (com que o Tio jamais poderia sonhar) e que talvez pudesse satisfazer a necessidade — o destino! — de realizar ambições pessoais irrealizáveis neste lugar.

A tia, envolta em jóias de ouro nos pulsos e unhas sangue-de-boi nas mãos, puxou Julie para os aposentos femininos da casa, onde as filhas permaneceram durante a visita. Ela e a tia voltaram para onde estavam os homens — Ibrahim depois explicou que não era permitido a um homem ver as primas mulheres, se bem que, em uma aparente contradição à modéstia ortodoxa, conquanto uma das filhas estivesse vestida na tradição esvoaçante da mãe, a outra estava de jeans e com o modelo mais recente de botas de solado plataforma.

Julie repara que *ele* está — será possível! — de algum modo tomado de reverência, ressabiado, nos aposentos que o Tio lhes mostra, orgulhoso. Ela não pode perguntar — entre todas as perguntas feitas mais tarde — o que ocorrera a ele naquela casa inofensivamente vulgar no momento em que se achavam sentados nas cadeiras douradas de madeira entalhada, cumulados de sorvete, tâmaras e doces. A oficina de quintal tornara-se um grande estabelecimento escondido atrás de uma parede de azulejos desenhados no pátio, com seus hibiscos e poltronas de balanço. Ali o Tio explica, e pede a Ibrahim que traduza, que tem contratos com os governos distritais para manter e consertar todos os veículos oficiais e carros ministeriais, que é o concessionário oficial para carros americanos e alemães e também para peças americanas, alemãs e italianas e, claro, que a sua é a única oficina que todos com um carro bom procuram, mesmo quem mora em povoados no deserto, a várias horas de viagem.

Isso foi o que ele fez de si mesmo.

— Lembra-se que você costumava me ajudar quando era menino, dos calhambeques que a gente consertava? No velho quintal? Conte para ela!

— Ela sabe. Ela sabe que aprendi com o senhor como me fingir de mecânico.

Isso dito na língua deles; ela só podia rir quando eles riam, sem saber que era da visão dele, naquela primeira vez, do mecânico debaixo de um carro.

De volta ao puxado, ele se deitou de costas na cama com a mesma graça inconsciente que tinha na casa dela, olhos profundos como dois poços nos quais de vez em quando sentia-se pendurada de modo precário, tentando enxergar. Esse Tio saiu-se bem, não é mesmo.

É.

Muitas vezes ela tem a impressão de que ele não a vê ao olhá-la; é ela que está procurando a si mesma refletida nesses olhos.

É. O sucesso que se pode ter neste lugar.

Mas estariam eles falando a partir de uma mesma premissa? Estaria ela ironicamente admirando o sucesso, em modesta escala, de um Nigel Ackroyd Summers de quem se distanciara ao máximo através do Café ÉL-LEI e de um homem sem documentos nem nome; estaria ele secamente comentando que não há comparação possível com o sucesso à disposição daqueles que têm acesso a instituições financeiras registradas na Bolsa?

Nenhum dos dois sabe.

Eles fazem amor, aquele conhecimento sem palavras que podem dividir; aquele país ao qual podem recorrer.

Onde a rua acabava, havia o deserto. Levada por crianças de casas iguais à da família, puxados e paredes desfiguradas, pinceladas coloridas de tinta, plantas empoeiradas, bicicletas encostadas, carros tossindo de escapamentos quebrados, homens à toa, mulheres na janela, roupas penduradas numa cerca, mais crianças correndo e fazendo bagunça, falatório no rádio, os gritos do homem que vende bolinhos de feijão — essa vida do dia-a-dia de repente terminava. Era desconcertante, a seu ver: chegar a um termo. No fim de uma rua tem de haver outra rua. Um bairro leva a outro bairro. E uma estrada é uma via que liga um lugar habitado a outro. Havia a montoeira de detritos desfeitos, latas rolando, estilhaços de vidro sinalizando de volta para o sol; e depois, nos termos pelos quais os humanos julgam o significado de sua presença — nada. Areia. Forma nenhuma. Movimento nenhum. Ao voltar para a casa: Ainda não estamos nos meses de ventos, ele disse a ela. Você não vai querer estar aqui quando eles chegarem, acredite em mim.

Ela riu. Nós estamos aqui. Eles têm razão, as pessoas da aldeia que, ele sabe, vêm-na como algo que nunca viram, uma turista. Turistas não agüentam as más estações, isso não é para eles. Julie é ativa, está acostumada a isso. Ele e ela não podem ficar sentados o dia inteiro em casa, esperando pelo que fazer em seguida. Ela quer uma pequena expedição ao deserto, mas sabe que ele detesta — o calor é demais e é preciso ter um 4×4. O Tio generosamente emprestou-lhes — Ibrahim insiste —; não, é meu presente de casamento a vocês, o Tio pronuncia com todo o cuidado em inglês — um carro em condições razoáveis, e eles circulam pela aldeia, passam pela escola de onde alguma professora conseguiu tirá-lo para lhe dar uma educação que fosse além de decorar o Alcorão e pelo que costumava ser um campo esportivo, agora cheio de jumentos; uma placa amassada, cuja inscrição ela o faz traduzir, indica um salão comunitário fechado por tapumes, barracas empilhadas umas sobre as outras — um punhado de aparas de uma carpintaria, homens, sempre os homens, tomando café — o rangido de um gerador e vapor denso saindo dos canos de um hospital dilapidado, a mesquita onde só lhe resta imaginá-lo às sextas-feiras, ela é mulher, e nem mesmo ela, que pode ir a qualquer parte do mundo, fazer o que quiser, pode entrar. O que mais há: este é o lugar dele.

Ela queria comprar sandálias iguais às que a cunhada Khadija usava, de modo que foram procurar uma sapataria que pudesse tê-las. Como se perder num povoado que ele devia conhecer inteiro, perambulando por todo canto e esquina, quando menino! Parando em terrenos baldios, oficinas abandonadas, não encontraram o sapateiro, mas nessa parte da cidade que ela via como ruína e que no entanto era o estado normal de lassitude dos extremos da pobreza, não havia demarcação entre o que era leito carroçável e os barracos com cabras amarradas e

mulheres agachadas em seus vestidos negros, feito corvos feridos — de repente Ibrahim teve que dar uma guinada para desviar de um carneiro morto, a carcaça inchada, coberta de moscas. Então ela se espantou. Ah, coitado! Por que alguém não o enterra!
O pé no acelerador exerceu a pressão violenta de uma meia-volta, cuspindo cascalho e areia.

Ele jaz como um cadáver e uma mosca pousa em sua testa. Carneiros mortos. Apodrecendo.

Ele sente vergonha e ao mesmo tempo um ressentimento irado de que ela esteja vendo isso tudo (de novo, ele a vê), será essa a imagem de seu país, de seu povo, *daquilo de onde ele vem*, do que ele é de fato — como o nome pelo qual voltou a ser corretamente conhecido. Não era para ela; não, era isso aí.

Em geral Ibrahim ficava fora o dia todo. Saía cedo, para a capital. Coisas a fazer ali; questões de família, Julie resignou-se a supor: ele voltara para casa. A família era uma curva de responsabilidades a ser acompanhada, uma árvore não de ancestralidade, e sim de complexidade devido às circunstâncias. Havia a questão da cunhada morando na casa, mulher do irmão mais velho, que tinha ido para a fronteira, trabalhar nos poços de petróleo, e cujos vencimentos, transferidos para sustentar mulher e filhos, fazia meses não chegavam da agência na capital. Havia algum problema referente aos direitos do pai a uma parte dos lucros de uma pequena safra de arroz de propriedade de um parente; não existia um advogado no povoado para resolver essas questões? Não. Responsabilidades estavam previstas para o retorno do filho com experiência nos meandros de um mundo exterior. Nunca houve nenhuma sugestão de que ela o acompanhasse, essas não eram ocasiões para explorar a cidade, que sentido teria ela ficar parada nas filas da burocracia.

Racionou para si própria os livros trazidos na mala elegante. Podia levar algum tempo até que decidissem o que fazer, qual seria o projeto (o vocabulário dos tempos de relações-públicas infiltrou-se de volta, como um sotaque perceptível em alguém fluente numa segunda língua) — como a vida nova, aqui, iria ser. Uma menina suave como uma mariposa entrou no puxado e parou para vê-la ler.

Da segunda vez, sentou-se no chão, tão quieta que nem mesmo sua respiração atrapalhou. Depois a criança trouxe com ela a jovem que falava um pouquinho de inglês. Ele lhe fizera a lista. Maryam, minha irmã caçula, é como, você diz, uma doméstica — trabalha numa casa como a do meu tio. E minha irmã Amina, que mora aqui com os filhos, não sei o que o marido anda fazendo agora — que trabalho, se é que tem algum. Ahmad, o irmão mais alto, mata animais para o açougueiro, você sente o cheiro quando ele entra em casa. Aquela água que você vê sendo fervida — é o que minha mãe sempre prepara para ele se lavar. O outro, Daood, ele faz café num bar. Meu irmão Zayd, o marido de Khadija — eles dizem que não têm tido notícia, não sei o que está acontecendo com ele. Meu irmãozinho Muhammad ainda está na escola, ele vende queijo de casa em casa para o dono de um armazém, anda por toda parte. É isso aí, eis minha família. A profissão que exercem.

Devia ser o dia de folga da irmã mais nova — sexta-feira, claro, Julie a vira prostrada, rezando ao lado da mãe, pela manhã. O livro foi posto de lado e elas começaram a conversar, superando a hesitação com gestos — Julie com mímica — e risadas diante das tentativas mútuas de se fazer entender. Seu Ibrahim não lhe ensinara nada da língua, nem mesmo frases convencionais de boa educação. Eles entendem, embora você diga boa-noite e muito obrigada. Mas a irmã caçula parecia gostar de fazer a estrangeira repetir as banalidades transformadas em façanhas, corrigindo o desajeito de uma garganta que produz sons desconhecidos e de lábios desenhados para expeli-los. Por seu lado, devagar, a jovem arranjava uma seqüência de palavras em inglês e esperava, atentamente, a correção dos erros.

Para a refeição após as orações do meio-dia, a criança enfiou a mão, uma fronde delicada de dedos, na de Julie e levou-a, junto com Maryam, até onde, num aposento sem propósito definido, as mulheres da casa cozinham a comida para todos em duas bocas a querosene — aquele festim pelo regresso do filho que buscava fortuna devia ter vindo da casa do Tio. Julie quis ajudar com a louça que era lavada nas bacias de lata (as floridas que tinha visto na feira); a ética do Café ÉL-LEI não permitia a ninguém ser servido, exceto num restaurante. Mas as mulheres amontoaram-se em volta para evitar que chegasse a pôr as mãos na água. A mãe permaneceu à parte; deve ter sido ordem dela — dada pelo filho? — que a noiva que ele trouxera do outro mundo em lugar da fortuna não assumisse o que cabia às mulheres.

Maryam é tão inteligente.

É? Ele não a conhece direito; ela era criança quando partiu pela primeira vez para onde quer que o tenham deixado cruzar a fronteira.

Ela diz que quer estudar. Só que não parece saber muito bem o quê — médica, secretária de uma empresa —, carreiras glamourosas que ela vê na televisão, sem dúvida. Mas é tanta a fome de aprender. Por que não pode ter uma chance? Por que ficar servindo de babá, ou o que for. Ela tem miolo. Você conseguiu fazer faculdade.

Ela não lhe disse que vai se casar no ano que vem. Já está arranjado, com o filho de um amigo de meu pai, o comissário de polícia. O filho é policial. Você não conhece — me disseram que está servindo em outra cidade. Ela vai para lá.

Julie ecoa a conclusão costumeira dele: Então é isso aí.

Ela vai ser esposa. Minha mãe — você não pode conversar com ela, de modo que não sabe. Minha mãe é uma mulher muito inteligente. Tem miolo, como você diz. Ah, eu percebi. Está estampado no rosto. Mas você não sabe como essa moça lutou com todo mundo para se educar, forçou o pai a deixá-la ir para a escola, aprender a escrever e ler o Alcorão. Naquele tempo, ela era a única menina entre os garotos. Lia jornais e livros que nenhuma outra menina podia ler. Recitava partes inteiras do Alcorão — de cor, é assim que se diz? Muitos versos. Ainda recita. Mas foi arranjado, ela se casou. E aqui ficou, nesta casa, dando à luz, alimentando a todos, fervendo água para nos limpar.

Julie não compreendia a hostilidade dele em momentos assim e não tinha como saber que tampouco ele entendia: se era contra os laços de uma vida da qual se desgarrara com todas as forças, contra o sofrimento em que, para ele, constituía a vida da mãe e que ele não conseguira mudar — e agora, olhe para ela; o que poderia ter sido, essa imagem de dignidade, tudo quanto aturara e refreara, esmagado nas ruas entre uma oficina de quintal e uma mesa de bar! Ou se essa animosidade era contra *ela* — a turista que, como todos os turistas, não sabia nem mesmo o que estava vendo de fato. O sentido — a *força* — dele, ao tomar posse dela, residira na possibilidade de que ela, seus contatos, o que *ela* era, obteria para ele, no país dela, o que ele mesmo não podia obter. Sua animosidade, uma medida que era obrigado a tomar para se guardar contra aquela coisa, aquele luxo, que os que tinham dinheiro para sustentá-lo chamavam de amor — ele se descobriu cedendo aos sentimentos, por ela. *Essa* será a fraqueza dele — quando ela fizer a mala elegante e for embora, a aventura já gasta, como haverá de se desgastar. Ele o perdedor, mais uma vez. Ele não é para ela. Documentos recusados.

Ibrahim não lhe contou que desde o primeiro dia o que estava fazendo, quando saía cedo de casa com destino à capital, era esquadrinhar todos os contatos, todas as estratégias e manhas que pudessem ser espremidas desses contatos, para pedir vistos de emigração para aqueles países bem-dotados onde ainda não entrara e dos quais ainda não fora deportado. Austrália, Canadá, Estados Unidos, qualquer lugar longe da censura deste lugar sujo que era o seu.

Não havia por que alimentar esperanças que poderiam não dar certo no fim: antes que a aventura estivesse terminada e a mala elegante pronta para voltar ao Café ÉL-LEI e ao belo terraço da casa do pai, ainda que ela não quisesse chamá-la de lar.

Ele está de volta, ajudando o Tio na oficina mecânica. Ibrahim ibn Musa. Os processos para requerer permissão de sair deste e entrar num país alheio são vários e não estabelecem prazo definido para a conclusão. O veredicto — sim ou não, e em que circunstâncias — leva ainda mais tempo. O representante consular do país em questão, depois que o requerente consegue passar pelos funcionários menores do balcão e sentar-se diante dele, precisa enviar todos os documentos relevantes ao Ministério de seu país e recebê-los de volta; esses documentos vão parar no fim da pilha, perdem-se nos interstícios de um arquivo, são apagados por problemas no computador e o processo tem que começar todo outra vez. Não adianta perguntar os motivos; e então surgem novas perguntas vindas do Ministério, exigindo ainda mais documentos, que vão e vêm. E, subjacente a tudo quanto ocorre abertamente nos formulários carimbados e nas telas do computador, há outras medidas, tudo quanto for possível tentar remexer debaixo das linhas de força da burocracia, que deram certo, é lendária a odisséia da emigração, para alguns, ao passo que, para outros, falharam — ele acompanha todos os dias a experiência dos compatriotas numa barraca que vende café. Julie fora apenas a sereia para seu Ulisses. Enquanto em seu país coubera a ela importunar os influentes, contratar advogados etc. na refrega com a burocracia da autoridade — um desvio malsucedido, ainda que atraente —, neste lugar, na situação vigente, é ele quem deve ter o *know-how*, ou de alguma forma adquiri-lo. O que fora suficiente antes, quando conseguira obter algum tipo de visto dúbio de entrada, talvez não sirva — não serve — agora; os símbolos humanitários nacionais equivalentes à Dama Com a Tocha Erguida, assim como a própria, não dão mais as boas-vindas e usam a Luz para revistar cegamente cada candidato, em busca de possíveis conexões com o terrorismo internacional — gente lutando as próprias batalhas ideológicas em solo alheio ou levando nos fluidos do corpo a doença mortífera mais recente. Este país que o reivindica pelo nascimento, pelas feições e pela cor, pela língua, e a Fé que teve que afirmar nos formulários, embora não saiba se o filho ainda tem a Crença da mãe — este país ocupa lugar de destaque entre aqueles de onde saem imigrantes indesejáveis.

Ela, sua mulher estrangeira, era o tipo certo de estrangeiro. Alguém que pertencia a uma categoria internacionalmente aceitável de origem. Quando ele recebeu a folha única de formulário para que ela solicitasse o visto para entrar num dos países preferidos dele, ele teve de lhe contar o que significavam suas viagens à capital.

Eu comecei logo a trabalhar para nos tirar daqui.

Mas para onde. Ela lia o formulário enquanto falava. Que tipo de país.

Será que ela ainda acredita em escolha. Mas ele lançou seu lento e raro sorriso que sabia estar sempre sendo esperado. Qualquer um que conseguirmos.

Para ela, tudo bem. Para ele, seu marido, se outros caminhos precisassem ser seguidos, onde os oficiais fossem terreno proibido, a coisa custaria dinheiro. Ela não tinha escrúpulos a respeito, contanto que desse para oferecer suborno, aqui, sem perigo para ele; o único motivo de não terem recorrido a esse expediente, lá no país dela, fora o aviso do advogado de que ele poderia se enroscar ainda mais. Havia os dólares que levara com ela; sua única hesitação era como continuar contribuindo com comida e outras necessidades — coisas de que a mãe dele com certeza carecia — se o dinheiro acabasse. O Tio não o estava pagando no momento — pelo visto o calhambeque e combustível grátis eram considerados uma compensação por tê-lo de volta debaixo dos veículos. Dessa vez da frota da administração provincial e, agora, como mecânico *genuinamente treinado* numa cidade grande, longe daqui! Essa era a bonomia do Tio que ela, depois de Ibrahim ter traduzido, começou a reconhecer em sua repetição freqüente.

Nós já teremos ido embora até lá.

Estava arraigado a sua determinação como a algo palpável, enquanto tirava o jeans e a camiseta. A calça de grife estava agora suja de óleo e de terra, não havia sindicatos com regras para proteger os trabalhadores, o tipo de negócio que o Tio administrava tão lucrativamente não fornecia macacão. A determinação dele era um bem espantoso que ela nunca vira, nunca precisara invocar, nem na vida privilegiada do pai nem nas alternativas acolchoadas dos amigos. Que jamais vira em si mesma — bem, talvez quando parou diante dele, na casinha, com duas passagens aéreas, em vez de uma.

Ela apanhou a calça jeans e a camisa, e esse gesto simples, poderia ter sido da mãe ou das irmãs, impeliu-o para ela. Com os pés nus cobrindo os dela, as pernas nuas enroscadas nas dela, abafou a cabeça de Julie de encontro ao peito, como se para deter algo que nascia nela.

Ninguém sabe dizer quanto tempo pode levar. Depois que você molha a mão de alguém (ou seja lá que termo se dê aqui), é preciso correr o risco de que o receptor-atrás-do-receptor vá fazer ou não o que garante que fará — não tem erro! não tem erro!
— ou de que suma do mapa levando os dólares.
A vida nesse meio-tempo.
Vida. Uma forma insidiosa imperceptível em que tanto expectativa quanto impaciência estão suspensas diante das recusas oficiais e das reiteradas solicitações a ser feitas. Portão de ingresso ao estado em que vive a família, à rua que acaba no deserto, homens sentados diante de cafés. Todos à espera de algo que pode vir algum dia — o regresso dos poços de petróleo, o pagamento de uma dívida antiga, um golpe em que os generais não encham os próprios bolsos — ou nunca.

Julie não ensinava inglês só a Maryam e aos jovens da vizinhança, meninas caladas e meninos desajeitados que se esgueiravam para dentro do puxado aos sussurros e abriam lugar entre si para sentar de pernas cruzadas no chão. Maryam deve ter mencionado essas pequenas reuniões à dona da casa onde trabalhava, que convidou a estrangeira para um chá e pediu-lhe que fizesse a gentileza de falar em inglês com as outras senhoras desejosas de aprender a língua. Mas o que a qualificava a ensinar! Por outro lado, o que mais tinha? De que adiantavam suas supostas habilidades aqui; quem precisava de relações-públicas? Ela era igual a alguém que tem de se contentar com as entranhas de um carro. Os livros na mala elegante viraram bíblias de cabeceira, constantemente consultados, lidos e relidos; ela concordou — mas em troca de aulas na outra língua. Por que se sentar entre o povo dele como surda-muda? Sempre uma estrangeira onde comia do prato comum, uma proximidade que a Mesa do distante Café ÉL-LEI tentava emular, longe dos laços de qualquer família biológica. Nunca capaz de aproximar-se melhor do amante (marido! — achava difícil imaginar-se como esposa) através de algum tipo de contato com a mãe, a quem estava reservado, sempre soubera disso, muito antes de conhecê-la em carne e osso imponentes, um lugar dentro dele fora do alcance dos demais. Os amigos da Mesa viviam com problemas de dinheiro, mesmo que tivesse sentido vontade de voltar ao beco sem saída que outrora ocupara com eles não era justo esperar que arcassem com a compra e o envio; escreveu para a mãe, por que não pedir a ela que encomendasse a um daqueles depósitos maravilhosos da internet que existiam na Califórnia uma tradução do Alcorão, em capa dura. E enviasse por entrega especial; o correio do povoado era um balcão partilhado por uma lojinha que vendia gomas de mascar e cigarros.

    A mãe dele, dentre todas as pessoas deste mundo. Falando do seio da família onde agora ela se encontrava, ele deixara claro que ela estava sendo relapsa em não manter um contato de filha com a mãe. De modo que houvera uma troca de cartas. *Minha menina maluca, já imagino o horror de seu pai [...] você é como eu, infelizmente, não consegue se restringir a emoções bem-comportadas! Mas não se esqueça, querida, se não der certo, você sempre pode saltar fora.* Ela se divertira ao ler a carta para ele, mas pulara a última frase. Alguns dias depois, ele perguntou se já tinha respondido.

Não, claro que não. Não vai ser um dever semanal, como quando eu estava no internato.

A mãe pode obter algumas referências. De amigos, do marido. Ele é americano, não é. É necessário, para os nossos vistos. Canadá, Austrália — Estados Unidos também? Todas as possibilidades estavam sendo trabalhadas através dos contatos dele.

O único país onde ela poderia ser de alguma valia era a Inglaterra; mas já havia ali uma passagem de entrada ilegal para desaboná-lo.

As cartas de recomendação que ela pedira — ditadas por ele, que tão bem conhecia a forma exigida — por enquanto não haviam chegado da Califórnia. Mas o livro enviado pelo dispendioso serviço porta a porta pré-pago apareceu — sabe-se lá como — com o ônibus que vinha da capital; quem quer que fosse o encarregado de entregar o pacote calhava de conhecer a rota dele. Ela hesitou em perguntar a Ibrahim que versos eram os que ele lhe dissera que a mãe sabia de cor; Maryam lhe diria. Houve alguma dificuldade em fazer a pergunta ser entendida, talvez não por problemas de língua, mas sim por a moça achar que não compreendera direito: o que poderia a mulher de Ibrahim querer com essas coisas?

O Capítulo dos Misericordiosos, o Capítulo de Maria, o Capítulo dos Profetas.

Ele estava fora com homens com os quais crescera, alguns amigos capazes, dizia-se, de o levarem até mãos dispostas, abertas nas costas do funcionalismo. Não existia uma hora que restringisse sua busca, nenhuma chance que considerasse improvável demais. Ela estava sozinha com a luminária que ele comprara, dizendo que ao menos poderia ler sob um pouco da amenidade à qual estava acostumada enquanto continuassem neste lugar. S*uras*, assim eram chamados, segundo nota de rodapé. Leu em voz alta como se para ouvir na ênfase natural da fala quais tinham sido os trechos com que topara — para o resto da vida — entre as alternativas de tantos conselhos e exortações, inspiração e consolo que as pessoas encontram em textos religiosos. Leu ao acaso; os versos não vinham na ordem em que Maryam os mencionara.

E lembra-te de Jó: quando ele gritou ao Senhor, Verdadeiramente o mal me tocou: mas tu és o mais misericordioso entre os misericordiosos.

E assim foi que o escutamos e aliviamos o fardo de suas penas; e lhe demos de volta sua família.

Afastada do círculo envolvente da lâmpada.

Estava ao lado da figura majestosa, estátua drapeada de negro, na festa, na primeira refeição. Seu amante, o filho, expulso pelo mundo de Nigel Ackroyd Summers, devolvido à família por aquela imagem silenciosa cuja autoridade advinha da servidão do amor que ele lhe tinha. Como podia a menina ter sabido que o verso que aprendia a ler era: para ela. Sabido de cor.

E menciona no Livro de Maria, quando ela se afastou da família, rumo ao Oriente.

E tomou o véu para se ocultar deles: e nós enviamos nosso espírito até ela, e ele tomou diante dela a forma de um homem perfeito.

Ela disse: "Eu fujo de ti para me refugiar na Mercê de Deus! Se o temes, afasta-te de mim".

Ele disse: "Sou apenas um mensageiro do Senhor, que eu te possa conceder um filho santo".

Ela disse: "Como posso ter um filho se nenhum homem jamais me tocou e eu sou casta".

Ele disse: "E assim será, o Senhor disse: 'Não me pesa nada isto; e nós faremos dele um sinal à humanidade e mercê nossa. Porque assim foi decretado'.".
E ela concebeu e retirou-se com ele para um lugar afastado.
Coisas do evangelho dos tempos de internato.
E quando uma das que eram apelidadas de louca-por-Jesus entre o pessoal do bar apareceu grávida e disse que não sabia o que tinha acontecido, fora a piada do dia... pois muito bem, qual dos assanhados aqui andou brincando de Anjo Gabriel...
O que poderia significar a história para aquela que ainda sabia recitá-la de cor; bem, você precisaria ter um filho seu para entender.
A luz bateu de novo sobre as páginas; virando, folheando; uma pausa:

O Deus da Misericórdia ensinou o Alcorão
Criou o homem,
Ensinou o discurso articulado.
O Sol e a Lua têm cada qual seu tempo,
E as plantas e as árvores curvam-se em adoração,
E o Céu, Ele o alçou lá no alto...
... E soltou os dois mares que se encontram:
Entretanto, entre eles há uma barreira que eles não
[ultrapassam.

Todo mundo sabe, em textos assim, o que é direcionado: a ela. Deixou o livro aberto nos dois últimos versos.
Deitada na cama de ferro, esperou por ele, às voltas com os imperativos do próprio mundo, como ele esperara por ela, às voltas com os imperativos do mundo dela, noites e noites na casinha.

Por uns tempos a Austrália pareceu promissora.
O que faremos lá?
Muita coisa. Um país cheio de oportunidades, tudo quanto é tipo. Desenvolvimento. Vai ser bom para você, muito parecido com o seu país.
Ela sacudiu a cabeça, rindo. Eu deixei meu país.
Julie foi com ele falar com alguém que tinha ligações com alguém que conhecia o representante de Canberra na capital, para fornecer os detalhes de antecedentes que poderiam pesar favoravelmente; cidadã de um país da Commonwealth, procedência legal e fiscal impecável, alto padrão de instrução.
E aquele pessoal, o homem na casa de seu pai, aquela vez, que estava indo para a Austrália. Aquele que inclusive ia levar o motorista negro junto, você lembra do papo.
Não faço idéia de quem eles são.
Veio o chamado de seus olhos negros.
Seu pai sabe.
Ela arrebanhou o cabelo no alto da cabeça com os dedos;

ele parou diante dela como fizera no dia em que saíra de sob um carro na oficina: aqui estou.
Não posso pedir a meu pai.

Os silêncios dele a incomodavam mais do que qualquer discussão que pudessem ter, eram recuos para dentro de pensamentos que lhe impediam a entrada; ele que tantas vezes fora recusado tinha inconscientemente adotado para si a reação da recusa.

Ela foi até onde ele de repente se pusera a revirar a maleta de lona — nunca chegara a desfazê-la por completo, lá estava ela pronta para a partida deste lugar, de sua casa, à espera semana após semana, mês após mês, no puxado. Curvou-se sobre ele, os braços envolvendo-lhe a cintura e o rosto de encontro às costas nuas. Para ela, a essência dele, o cheiro da pele, suplantou o silêncio e a recebeu. Ela queria dizer Eu farei qualquer coisa por você, mas como poderia isso ser formulado quando ela acabara de lhe mostrar que havia algo que não poderia fazer?

Não nos traria nada a não ser humilhação. Ele diria não, ele nem sequer pensaria em constranger um colega, um companheiro de empresa, *altamente conceituado* no país... pedir-lhe que recomendasse um imigrante qualquer visto uma única vez num almoço e que vinha a ser marido de uma filha a quem dissera para ir ao inferno do modo como ela escolhera — foram essas as deliciosas palavras que meu pai me disse de adeus!

Eu anotei o nome do lugar para onde eles estavam indo. Em algum lugar por aqui. Perth, era Perth. Acho que era... num pedaço de papel...

O pedaço de papel não foi achado. Sem as referências de Perth, o processo de pedido de visto de entrada continuou, bem como os períodos de espera enquanto os documentos iam e voltavam.

A Austrália não concedeu visto de entrada.

Julie ficou confusamente irada. Aparentemente, com os australianos; consigo mesma, por não ter sido capaz de "fazer alguma coisa" por ele e que — na verdade uma contradição —, com quase toda certeza, não teria feito a menor diferença.

Ele possuía planos contingenciais para o país seguinte a cada pedido gorado. Eles estão suficientemente ocupados tentando manter longe outras pessoas do Oriente, não precisam de gente como eu. Pronto. É isso aí.

Nesse meio-tempo.

A espera gera seu próprio ritmo; a rotina, que supostamente pertence à permanência, surge do fato de que nesse meio-tempo não há nada mais a ser feito. Ibrahim pega o calhambeque que o Tio emprestou — deu — a eles e vai de manhã para a oficina, Julie dá aulas de inglês na casa da patroa de Maryam e numa escola — o boca a boca exige ainda mais de uma aparente habilidade ou dom que ela não sabia que tinha. Na casa da família, Maryam juntou a irmã Amina, que acabara de dar à luz, e Khadija, mulher do filho que sumiu nos campos de petróleo; elas e outras chegam discretas para se juntar aos diálogos, aprendendo a língua de Julie, Julie aprendendo a delas, debaixo de um toldo rasgado nos fundos da casa que se estende até um oleandro de flores grossas de poeira, feito uma mulher que usa pó demasiado. Não há palmeiras. A sombra é rala e a mudança da luz que incide nas fisionomias, na de Julie e na delas, é um jogo com coisas que elas desconhecem, por falta de familiaridade, e que estão começando a ser reveladas, em olhares intuitivos, a respeito umas das outras. Maryam tornou-se quase fluente, ou Julie tornou-se mais rápida para entender o que a moça pretende com as locuções e substituições inevitáveis de uma palavra inglesa por outra. Maryam insiste que Khadija é a mais capaz de lhe ensinar a língua, muito melhor que ela, Khadija é da capital, fez a escola "toda até o fim". Não é apenas a falta de articulação da jovem na língua estranha o motivo para essa sua defesa em favor da outra; todos na família sabem, até a mulher de Ibrahim já percebeu, que Khadija se encontra num estado de frustração que oscila entre ser descoberta aos prantos num canto (o reservado para o tapetinho de orações da mãe, ainda por cima) e xingamentos irados contra o marido, um filho da casa. Ibrahim a chama, quando a sós com a mulher, de aquela louca. Ela grita com meu irmão por estar morto, talvez ele esteja morto, sabe Deus. A maneira delicada de Maryam de querer ajudar a cunhada é tentar distraí-la reconhecendo a superioridade dela e seduzindo-a com elogios à obrigação de usar essa superioridade para ajudar mais alguém: a nova cunhada, a mulher de Ibrahim. — Eu digo a Khadija, ela se sente sozinha sem nossa língua.

Julie repete isso para ele.

Não é original? Maryam é tão diferente que isso vem à tona mesmo no inglês truncado dela. Ela tem razão sobre Khadija, no entanto. Khadija nunca me olha, você sabe como ela é meio altiva, mas escuta o tempo todo e depois me corrige, eu estou aprendendo a pronunciar certo com ela. Fale comigo. Você vai ver. *Nós* precisamos falar sua língua juntos...

Ele tinha chegado da oficina do Tio e fora buscar a água que a mãe havia esquentado. A tina de lata ficava a postos no puxado; ele não permitia que Julie fosse pegar a água: as outras mulheres da casa sorriam ao vê-lo carregando o balde, trabalho de mulher; a mãe mantinha o rosto afastado dele, virado para não assistir ao espetáculo. O filho podia perfeitamente estar fora; num dos exílios onde não dava para localizá-lo na mente, apenas na consciência biológica que circulava no sangue dela, bombeava por seu coração.

Quais são os nomes — eu não sei, os, os... você sabe... as palavras de amor... gostaria de ouvi-las. Você nunca disse essas palavras para mim...?

Temos que falar inglês. Eu preciso falar inglês. Tenho que falar inglês com você se eu quiser um emprego decente em algum lugar. Talvez dê para estudar um pouco mais lá. Só inglês.

Ele despejou a água na tina.

Esfregando-se, agachado ali dentro, sente as manchas de graxa das entranhas dos motores, a crosta negra das ferramentas sujas debaixo das unhas como se presentes no corpo todo, essa condição de vida que ela não conheceu jamais, como poderia, ela que se encantou com ele nesse estado do qual é preciso escapar. Ele está consciente de que dialoga consigo mesmo na língua que ela agora enfiou na cabeça de aprender, que de nada servirá a ela, a eles, no lugar para onde irão. Mas de que adianta — crueldade — dizer-lhe que na vida que decidiu para si, ao segui-lo, os belos feitos são supérfluos. O ramadã aproxima-se. Quem haveria de imaginar que eu ainda a teria neste lugar, que nós ainda estaríamos aqui. A bela mala ainda lá, no mesmo lugar para onde ela a empurrara, debaixo da cama, sua aventura ainda não terminou, nós fazemos amor nessa pobre cama de ferro e eu a satisfaço, Deus como eu a satisfaço. E nada de vistos para mim.

Ele lhe disse que naturalmente não seria necessário que ela jejuasse. Com o pai e o restante da família, ele o faria: por causa da mãe.

Com a família e toda a aldeia, não é assim?

Por que haveria ela de ser a exceção? A única. Sozinha sem

a língua. Não era tão difícil de entender; aqui, aqui na pátria dele, ela era o que ele fora na Mesa do ÉL-LEI de seus amigos, o que fora no almoço de despedida do casal e motorista bem-vindos na Austrália. Claro que vou jejuar.
Você vai ficar doente. Ficar sem água é terrível. Não pense que é só comida; comida não é nada, nada, não é como água.
Acredite.
Bobagem, meu amor! Eu bem que estou precisando perder um pouco de gordura, como demais nessas refeições de família, estou ficando bunduda, veja.
Outra aventura.
Ele acredita que ela talvez não aprenda nunca; ou talvez nunca precise aprender as regras da sobrevivência, sempre tem todas as opções abertas à frente.
De encontro às queixas enferrujadas do estrado de ferro sob seus corpos, ainda meio vestida, ela murmura, retomando um assunto inconcluso, estou com você até o fim. Uma frase banal tirada da Mesa, mas é tudo que tem.

O ritmo da espera transformado por completo. A reação à dimensão do dia durante o ramadã era exatamente como a reação do corpo e da mente à mudança de horário na chegada a um país que está muito adiante ou atrás daquele de onde se saiu. A mesma vaga sensação ondeante de ver os arredores por uma lente distorcida, não de todo desagradável, uma resistência preguiçosa dos músculos frouxos das pálpebras, a consciência dizendo me deixa dormir, apague a luz, não responda ao vácuo que suga o estômago: *satisfaça-me, é hora.* E a estranha surpresa: as noites agora são frias; o lugar pitoresco era de um calor perpétuo; ainda não tinha havido estação de hemisfério norte naquele deserto. Ela faltou à refeição pré-alvorada para a qual não havia nome específico, era a refeição, o sustento puro e simples; não conseguiu fazer-se desperta o bastante para ingerir. Pensamentos e reações reduziram de ritmo enquanto a casa virava um enxame zumbido de mulheres rezando e de homens na mesquita. Não obstante como ocupassem o dia, os homens da família conservavam-se isolados em alguma parte, só em companhia masculina. Julie não contava ver Ibrahim até que todos eles voltassem depois do pôr-do-sol. Às vezes as mulheres se reuniam na casa dessa ou daquela vizinha. A mãe viu a mulher do filho sair na companhia de Maryam, Amina, Khadija e das crianças para ir à casa de uma prima; tranqüilamente olhando do sofá. Depois de um tempo, foi até seu canto orar. Passou-se uma hora ou mais até que voltasse a se sentar, na sala deserta da família e, reconhecendo como sempre o jeito e o peso das passadas dele, ouviu o filho voltar de repente. Levantou-se e foi até ele, que entrara em silêncio. Encontraram-se sem dizer palavra por alguns momentos; no rosto de ambos, a semelhança mútua. Depois o tom da voz dela, que era só para ele, manteve a cadência das preces que lhe haviam preenchido a tarde, como um trecho de música que continuasse soando nos ouvidos: — Você não está bem, meu filho.

Ele inclinou a cabeça na direção da mãe, no gesto especial — submissão? amor? — reservado para ela. Com o pai havia sempre uma resposta pronta, em geral um confronto de desavença controlada entre os dois. Com a mãe normalmente parecia não haver necessidade de palavras. Uma pausa. — Eu não sei... não, só cansado. — Ele olhou na direção da porta do puxado e desviou a vista.

Tinham ambos conhecimento do tabu, a ser observado de forma absoluta, de que marido e mulher não podiam ficar sozinhos no quarto entre o alvorecer e o pôr-do-sol durante o ramadã, quando toda e qualquer intimidade entre homens e mulheres era proibida.

— Sua mulher está com a Maryam e as outras, na casa da Zuhra.

O mesmo gesto de antes da cabeça inclinada na direção da mãe.

Trabalhando com carros e caminhões pesados e sempre de volta, de volta àqueles escritórios estrangeiros da capital, planejando partir. Quando iria tomar conta de si mesmo.

— Você tem que descansar.

Nem um nem outro precisariam mencionar que quando elas voltassem Ibrahim ouviria e sairia do puxado antes de a mulher entrar. Mãe e filho permaneceram juntos mais alguns minutos, até ela retomar as orações.

Ele foi para o puxado — e lá estava ela, Julie. Ele se demorou na soleira, depois fechou com cuidado a porta mal ajustada atrás de si.

Você deixou os outros homens?

Ele poderia ter dito Você deixou as outras mulheres. Lançou-lhe então seu sorriso, aquilo de si que era *para esta*: para ela. Estou cansado.

Eu também. Elas são uns amores, mas a conversa — acaba parecendo que estou presa dentro de um aviário.

Ele chutou os sapatos e, momento de hesitação, arrancou o barrete bordado preso por um grampo ao cabelo grosso no topo da cabeça, deitou-se na cama, uma criança obediente a quem tivessem mandado tirar uma soneca. *Você tem que descansar.* Lado a lado, os corpos não se tocavam. Talvez ela soubesse do tabu, Maryam podia ter lhe dito; talvez não. Pareceu um tempo enorme; nenhum dos dois dormiu nem falou.

Ela sentiu o desejo subir-lhe pelo corpo e desdobrar-se, intumescendo aqueles outros lábios seus, a sobrepujar a lassidão da fome e a aridez da sede. E vergonha também; sabia que atos sexuais, assim como outras formas de prazer, estavam proibidos durante esses dias consagrados, ainda que a abstinência acabasse intensificando o amor noturno. A mão procurou-o para garantir a si mesma que apenas o buscaria da perspectiva do amor companheiro, mas surpreendeu-a encontrar seu pênis ereto debaixo das roupas. Retirou a mão rapidamente. Não sabia onde colocá-la em relação a si mesma depois do contato. De novo algum espaço de tempo transcorreu nesse ritmo diferente de todos os outros. Viraram-se um para o outro no mesmo instante e ele a libertou de seu disfarce de roupas e ela o libertou do seu. Mas foi ela quem pôs a palma da mão em seu peito, para detê-lo, lembrando das molas queixosas do estrado de ferro, depois deitou-se no chão para recebê-lo.

Havia água no jarro que mantinham ao lado da tina de banho. Lavaram-se então um do outro; quem sabe por parte da infiel fosse a ilusão culpada de uma absolvição purificadora. Mas ele pôs a roupa em silêncio, prendeu o barrete bordado na cabeça e saiu. A mãe não estava no sofá. Devia estar rezando ainda, mas seguramente percebera, até mesmo pelo movimento do ar na casa — provocado pelo corpo dele, entre todos os demais, pela passagem da presença do filho —, que recobrara as forças e fora se juntar aos homens.

Mulheres e crianças voltaram, a maré alta da vida da casa encobrindo suas correntezas secretas. Maryam perguntava — A Julie saiu de novo?

— Ela estava com vocês.

— Ah, ela ficou pouco, veio embora para casa.

Maryam bateu de leve na porta do puxado com sua única pancada de hábito.

— Sim? Já vai.

O som da voz estrangeira sufocou a mãe com um estrangulamento de choque.

Ali, ali no quarto. Antes que o filho largasse a companhia

dos homens, antes que ela lhe dissesse que sua esposa estava com as outras, ela própria, a mãe, sozinha na casa, para ele — aquela mulher voltara, não fora ouvida na concentração da prece, a alcova de devoção, e estava naquele quarto o tempo todo. Ali. Temor e raiva apressaram o ritmo da respiração arquejada. Amina e Maryam alarmaram-se com as palpitações do colo farto; o que era aquilo, um ataque do coração? Mãos erguidas para varrê-las, mais do que afastá-las; o dia inteiro sem água, o sol se pondo, ela beberia à farta, era tudo de que precisava.

Na refeição que quebrava o jejum do dia o filho se mostrava tão animado quanto todos os outros da família no prazer de satisfazer uma fome e uma sede exclusivas à estrutura de tempo do ramadã, recompensa pela abstenção de todos os gozos. A mãe bebeu à farta. Não só da água como também da vergonha e do pecado do que ele fizera: seu filho; não podia olhar para aquele rosto adorado, como se fosse vê-lo horrendamente transformado, só para si — os outros continuavam a vê-lo bonito e cheio de graça —, em corrupção e feiúra. E aquele rosto, uma vez que ela lhe legara as próprias feições, seria também o dela.

Se o denunciasse ao pai e aos irmãos, ao cunhado, se denunciasse a mulher, sua esposa, às filhas e à cunhada, que receberia aquilo como um triunfo contra a honra da família?

O que houve por trás da porta fechada do quarto onde a mulher já estava deitada — qualquer uma que tivesse vivido tempo suficiente para conhecer homens e mulheres não alimentaria dúvidas. E como estava à vontade seu filho, agora, um determinado tipo de relaxamento reconhecido por uma mulher idosa que já dormiu ao lado de um homem muitos anos.

Como os homens da família lidariam com seu filho. O casal — o que aconteceria com eles. Mas ela sabia, sabia o que aconteceria. Ibrahim não aceitaria essa desgraça de ninguém ali, éditos como esse eram amarras soltas, a autoridade deles sobre o filho perdida na autoridade alheia do exílio, emigração — isso ela sabia.

Seu irmão. Se o Tio Yaqub soubesse. E claro que seria informado, o integrante mais velho e importante da família. E ele era o único de quem podia secretamente esperar alguma ajuda para que o filho ficasse, em vez de tentar emigrar de novo. Quando Yaqub fosse informado, o que não aconteceria.

Ela sabia o que aconteceria.

Seu filho iria embora de toda maneira, para alguma parte, para longe dela, perdido no mundo outra vez.

Não havia ninguém na casa. Só ela. Ela não escutara — não — a mulher, a esposa, entrar e ir para o puxado, estava rezando. Apenas ele, o filho, de cuja presença ou ausência tinha sempre consciência, entrar e sair. A filha Maryam não sabia que o irmão entrara e saíra durante a tarde, que ocupara o quarto com a mulher.

O que aconteceria a ela, a mãe, se não dissesse a ninguém o que sabia — ninguém.

Aoodhu billah. Se assumisse o pecado para si, como se assumisse a feição distorcida da face adorada que só ela sabia evidente. *Astaghfar allah*. Se ele se desgraçou, nada o fará parar. Ele irá embora. Ela o perderá de novo. Qualquer outra punição, *in sha allah*, que não essa.

Quando um dos homens comenta levianamente o sumiço do filho dela do grupo de homens durante a tarde, ela responde antes que ele consiga. — Ele tem que descansar.

Ela, Julie, ficou apreensiva com a refeição da família depois de o sol se pôr, o que tinha feito com ele; talvez ficasse — ficassem ambos — envergonhados de participar, ele ao lado dos homens, ela das mulheres. Mas ele voltou da mesquita com o pai, Ahmad, Daood, Suliman, o marido de Amina, e o jovem Muhammad, e cumprimentou-a como se não a visse desde a manhã.

A intoxicação nebulosa de estar acordada quando costumava estar dormindo e de estar dormindo quando devia estar acordada gastou-se da mesma forma como o relógio interno se ajusta sozinho após alguns dias num país com outro fuso horário. Ela levantava no frio para a refeição pré-alvorada e os chamados de fome e de sede viravam um clamor só por volta do entardecer. A transformação da escala temporal foi completa ao se lembrar: lá do outro lado, na Mesa, os amigos tinham assistido semanas antes à partida de um ano velho com bebidas e drogas; Nigel Ackroyd Summers e sua Danielle haviam começado com champanhe e ostras sua velha vida de novo com outro calendário. O Ano-Novo ainda estava por vir, na forma como o tempo é medido aqui.

Ensinaram-me que o tempo era dividido pelo nascimento de uma criança num estábulo e pelo cálculo a.C., d.C. que veio atrás do grande evento para o todo e sempre. *Isso* era o tempo. E todos os negros passaram pela lavagem cerebral dos missionários e foram obrigados pelos colonizadores a aderir. De modo que acreditaram nisso também. Foram obrigados a acreditar. Bem, suponho que meus pais tivessem alguns amigos — devo ter conhecido outras crianças? — que eram judeus, talvez, mas quaisquer que fossem os rituais que seguissem, eles não contavam muitos pontos conosco, e o pessoal acabava indo às festanças de Natal e Ano-Novo de Nigel, desde que fossem do nível social adequado. Muçulmanos — nunca conhecemos nenhum... mas os lojistas indianos fechavam as portas para o que nós dizíamos ser o nascimento do filho de Deus e para o dia em que nós decidimos começaria um novo ano — ah, eu conheço os ciclos da Lua, e as mudanças de estação têm a ver com eles, mas esse é o ciclo cristão. Para eles, o mundo é apenas o *seu* mundo, o mundo cristão.

Ele se achava sentado na única cadeira existente no puxado, sublinhando com uma esferográfica trechos de um exemplar da *Newsweek* que apanhara em algum lugar quando de sua última excursão à capital para entrevistas em alguma seção consular de vistos. A caneta só deixava arranhões e ele riscava o papel com ferocidade para fazer a tinta fluir. Parou; para olhá-la.

Mundo é o deles. Os donos são eles. Dirigido por computadores, telecomunicações — veja só isto aqui —, o Ocidente, eles são donos de noventa e um por cento. Lá de onde você vem — a África inteira tem apenas dois por cento e é no seu país que está a maior parte. Este aqui? — nem o suficiente para um dígito! Deserto. Se você quer estar no mundo, a única maneira é conseguir que o que você chama de mundo cristão o deixe entrar.

Canadá. O fim do ramadã significou para ele que, sem ofender a mãe, podia retomar seu jeito de tentar pedir visto de entrada para o Canadá. Duas cartas de recomendação (A Quem Possa Interessar) baseadas, provável, calculada e corretamente, num casamento desconhecido com uma mulher com todos os documentos e procedência corretos — a mãe rica com cidadania americana e o pai rico citados, dessa vez — vieram da Califórnia. Surpresa total; Julie entregou-as. Jamais imaginaria que Beverly — sua mãe — iria ou conseguiria achar alguém para assiná-las. O padrasto dos cassinos pelo visto tinha contatos entre comparsas de jogo, embora sabe-se lá o que valiam aqueles nomes. De todo modo, Ibrahim guardou as cartas na pasta que reservava para os documentos — pedidos pendentes, pedidos recusados —, sobrescrita na fluidez dos caracteres árabes que ela tanto admirava.

Em outro país, seriam recuperados de um computador, não essa coisarada toda para guardar.

Ele enfiou a pasta de volta na sacola de lona com suas posses. Canadá — havia irmãos, no sentido que lhe dava um povoado, já estabelecidos; Toronto, Calgary sob os estilhaços de neve cintilante, esses lugares gelados talvez acenassem um dedo de aceitação ao deserto, onde a areia era pedrisco entre os dentes.

Ela obtivera permissão, depois de se apresentar hesitante e pronta para ser dispensada com a extraordinária e costumeira polidez das irmãs e uma olhada sombria e severa de Khadija em seu abandono conjugal, para participar das preparações culinárias da festa de *Eid al-fitr*. Para ela, o fim do ramadã significou que as irmãs e as crianças voltaram a se reunir ansiosas no espaço comum da casa nas horas costumeiras para a troca de inglês e árabe.

Uma tarde após o ramadã, a mãe dele estava entre as mulheres. Não disse nada. Mas estava lá. A matriz onde o rosto de Ibrahim fora moldado. Uma declaração a ser lida, se ao menos se soubesse como decifrar o que ali perdurara, um bronze vivente por sob a carne despregada das amarras musculosas dos belos ossos, caída em volta da boca escura elegantemente franzida, sulcada na testa, invadida por pêlos escuros no queixo. Tudo que Julie enxergou, diante dessa presença, foi que fora aceita por ter acatado o édito de não comer nem beber entre o amanhecer e o pôr-do-sol durante trinta dias, mesmo que não tivesse passado esses dias rezando.

Ainda que o tivesse seduzido de novo, ao filho agora restituído à casa da família, durante os dias proibidos. Porventura o rosto da mãe estaria ocultando o fato de saber disso também. Ele está absolvido: "Ele precisa de descanso". A estrangeira lhe dá o que ele precisa.

Às vezes — ao entrar na sala onde ela estava entre as mulheres, ou no puxado, divertindo os filhos de Khadija e Amina com velhas brincadeiras escavadas do jardim de Gulliver — o humor dele indicava que o Canadá ia bem. Certos dias, fuzilava as irmãs e a cunhada preterida com um olhar de enxotar rebanho, ou dizia às crianças na língua que partilhava com elas — adeus, fora, saiam! —, vão brincar noutro lugar! Teria havido alguma frustração; o consulado não dera notícia, um prometido contato não se materializara. Ele e ela não conversavam muito sobre essas inevitabilidades da espera; havia um pacto implícito, um sentimento de que falar no assunto era uma forma de atrair azar, como se houvesse alguma força pairando sobre eles, espreitando, zombando, espicaçando, exibindo os punhos cerrados — qual deles? qual deles? —, desfrutando de um conhecimento que a mão buscada continha: visto recusado. Por que alimentar as esperanças dela. Por que responder perguntas sobre até onde se dispunha a ir para tirá-los deste lugar. Faça e cale-se. Seja lá o que for. A qualquer momento, ele pode topar com a mala elegante arrumada. Na mão, uma passagem apenas dessa vez. As semanas passam, uma atrás da outra; ver a cunhada Khadija a acusar com tamanha altivez a família que gerara o marido o punha fora de si. O maneirismo de cobrir de repente o rosto maquiado demais com as mãos, o tique nervoso do desespero. Que diabos estaria Zayd aprontando na porra dos campos petrolíferos! (Os expletivos ouvidos na oficina onde a mulher o seduzira lhe voltaram na própria língua.) Sim, claro. Trepando, achou outra mulher por lá, e minha mãe é quem tem que alimentar a metida da capital, o grande orgulho do irmão, meu pai é quem tem que pagar a escola dos filhos.

Quem haveria de imaginar que ainda estariam ali quando chegassem os meses do vento. O *rih* não pára de soprar.

Ele volta de onde quer que amigos de amigos o tenham levado, abastecido com o que calcularam ser decerto a quantidade correta dos dólares dela para molhar a mão de alguém, e lá está Julie com a cabeça embrulhada feito outra qualquer do povoado ao sair às ruas. Ela sorri agradecida para Maryam: Não foi gentileza da sua irmãzinha me vestir para enfrentar o vento? Ela envolveu a boca e o nariz no manto para mostrar como estava bem protegida da fúria cortante das chibatadas de areia ao ir para o chá de conversação na casa da patroa de Maryam; por esses chás ela acabara concordando em receber uma quantia modesta.

Ibrahim gritava com a irmã, algumas das palavras puderam ser compreendidas graças àqueles chás: quem você pensa que é o que está fazendo quem sai de casa com o *rih* soprando você ficou louca tire já isso dela, e a jovem tão branda oscilava de um lado a outro, como se estivesse sendo esbofeteada.

Ele sumiu no puxado. Julie a envolveu e a embalou em um abraço. Maryam libertou-se e puxou o manto de Julie, que, encantatória, pedia desculpas por ele, Desculpe, desculpe, desculpe. Mas a moça consolou-a em árabe e depois, corrigindo-se, em inglês, lambeu uma lágrima que lhe correra pelo rosto até os lábios e, engasgada, riu de si mesma: — Ele tem preocupação muita, anda ocupado com coisa difícil. Eu sei. Não foi comigo. Ibrahim — ele — está bravo dele não de mim. — As duas de novo abraçadas continuaram sentadas em silêncio no sofá, como se a mulher de Ibrahim fosse uma irmã.

Claro que ele tinha razão sobre o vento; mesmo com o traje completo que as mulheres e até mesmo os homens usavam, só com os olhos à mostra, sair debaixo daquele vento era aterrador, emocionante — algo que jamais vivera, algo muito além de tudo que se pudesse imaginar lá onde a experiência mais intensa desta força da natureza era o vento chamado Sudeste Negro, que batia as portas e tirava as pessoas da praia durante as férias na Cidade do Cabo. Essa era a realidade das rajadas cósmicas que saíam da boca dos deuses irados, simbolizados nas ilustrações proféticas. Não é muito freqüente, agora, à espera do Canadá ou de onde quer que seja — com ele, é tudo que importa —, pensar na infância, onde havia o quarto com o ursinho panda de pelúcia que ela saíra procurando na casa errada naquele domingo; na edícula reformada com banheiro reluzente, sabonete orgânico e óleos de banho, cozinha em miniatura com freezer do tamanho adequado e microondas, faxineira toda semana, cama larga sempre pronta para quem calhasse de ser o amante mais recente: acompanhamentos do círculo de alternativas para os almoços dominicais de Nigel Ackroyd Summers, a Mesa no Café ÉL-LEI — o que se supunha fosse a vida simples. Estávamos brincando de realidade; era uma casa de boneca, aquela casa; um jogo, o Café ÉL-LEI.

O vento ao qual tudo e todos na aldeia foram submetidos esvaziou-se por inteiro depois de exatamente o número de meses que disseram que duraria. Seu tempo se esgotara; o Canadá ainda nos pratos da balança, havia decisões a serem tomadas pela autoridade final em Ottawa. Julie sabia que ele tinha outras opções guardadas para a possibilidade de outros países; mas quais países ainda haveria para tentar. Deixou de ser uma pergunta: uma declaração tácita, conclusiva. (É isso aí.) Ele se ausentava cada vez mais da casa da família, ia para a capital no calhambeque — um Tio não é um estranho, o filho de uma irmã não pode ter uma folga negada como um empregado qualquer —, passava as noites na aldeia ou às vezes em outro povoado, com amigos que sabiam de contatos a ser procurados. O pai e os demais homens da família em geral também saíam à noite: Suliman, marido de Amina, Daood, o que fazia café, Ahmad, que trabalhava para o açougue, e até o aluno de escola Muhammad, depois de entregar seus queijos, lição de casa supervisionada pela mãe, sumia para ir chutar bola com outros meninos sob a tênue iluminação rodeada de morcegos da rua. Era uma hora calma na casa que reverberava com tantas vidas; as crianças pequenas na cama, as mulheres à espera dos homens. As irmãs Maryam e Amina conversando sonhadoras enquanto teciam um tapete interminável — ou seria um novo tapete — num tear caseiro, pouca coisa mais que dois troncos de árvores jovens, descascados e sem os galhos, cruzados por traves grosseiras. Ela se sentava com as mulheres, vendo séries americanas legendadas, e saía com todo o cuidado para não perturbá-las, como se de uma fileira num cinema, para ir ler debaixo da lâmpada que ele providenciara para ela no puxado. Às vezes Maryam ia atrás, hesitante, e acomodava-se no chão ao lado da cama onde Julie se reclinava, cruzando as pernas sob a roupa. Maryam fizera progressos extraordinários; elas podiam conversar, agora, trocar idéias para além das amenidades dos livros de frases feitas; inclusive confidências. Maryam desejava mesmo se casar? Com o filho do comissário de polícia: ela o amava?

A moça mostrava os dentes cerrados, ria baixinho, deixava

cair a cabeça. — Eu não conheço nenhum outro. Só meu pai, meus irmãos. Ele parece um bom homem. Fala direito. E não é gordo — você sabe —, eu não gostaria de um gordo. — Elas riram juntas; a moça estremeceu, como se dentro de um abraço imaginário. — Acho que poderei amá-lo, veremos. — Ela tinha histórias e reflexões sobre as outras mulheres. Todas falavam de Khadija, tão irritante e no entanto tão digna de pena em seu desespero hostil. Sim, um saco... mas esse era um coloquialismo difícil de explicar a Maryam... — Coitada da Khadija. Ela era, como se diz, horrível, ah, horrível, antes, quando meu irmão Zayd ainda estava com ela, quando se casaram e ele a trouxe da casa dos pais, ela não gostou daqui, foi ela que disse a ele para ir trabalhar nos poços de petróleo para conseguir dinheiro e comprar uma casa para ela. Agora está mais horrível porque é muito infeliz. Ela olha para você desse jeito, ela odeia você porque sente ciúmes. Você tem marido, seu marido vai levar você para um bom país, você tem dinheiro. Coitada da Khadija. Nesta casa ninguém gosta dela. E meu irmão... ? Será que ele ainda a quer. Nós não sabemos. E se ele não voltar?

— Mas as crianças são uns amores. Seus pais gostam de ter as crianças dela por perto.

A moça permaneceu calada alguns momentos, pesando os limites entre futrica e ofensa. Abriu o rostinho bonito para a mulher de Ibrahim, o semiconhecido, semimisterioso, prestes a dizer alguma coisa. — As outras, elas não sabem por que você não tem um bebê. Então talvez você se case primeiro aqui, do nosso jeito. Elas olham para você. Nós falamos no assunto. E agora, devo dizer... Minha mãe pediu. Ela me pediu.

Estava entendido: Maryam fora encarregada pela mãe de me informar que ela espera que eu produza um filho.

Assunto para se passar por cima brincando. — Já são mui-

tos os netos, os filhos de Khadija, a Amina acabou de ter mais um, e agora você também vai ter filhos.
— Minha mãe pensa num filho de Ibrahim.

Ela desliza para longe do contato com as costas dele, sai da cama, acordada muito cedo. Talvez um novo hábito deixado pelo horário do ramadã. Põe o jeans e uma camisa sobre os seios nus, apanha as sandálias e sai sorrateira com elas na mão. Ele vive dizendo, como se estivesse repetindo secamente um adágio, que neste lugar, sua pátria, só se pode viver de manhã bem cedo, mas nunca acorda para fazê-lo — durante o despertar ritual antes do alvorecer, um dos irmãos tinha que esmurrar a porta do puxado. Ela se agacha ao lado do vaso azul sem flor para enfiar os pés nas sandálias. É verdade que o ar é um elemento puro à espera de ser transposto, tão diferente do elemento do meio-dia quanto mergulhar, sair da terra seca e entrar na água. O *rih* poliu os contornos das moradias, o céu; vigora a calmaria da claridade perfeita. Ela dá uma caminhada, só até o fim da rua, acompanhada durante alguns minutos por um desses cães assustados que se sabem desprezados na aldeia. Embora não o tenha ameaçado, ele se afasta e foge. Ela se vê de repente no fim da rua: lá está o deserto. Sua imensidão pôs um paradeiro nas casas, nas gentes: nem mais um passo com seus carros arrotando fumaça, suas luzes desordenadas na majestade do escuro, seus ambulantes e papagaiadas no rádio; nem mais um passo com suas aspirações.

Havia um amontoado de alvenaria alguns metros adiante na areia, os restos de algo que fora construído e ruíra, ali, enterrado. Ela deu alguns passos nessa direção e veio um novo elemento; o frio do deserto, areia resfriada pela noite penetrando pelas tiras das sandálias para abluir-lhe os pés. Sentou-se nos restos desfeitos de uma parede e olhou — caso se possa dizer que os olhos olhem para uma ausência de objetos fixos, horizonte nenhum a ser divisado. As areias são imóveis. Tentou imaginar que era como olhar da janela de um avião para o espaço, mas nesse caso sempre haveria um fiapo de nuvem aparecendo para criar escala. Depois de um tempo, surgiu um objeto — objetos — que entraram rapidamente no foco, marcas negras, manchas diante dos olhos?, e à medida que cresceram tornaram-se uma mulher envolta em negro levando um bando de cabras. Uma mulher que se aproximou o suficiente apenas para que o cajado que segurava fosse visto, conduzindo suas cabras para outro rumo. Em busca de pasto. Aqui? Este espaço que crescimento nenhum perturba, que no momento mesmo em que você ergue e põe os pés elimina o lugar onde pousaram e cobre a interrupção assim que eles passam. As manchas diante dos olhos desaparecem. De repente Julie pensou num copo de água, desejou-o. E a necessidade era estranha. Quando você tem sede, nas areias, a água adquire um novo significado: é um elemento sem lugar. Ela se sentou alguns momentos, saíra sem relógio, depois voltou para onde a rua começava, com a sensação de que alguém acompanhava sua partida, embora não houvesse ninguém. A rua começava a voltar à vida. O chamado eletrônico vindo da direção da mesquita e, de uma das casas, a voz enganosamente jovial de uma publicidade no rádio. O vendedor de bolinhos fritos caminhava a seu encontro e ela achou, como esperava, algumas moedas no bolso da calça para comprar um saquinho, agradavelmente morno em suas mãos como fora a frieza da areia em seus pés.

O que é isso.

Ele esboçou um gesto ao vê-la, de pé e vestida. Ainda deitado, corado de sono debaixo da pele cor de mel escuro, olhos negros brilhantes rodeados pelo côncavo azulado, melancólicos ou eróticos. Aqui estou eu.

Aqui, de volta de um deserto na porta de casa. Saí para comprar bolinhos. Olhe, ainda quentes. Sacudiu os círculos cheirosos diante dele.

Ibrahim fazia a barba. A água quente vinha de uma chaleira que ele comprara, ligada numa extensão puxada da casa pelo jeitoso Ahmad e cuja tomada servia ao ventilador, também comprado por ele, e à lâmpada sob a qual ela lia — os aparelhos só podiam ser usados um de cada vez e havia momentos em que a força do povoado acabava: água fria, escuridão. Os bicos a querosene eram o recurso da família; ninguém passava fome, o irmão que abatia animais tinha a água do banho aquecida pela mãe da forma costumeira e a mulher de Ibrahim, iniciada agora nos trabalhos das mulheres, aguardava pacientemente sua vez de pegar a do marido; lamparinas a óleo transformavam a casa numa caverna cheia de sombras para o abrigo da família.

Ele abriu bem a boca, retesou-a num arco e barbeou os cantos sob os dois cordões brilhantes do bigode. Aberta aos belos dentes, era quase uma variação de seu raro e aguardado sorriso. Depois ergueu as sobrancelhas, curioso: ela o estaria observando?

Elas querem saber por que nós não temos um filho.

Ele continua escanhoando a região delicada. A aura da presença que ela tão bem conhece desde o primeiro dia contrai-se e recua; ela aprendeu a conhecer isso também.

Quem quer saber o quê.

Sua mãe quer um filho seu.

Ela não disse isso, mas ele vê, ele sabe, que de repente ela está imbuída da idéia. Outra aventura.

O que vamos fazer com um filho. Nós não somos Zayd, Suliman e os outros. Nós vamos embora. Que belo começo, você passando mal, dando à luz, um bebê para cuidar.

Seria uma censura dela por intermédio da mãe? Você ficou louca? Pronunciado o momento, sente a crueldade esfaqueá-lo de volta. Atira a lâmina sobre a toalha, prende a respiração e mergulha o rosto na bacia de água fumegante. Quando ergue a cabeça, ela já pegou a lâmina e lhe oferece a toalha. Enquanto enxuga o rosto, é como se o diálogo todo também tivesse evaporado. Tudo como antes, como todas as manhãs da existência em estado de espera; suspenso. Ele sai para ajudar na oficina mecânica, que, no apoio do sistema familiar, fornece algum dinheiro (ele agora tem salário) e o uso de um carro. Ela acabou sendo aceita como uma das mulheres que dividem as tarefas domésticas, e utiliza a educação recebida para ensinar inglês às crianças da escola e a quem estiver interessado na aldeia — o boato espalhou-se e cresce o número de pessoas querendo melhorar suas chances no que (segundo ele) é o mundo. Às vezes, lembrando-se do jargão de relações-públicas trocado no celular que costumava levar atrelado ao corpo como a presilha na perna de um pombo-correio, reflete que pela primeira vez a instrução dispendiosa está servindo para alguma coisa.

A beduína só é vista de manhã bem cedo. (Quando perguntou, por pura curiosidade estrangeira, Maryam disse que devia ser uma beduína, eles têm suas tendas e cabras em algum lugar por ali.) Ela vai se sentar no toco de alvenaria nas horas em que ele está na oficina do Tio, o pai da família fora, sentado em frente aos cafés tratando de seja lá o que for que o ocupa, os irmãos no trabalho e as crianças na escola. As mulheres — com exceção de Maryam, limpando a casa da patroa — cozinham, vêem televisão ou rezam — ela entende: as preces são a única forma de repouso que a mãe se permite.

Ninguém nota sua ausência. Embora não seja correto ir à feira ou às lojas sem a companhia de uma das irmãs ou, ao menos, de umas duas crianças, só até o fim da rua pelo visto não conta. Os vizinhos, que entram e saem da casa em suas visitas à família, estão acostumados com sua presença e cumprimentam-na se a vêem passar; uma nesga de cortina talvez se levante e baixe de novo: ela não pode estar indo a algum lugar nem estar a caminho de alguma coisa interessante; nessa direção, a rua termina no deserto.

Ela usa um velho chapéu de brim dos tempos em que acampava com a turma do Café ÉL-LEI e que felizmente enfiou na mala elegante quando pesquisava em volta, buscando o que pudesse vir a ser útil antes de deixar a casinha e tudo que não fosse essencial. O calor tende a se acumular sob a aba de algodão verde-escuro, proteção adequada lá de onde vem, mas não aqui; ao chegar às ruínas da morada, tirava do bolso da camisa uma echarpe fininha comprada na feira e envolvia o chapéu e os ombros com ela — as pessoas daqui sabem que o sol é um inimigo ao qual ninguém deve se entregar como faz aos prazeres das praias da Cidade do Cabo. A beduína escondida na sabedoria de seus panos negros estava a salvo do melanoma, junto com suas cabras no deserto.

O deserto. Sem estações de florescência e declínio. Apenas o giro infindável da noite e do dia. Fora do tempo: e ela se põe contemplativa, não sobre o deserto, tomada por ele, porque não há limites de espaço, linhas que marquem a distância daqui até ali. Numa película turva não há horizonte, a palidez da areia, rastros rosados, luminosidade lilás, com sua própria cor de luz desmaiada, não delimita o que é terra, o que é ar. A névoa do céu é indistinta da névoa da areia. Tudo acaba se juntando e não há espectador; o deserto é a eternidade.

O que poderia/iria lançá-lo de volta no tempo? Água.

Uma era glacial — se algum dia viesse. A água é uma memória perdida: a memória a prova passageira da existência do tempo.

Gelo para cobrir as areias e diluí-las de volta ao tempo com a própria diluição, através dos milênios. Beber uma era glacial; depois das muitas eras em que todos os fluidos de vida secaram até atingir a pureza — apenas o que não está ativo consegue ser puro. A nulidade é pureza; distanciamento do sôfrego afã do crescimento. A eternidade é pureza; o que dura não está vivo.

Quando a era glacial derreter, isto aqui será forçado a *vir a ser* de novo: vir a ser a imensidão verdejante que foi quantos mil anos atrás? Enterrada sob a areia, a insistência de uma linha interrompida de palavras sobe à superfície para perturbar a quietude da mente... "e ela concebeu... e retirou-se com ele para um lugar afastado".

Ela acordou e, com o braço frouxamente atravessado por cima do peito dele, palma da mão aberta, olhos ainda fechados, sorrindo, resmungou qualquer coisa.

Eu sonhei com verde.

Ele não pergunta o que ela faz o dia inteiro — as aulas de inglês, certo... Ele não sabia das horas passadas no deserto; ela não lhe contou porque ele não gostava, fugia, abstinha-se do deserto. (*Você ficou louca?*)

É, verde. Se não sairmos daqui logo, ela não vai agüentar muito mais este inferno poeirento de lugar. Vai voltar para lá. As árvores imensas em volta da casinha. A grama que um negro ia cortar. Sua gente; aquele Café. O lindo terraço para almoçar aos domingos. Residência Permanente: tantos formulários, tantas maneiras, qualquer tipo de maneira, tentadas para obter essa condição em algum lugar. Em algum lugar que não seja aqui. Se ela tinha sido uma das maneiras às quais se agarrara ao retribuir com o sorriso a atração dela por ele aquele dia na oficina (ou teria sido só na rua), se o desapontara, se falhara na hora de influir com nascimento impecável, cor de pele, posição da família e dinheiro com os quais ele contava, se não conseguira o direito à Residência Permanente para ele no país dela — viera com ele (palavras dela) até o fim; até a recusa, o fracasso, enterrado de volta na maldita aldeia na areia, *sua pátria*, que o reivindicava para si. Amor. Ele tinha de acreditar que existia nela. Sentiu algo indesejado, algo que não era necessário, obrigação nenhuma por parte de um ilegal sem vintém de se compadecer com um dos que possuem o mundo, que podem comprar passagens, entrar num avião, mostrar passaporte e ser bem-vindos de volta àquele mundo. A qualquer momento ela irá, com lágrimas e abraços, uma última cópula fantástica na cama de ferro, a qualquer semana agora; sentia-se responsável — exato —, responsável por ela. Embora não fosse, de jeito nenhum; nunca quis que ela o acompanhasse até ali, Julie é que não largara dele, não podia chegar e dizer a ela que o propósito que havia tido em sua vida acabara. De modo que até se casara; fora obrigado, não poderia levá-la para a mãe como se fosse uma puta qualquer arrumada por solidão; se levara para a mãe, que merecia tudo, uma mulher obviamente de classe (ainda que uma estrangeira sem Fé), isso era ao menos um indício do valor de seu filho, reconhecido nos lugares por onde vagara.

    Um daqueles presentes rebuscados que a pessoa traz e que não têm serventia, guardado num puxado. Xingou-se com alguma velha praga relembrada.

    Ela sonha com verde. Mas pensar no puxado sem ela, sem a estranheza e a intimidade dela, esvaziou-o inteiro, corpo, membros e mãos, com o largo sorvo de ar que a lembrança o obrigou a engolir.

    Ela estivera sorrindo consigo mesma, ainda meio estremunhada de sono, por ter erroneamente sonhado em verde, uma linha cruzada saída do velho estoque de paisagens subconscientes, quando na verdade, para pegar no sono, transportara-se de volta ao pálido fulgor do deserto onde tinha entrado à tarde, no lugar para além da cor e do crescimento.

Uma manhã, ele também foi acordado por um sonho. Não conseguia se lembrar do que era; por trás dos olhos cerrados, também ele estendeu a mão. Havia um espaço vazio. De repente, esse era o sonho, acontecera: ela se fora.

Ela saíra para comprar bolinhos.

O Canadá já possuía um número suficiente de árabes, paquistaneses e indianos — os de outro tipo de pele que não a vermelha dos Residentes Permanentes originais. A Suécia, pequeno refúgio generoso dos perseguidos políticos, costumava ser mais cautelosa com pedidos que não trouxessem essa justificativa. Ibrahim começou a sentir que sua masculinidade estava em xeque. Ela era sua mulher, afinal de contas, ele tinha de satisfazer as necessidades dela, e não só na cama. Verde. Ele agora pedia um país para ela bem como para ele. E não podia admitir derrota conversando sobre isso com ela. Quando não estava no estridor dos roncos e rangidos, em meio ao fedor de combustível, ajudando na oficina mecânica, circulava entre um certo grupo de rapazes de quem se aproximara depois de perceber que aqueles que se diziam por dentro, e que lhe garantiam que uma bolada bem oferecida o levaria para onde quisesse ir, estavam vivendo de sonhos que não poderiam ser realizados — nem para si mesmos! Caso contrário, por que haveriam de continuar optando por ficar ali, vendendo melancia na feira, consertando sapatos, matando ovelhas e fazendo café, como seus dois irmãos.

Esses outros moços têm alguma instrução — como ele —, um tem diploma universitário, mas é funcionário modesto numa repartição local: já tentou ir embora, mas como não conseguiu tirar passaporte na ponta de cá do processo, porque foi fichado como militante político na época de estudante, dissidente do regime, não possui a primeira das muitas exigências para um pedido de visto. Em virtude dessa mesma ficha, não há a menor esperança de que seja promovido no funcionalismo público: outros do grupo que converge todas as noites para as lamparinas a óleo de um dos bares disfarçados de café têm histórias parecidas. Três — como ele próprio — de volta a este lugar, imigrantes ilegais deportados de países onde conseguiram entrar e trabalhar naquilo que lhes foi possível. Conversam até tarde para não ter que voltar às casas apinhadas de parentes de onde um dia escaparam e para as quais foram devolvidos como letra morta — imigrantes ilegais sem endereço fixo, sem identidade. Conversam sobre o que não convém conversar mesmo neste pobre buraco, onde nem o Tio nem o marido da patroa de Maryam, e tampouco o prefeito da situação e o imã, jamais estarão por perto para escutar, se bem que nunca se possa garantir que não haja alguém da polícia de segurança entre as sombras, vestindo a *galabia* civil. Esses jovens querem mudança, não recompensas do Céu. Mudanças como as que já ocorreram aos outros no velho século, mudanças no que está acontecendo neste novo. Pôr-se em dia! Com eleições que não sejam fraudadas ou declaradas nulas se o partido da oposição vencer; negociações difíceis com o Ocidente feitas de uma posição de equilíbrio, não aquela servidão beija-pé, lambe-cu (eles trazem o vocabulário certo de volta do Ocidente, em que pese tudo mais que lhes foi negado); mudança com uma voz na internet, não de um minarete, uma voz exigindo ser ouvida pelos deuses financeiros do mundo.

... trazer o mundo moderno para o Islã, mas não vamos nos deixar controlar por ele, não, ser forçados a...

... revolucionário, mas não como outras revoluções, eles têm de entender que esta é uma revolução moral religiosa...

... mas que só pode ser conseguida pela tomada do poder, como em qualquer outra revolução! O que você está...

— Sim, sim! Não há dúvida! Não pense que existe alguma outra maneira de desbancar este governo que engorda a nossas custas e nos diz que pobreza é liberdade, *bismillah*...

... não podemos continuar aceitando o que nossos avós aceitaram, que vida é esta, Ibrahim — os intérpretes tradicionais do Islã... para eles o Islã não tem nada a ver com o futuro, tudo está completo, para sempre, você só precisa...

... islamização total — contra as potências mundiais? Que sonho mais louco; não, não...

... temos que cruzar o Islã com o mundo, se quisermos que os ideais islâmicos sobrevivam, o antigo modelo não serve mais, não existe nenhuma forma de isolamento que consiga uma brecha para participar do que está acontecendo no mundo, pergunte ao Ibrahim, a revolução tecnológica já chegou, enquanto nós continuamos falando, falando...!

E como os jovens fazem quando estão bebendo em grupo, também falam de mulheres, mas não da maneira como os homens da oficina perto do Café ÉL-LEI faziam.

— Escute, não é que a gente queira negar o passado em troca do sexo americano que gostamos de ver na televisão (houve assobios e risadas)... mas *hijab*, digamos que você transe com uma mulher casada, ela também quer, ah se quer — e tem que morrer apedrejada, quem pode aceitar que seja essa a lei, mesmo que não seja levada a cabo... quem pode aceitar uma coisa dessas em nossa época!

Aquele que tinha curso superior esvaziou o copo e adiantou-se: — Li não sei onde, faz pouco tempo: "Um muçulmano não se apaixona por uma mulher, apenas por Alá". — Manteve a sisudez do rosto, talvez ele próprio um amante em apuros, enquanto soavam mais risadas — os outros evidentemente não consideravam o cinismo uma blasfêmia.

— E como é que fica nossa vida? Com as mulheres? Como? Me diga. Que liberdade elas têm ou nós temos com elas?

— Mas elas agora têm uma revolução própria...

— Que é parte da nossa...

— Mas elas querem decidir por si mesmas. Não querem ninguém lhes dizendo para usar o xador, certo, mas também se quiserem usá-lo não vão admitir nenhum ocidental dizendo a elas para jogar o manto fora. Querem estudar ou trabalhar no lugar em que elas mesmas decidirem, fora da cozinha, no mundo moderno onde os homens continuam se achando os únicos com direito a um lugar.

— Precisamos dar um jeito de ter uma delas falando, na próxima reunião. Nunca fizemos isso, somos realmente filhos de nossos avós...

— Será que elas ousarão vir...

— Elas virão. Virão, sim. Conheço algumas...

— Aí, sim, é que vocês vão ver como os donos do governo botam a polícia atrás de nós...

O bacharel da faculdade onde ele próprio obtivera o diploma que o tinha qualificado para trabalhar, num outro país, como mecânico de automóvel virou-se para ele, que escutava em silêncio.

— Vou lhe emprestar um livro. Alguma vez já ouviu falar de Shahrur Muhammad Shahrur? Escreveu um livro, *al-Kitab wa-l-Qur'an: Qira'a mu'asira*. Ele diz que já houve um tempo em que as pessoas acreditavam que o Sol girava em torno da Terra, mas que depois se descobriu que o exato oposto era a verdade, certo? Os muçulmanos ainda acreditam em preceitos de autoridade religiosa que são o oposto exato da perspectiva correta —

a autoridade religiosa convencional não pode coexistir com as forças econômicas de mercado de hoje! Mas cuidado. Não deixe o livro à mostra. Por aqui não tem como encontrar, alguém me mandou, e mesmo assim precisou ser escondido dentro da capa de um outro livro, uma bobagem qualquer. Um pacote chegando do exterior, com material impresso, na hora é aberto pelas autoridades, talvez você tenha se esquecido disso, meu irmão.

Ele é irmão na frustração. Às vezes sentia-se estimulado por esse grupo a agir, a conspirar e agitar, a se arriscar em prol das mudanças aqui — neste deserto. Mas lá dentro alguma coisa se retraía, aturdida com a submissão; o futuro do lugar ao qual o mundo tentava confiná-lo não era o lugar que lhe cabe neste mundo.

Residência permanente; não importa sob que governo, sob que lei religiosa ou secular, sob que presidente, de *keffiyeh* na cabeça ou de farda com galardão e medalhas — isto não é para ele.

O grupo de irmãos na frustração mitigava a que o torturava por dentro, mas essa recusa secreta, a recusa *dele*, inflamava-o tanto quanto o desejo de sexo.

A sexta-feira é dia de visitas e assuntos familiares. As lojas fecham para as orações do meio-dia na mesquita, bem como a oficina mecânica. Durante o dia, não é incomum que a BMW azul-prateada do Tio, de cortininha enfeitada, pare na rua, diante do portão. O chá é preparado rapidamente, os doces saem da lata de biscoitos, a Coca da geladeira (que, assim como o carro para o sobrinho, também foi um presente seu à família), porque as preferências do Tio são bem conhecidas. Ele sempre traz presentes para as crianças da casa, sobretudo para as do filho de quem não se tem notícias, sumido nos campos de petróleo, e cumprimenta a todos com o entusiasmo de um prefeito em campanha, e depois se retira com a mãe, irmã dele. Eles são deixados a sós, seja sob o toldo, seja no quarto do casal, para onde o jovem Muhammad leva uma poltrona especial, confortável, para o Tio. Todos sabem que nessas ocasiões são discutidas as questões familiares mais sérias. Poucas vezes o pai toma parte, mas isso não é considerado por ele, nem por ninguém mais, como um aviltamento de sua autoridade. Ninguém questiona a posição da mãe de Ibrahim.

Nesta sexta-feira à tarde, o irmão e a irmã saíram de sua privacidade e estão reunidos com os demais familiares, tomando chá e refrigerante. Apenas Ibrahim e a mulher não estavam presentes; a pedido da mãe, Maryam foi chamá-los, batendo de leve com o nó do dedo médio na porta de compensado. Eles tinham ouvido as conversas e risadas, orquestradas pela liderança inconfundível do vozeirão do Tio — impossível não ouvi-las pela porta delgada —, mas Ibrahim lia jornal na cama de ferro; Julie, para participar da reunião da sexta-feira, mandara a pequena Leila embora — Leila, sua mãe está chamando —, a criança gostava de ficar no puxado, enfeitando-se com um punhado de colares de contas matabele e zulu que por algum motivo tinham sido enfiados na mala elegante. A menina pegou a essência daquela mistura de árabe e inglês, rindo, e obedeceu, não sem antes pousar por alguns momentos a bochecha gorducha e lisa no dorso da mão de Julie.

Depois da batida na porta, Julie espreguiçou-se, espiou por sobre o jornal, abriu bem os olhos e descaiu os lábios num sorriso fechado: vamos. Um dedo pousado em algum lugar numa coluna respondeu que ele iria terminar o que estava lendo. Ela penteou o cabelo para a reunião.

Ao entrar, pegou na mão dele, fosse para apoiá-lo e confortar-lhe a relutância em passar qualquer momento extra em companhia da voz que reboava por toda a oficina, fosse para apoiar a si mesma e sua reivindicação de ser da família. Houve cumprimentos calorosos; só Khadija pareceu não vê-los; toda vez que o Tio aparecia, sentava-se petrificada, como estava no momento, os filhos arrebanhados nos braços, observando-lhe fixamente os lábios, à espera da palavra que iria fazer alguma coisa por ela — alguma coisa para encontrar e trazer de volta o marido e pai desses filhos. Aos outros só restava desviar os olhos da cunhada, para não envergonhá-la no espetáculo da humilhação exigente. Todos viam que ela esperava algum anúncio, na crença de que sua situação, uma mulher bem-nascida abandonada pelo filho da família em troca de uma qualquer lá nos poços de petróleo interessada só no dinheiro dele, teria sido, claro, a questão deliberada entre o Tio e a mãe. Mas pelo visto, o que não era comum, qualquer que tivesse sido a conversa particular, o pai estivera presente; presença exigida? Os três alinhados no mesmo sofá. O colo da mãe de Ibrahim, proa da família, subia e descia com intensidade; a mulher de Ibrahim notou o presságio. A um sinal de Maryam, a distribuição de chá cessou e a conversa foi interrompida, a alegria das crianças reduzida a sussurros.

A mãe chamou o filho e a mulher para junto de si, onde um espaço fora aberto para que se sentassem. Endireitou-se e inclinou o corpo para a frente, deu mais uma daquelas suas aspiradas fundas que em geral acabavam em suspiro (ela se levantava das preces com uma arfada assim), mas que agora dava um peso de importância ao que estava prestes a dizer. Era um pronunciamento, sim, mas não para aquela que o aguardava.

A mãe olhou devagar para o filho e para a mulher dele, destacando-os do grupo como se tivesse as mãos pousadas no casal, e falou na língua que súbita e inexplicavelmente tensa Julie esquecera por completo e na qual só discernia o nome do Tio — Tio Yaqub, Tio Yaqub, repetido, e a invocação familiar, *Al-Hamdu lillah*. Depois que a mãe terminou, o filho, amante, marido, levantou-se; acuado. Foi assim que ela, que o encontrara, que o seguira devolvido à família, viu que ele estava. Ao erguer a mão espalmada até a testa, e deixá-la pender de lado, um estranho jeito de obediência, parecia ter pedido permissão a si mesmo para virar-se para ela e traduzir em voz baixa a língua materna.

Ele pensa, ele pensa em me fazer gerente da oficina.

O pai apelou para o próprio estoque modesto de inglês e

compreendeu o que fora deixado de fora. — Seu Tio Yaqub, ele pode levar você para o negócio... Todo mundo — a pobre Khadija não é ninguém — agitou-se em brados de felicitações, murmúrios, mescla feliz de interrupção e estima, tanto pela generosidade quanto pela capacidade do Tio de acenar-lhes com a possibilidade de mudança de vida. Ibrahim nem precisaria responder: a família o fazia por ele. Maravilha. Tio Yaqub! Trabalhar com o Tio Yaqub! A mãe porém o olhava com a cabeça orgulhosamente erguida. De pronto a mensagem foi transmitida: fizera isso por ele.

Julie estava cercada de conversas emocionadas, incapaz de entender grande coisa, ouvindo as aproximações que lhe era possível inventar com a cadência jubilosa, que oportunidade, que sorte, que bom, que pródigo o Tio. E um dos irmãos, Ahmad, o açougueiro cuja única chance era ter sangue nas mãos, pôs-se de pé com um outro tipo de generosidade e falou pelos irmãos, a voz alterada pela emoção. Ibrahim ouviu na língua que era deles: — Estamos cheios de alegria por você, você merece. É muito bom, meu irmão, termos você de volta conosco como quando éramos todos crianças! Nunca nos pareceu muito certo, sem você. Alá seja louvado. Que você e sua mulher sejam abençoados com felicidade e prosperidade. E agora que isso aconteceu, por favor, permita que seus pais e seus irmãos e irmãs o vejam casado segundo nossas leis, vamos fazer um casamento de verdade, nós não fomos convidados ao casamento havido antes de você voltar.

Risadas de todos com essa última frase. Mais que depressa Maryam traduziu no ouvido da amiga o que fora dito e as duas mulheres riram e balançaram a cabeça, juntas.

A mãe, talvez a única do grupo, esperava que ele tivesse a oportunidade de expressar por si mesmo o que todos sabiam que devia estar sentindo, o que desejava dizer ao Tio, que o escolhera entre todos os outros filhos seus, o bendito, o sucesso.

Ibrahim erguia e baixava vagamente as mãos espalmadas — para silenciar as vozes carinhosas que respondiam por ele, ou para tomar naquelas mãos —, um gesto bonito, foi a interpretação dada por alguns — a oportunidade que lhe era oferecida. Em meio a toda a atenção paralisante, sentiu a da esposa, virou-se um instante e lhe deu uma versão — estranha e final em sua terrível beleza —, uma versão culminante daquele sorriso que era sempre esperado. Em seguida dirigiu-se ao Tio com toda a formalidade da língua comum, como se não houvesse mais ninguém presente: Não sabia o que dizer. Era uma oferta na qual jamais teria pensado, jamais tinha esperado. Jamais. Agora sabe o quanto o negócio que o Tio fundou significa para ele. Agradecia-lhe, com imenso respeito, pela generosidade, em nome da mãe, do pai, dos irmãos e irmãs, pelo que fizera agora, neste dia. Pedia, com o mais profundo respeito, que lhe desse... um pouco de tempo... para entender...

Não se virou mais para a mulher. Buscou os olhos da mãe; agora era ela a única pessoa presente.

E todos entenderam: abalado! Aplaudiram e passaram-no de um a outro, homens e mulheres, para ser abraçado.

Ela se manteve na surdina, embora também ela tenha sido abraçada. Tivera dele aquele sorriso que não podia ser explicado.

Uma outra coisa também não fora explicada: por pura delicadeza dos parentes presentes, embora todos soubessem. O Tio decidira incluir Ibrahim no negócio; gerente da oficina? Isso significava herdeiro necessário. Da oficina mecânica que tem contratos valiosos para a manutenção dos veículos oficiais da província, da frota da prefeitura e de quaisquer outros dignitários que haja no pobre distrito, uma franquia para a revenda de peças e uma concessionária de carros tanto usados quanto novos das melhores marcas alemãs e americanas. Não há filho homem que o Tio tenha gerado, não vivo, infelizmente, e o genro e o futuro genro das filhas bem-educadas não estão interessados em sujar as mãos para aprender o ofício — eles querem cargos no governo, sentar os costados em escritórios com ar-condicionado, na capital. De modo que quando o Tio Yaqub se aposentar — que ele tenha uma longa vida gozando de boa saúde — e morrer, Ibrahim herdará o negócio e viverá numa casa com belos tapetes e móveis, no estilo dos dourados e veludos que os reis franceses costumavam ter, com uma criada para limpar tudo, como Maryam foi contratada para fazer na casa do figurão. Esse é o futuro abençoado de Ibrahim. *Al-Hamdu lillah. Louvado seja Deus.*

Ibrahim recusou a oferta de tomar conta da oficina do Tio. Uma oportunidade ímpar na vida.

Você ficou louco?

Ela tinha dito Talvez ainda leve meses até conseguirmos um visto, ao menos você teria alguma coisa um pouco mais... eu não sei, responsável, nesse meio-tempo. Meio-tempo. Residência permanente. É isso o que significa.
Como se eu tivesse voltado para lá, debaixo do carro de outra pessoa.
Você não faria mais esse tipo de trabalho, como faz agora, de ficar ajudando...
Mandando os outros fazer, gritando com eles como meu Tio grita. Enfiando a cabeça debaixo de um capô para ver se eles estão trabalhando direito, esperando que meu tio morra. Você ficou louca.

À noite, ela o sentiu revirar na cama, esfregando ofendido um pé no outro, num turbilhão. E teve medo de consolá-lo, caso dissesse a coisa errada ou fizesse um gesto capaz de ser interpretado como alusão a algum aspecto rechaçado de um conflito interior. Se já tomara a decisão, por que continuar se atormentando? Quando ela tomava uma decisão, estava tomada; deixar os Bairros Nobres, deixar a casa de bonecas e as charadas do Café ÉL-LEI: enquanto esperavam, achava-se em paz, em seu lugar no deserto. No entanto, ela mesma não sabia como reagir ao que de repente havia despencado em cima dele, nunca imaginado, nunca. Alguma coisa no mundo hostil que ele procurava desesperadamente afastar de sua vida. Quando Ibrahim ficou ali parado, acuado: teria ela imaginado que ele já tinha recusado, que o não irrompera e estourara, vindo do coração, enviado por seu sangue. Será que ela esperava outra coisa?

Remoer qualquer coisa na cama, no escuro, cria pelo contato de corpos que não trocaram palavra uma espécie de telepatia. Estivesse ela dormindo ou acordada — ele falou. Você pensou que eu ia aceitar.

Uma voz sem rosto. Eu não sei o que pensei. Sim e não. Porque tem tanta coisa que eu não sei — sobre você. Descobri isso. Desde que chegamos em casa, aqui. Você precisa entender, nunca vivi numa família, apenas arranjei substitutos em outras pessoas, laços, suponho — se bem que na época eu também não percebia isso. Existem... coisas... entre as pessoas aqui que são importantes, ou melhor, necessárias a elas... Não digo do jeito como você é para mim... isso não tem nada a ver com ninguém, nem com nada, e tudo bem quanto a isso, mas... Você poderia ter razões para um "sim" que não haveria como eu saber, porque elas... não têm relação comigo, com você e comigo, compreende?

Quer dizer que ela está falando de minha mãe. Ele não fala da mãe com ela; nem falará.

Sem dúvida Julie não sabia que haveria outra reunião familiar na semana seguinte à divulgação da decisão dele. Ela desconfiava que Ibrahim teria contado à mãe antes de contar a ela — mas isso podia ser por acreditar que ela, sua mulher, com certeza saberia, do momento em que a comunicação foi feita pelo Tio, que a decisão dele era inevitável. Somente no escuro ele topara com a possibilidade de uma traição de sua parte — Você pensou que eu ia aceitar.

A decisão fora comunicada ao Tio pela mãe. Pelo visto, decisão de tal porte não podia ser tomada por um rapaz sozinho. Ele ignorara o devido processo de discussão familiar em torno das possíveis razões para uma recusa — um insulto, considerando a posição do Tio na família, em toda a comunidade — dessa natureza.

A história da espantosa decisão de um rapaz de família tão pobre quanto a deles, que se mandara para o estrangeiro e ali nada conseguira para si, que voltara para casa só com uma mulher estrangeira para provar sua ida, havia circulado de casa em casa, dos cafés às barracas da feira, e acabara penetrando na casa das poucas pessoas ricas e influentes — a mulher que empregava alguém da família extraiu com perguntas informações privadas da empregada, irmã do rapaz.

A BMW parada na porta da casa de novo. Nem pensar em chá e doces, nem no casal preferir ficar no puxado. Ele falou temos de estar lá e estavam, sentados um pouco distantes dos demais, quando o Tio entrou e todos se levantaram. Os cumprimentos foram menos eleiçoeiros, mas assim mesmo corretos.

Chegara aos ouvidos do Tio que o filho de sua querida irmã e de seu respeitado cunhado estava envolvido em política. Todos sabem que um rapaz precisa de amigos com quem se encontrar e conversar, uma distração masculina, longe de casa e das mulheres. A autoconfiança lhe permitia fazer a piada, mesmo numa situação dessas, mas ninguém riu; os homens, familiarizados com os prazeres aos quais o Tio aludira por alto, fumar um pouco de *kif* e ingerir álcool num bar clandestino, as mulheres, prudentes em não perguntar aonde iam os maridos à noite, estavam todos murchos, como se partilhassem alguma culpa gêmea pela traquinagem fraterna que ultrapassava as citadas. Bem, *kif*, uísque e até mesmo uma mulher de vez em quando — o Tio também já tinha sido jovem; não precisava dizer aquilo que, para sua masculinidade, presumia subentendido. Mas Ibrahim — o filho de sua irmã que era como um filho para ele — é sabido, ele estava a par do assunto, para seu grande pesar andava circulando com certos tipos. Isso fora como uma bomba para seus queridos pais e é em nome deles que o membro mais velho da família fala agora. Esse jovem que a família toda adora passa o tempo com descontentes que põem a culpa de tudo que lhes acontece nas costas de outros — nas autoridades, no governo. Tudo aquilo que não têm capacidade de fazer por si mesmos, trabalhar duro como as gerações mais velhas, a geração dele (a mão esmurra o próprio peito), estavam dispostas a fazer, sacrificar-se, pela honra da família, subir na vida — tudo isso é culpa do governo. O governo deve tudo a eles. O Senhor lhes deu tudo de que um homem precisa para viver uma boa vida segundo a Fé, as famílias lhes deram escola, eles podem se casar e criar os filhos em segurança, não há mais nenhum estrangeiro da Europa hasteando bandeiras em nossa terra — o que mais eles querem? Eles querem derrubar o governo, *aoodhu billah*. É esse o mal que desejam. Têm na cabeça idéias que põem irmão contra irmão. Querem arrebentar tudo e não sabem — não vêem o que está acontecendo nos países em que isso foi feito? — que um país acaba sem nada, tudo perdido. Rapazes que já têm muito mais coisa do que nós, pais, jamais tivemos. E por que não? Estamos contentes que assim seja. Do exterior, do progresso. Será que não basta ter carro próprio, celular e televisão. O que mais vale a pena ter que exista lá fora, no mundo dos falsos deuses? Tudo que ele quer dizer: circular com essa rapaziada perigosa, um perigo para eles mesmos, para nós, para o governo — só podem ser eles o motivo para Ibrahim abrir mão de uma oportunidade que traria avanço, conforto, tudo que qualquer pessoa desejaria para ter uma boa vida, eventualmente um lugar de destaque na comunidade, e honrar a família. A oportunidade oferecida vem de uma dor, mas é uma forma de com ela obter um resultado feliz, *ma sha allah*, de trazer algum bem à família com — o Tio colocou então a mão no peito, dessa vez com suavidade — a tragédia. *Inna lillah*.

Fez-se um silêncio dentro do qual todos na sala ficaram a sós. As crianças sentiram-no e miravam espantadas os adultos. Lágrimas escorriam pelo rosto sereno da mãe, como se diz que fazem algumas estátuas adoradas, que vertem lágrimas em certas ocasiões auspiciosas, enquanto as feições permanecem impassíveis sob pedra ou bronze.

O Tio, seu irmão, falara sentado ao lado dela; mas seu filho, o sobrinho, levantou-se.

— Ninguém nesta cidade, neste lugar, tem nada a ver com o motivo de eu não poder aceitar a oferta com a qual o senhor me honrou, Tio Yaqub. Não tenho o menor interesse no governo. Não é ele que vai me governar. Eu vou para os Estados Unidos.

O Tio se pronunciara com clareza e comedimento — aos ouvidos dela — em comparação com a fala rápida dos jovens da família, tão difícil de acompanhar, talvez porque fosse coloquial, ao passo que ela estudava o idioma das cartilhas, e as voluntárias da permuta amigável de línguas nos chás de conversação achassem mais respeitoso ensinar-lhe apenas as formulações convencionais. Mais tarde, Ibrahim lhe fez um relato completo do que fora dito. Assim, ela pôde reconstituir as palavras e frases que entendera na voz do Tio e corrigir por si, com esse eco, a paráfrase e falta de ênfase do que lhe era dito no inglês de Ibrahim. Precisou de uma explicação para a referência à mágoa, à tragédia, feita no fim, que produzira efeito tão potente em todos, teria ela própria sentido?

Não se lembrava que o filho único do Tio morrera? Ah, sim — o herdeiro —, lembrava, sim, como acontecera? Uma coisa terrível. Queimara dentro do carro, um acidente. E ninguém fala, mas foi depois de ter ingerido álcool. Bêbado.

Então ela entendeu; a referência fora usada como arremate para provocar vergonha naquele que recusava a concessão de um privilégio ao qual não tinha na verdade nenhum direito. Como as outras mulheres da casa, ela não sabia, não esperava que lhe fosse comunicado, todas as vezes que seu homem saía à noite, aonde ia e o que fazia; atitude que lhe vinha com naturalidade dos costumes da mesa no Café ÉL-LEI — todos livres para ir e vir, sobretudo dentro do código da intimidade, ninguém policiava ninguém; e mesmo na intimidade máxima chamada amor, a vigilância fora deixada para trás junto com os valores rejeitados dos Bairros Nobres. A referência — do próprio Ibrahim — aos Estados Unidos, que ela entendera, já que fora pronunciada devagar na língua dele, provocara uma ânsia imediata de resguardá-lo, a vontade fora levantar, ir até ele, protegê-lo da humilhação a que se expunha diante da família, quando todo mundo sabia, todo mundo, que desde o regresso, deportado de um país, vivia pedindo vistos de imigração para outros países e voltando das filas na capital com um papel nas mãos; recusado. Ele ia para o Canadá, Austrália, Nova Zelândia. A pasta na sacola de lona estava cheia de documentos assim.

Para poupar-lhe o constrangimento, ela não mencionou o pretexto dado para a recusa; conhecia os motivos verdadeiros. O macacão duro de graxa e o fedor de combustível de onde surgira, na garagem perto do Café ÉL-LEI. E talvez achasse que era — o quê? — odioso, azarento, algo que não devia ser, preencher o espaço vazio da dor de outrem, ocupar o lugar de um rapaz, um parente, que devia ter conhecido quando criança. Ibrahim não podia lhes dizer isso; inventou um pretexto em que ninguém acreditou.

Não foi o fim da história, para ele, claro. O pai tinha o direito e a obrigação de fazer longas homilias ao filho, a família mantida à distância, a casa entregue ao toc-toc de bicho-carpinteiro do relógio ornamental (também presente do Tio) que havia na casa. A mãe, erguendo-se das preces que Ibrahim com certeza sentia ser para ele, o chamou de lado, e a mescla de vozes saiu tão baixa que parecia tão-somente uma continuação das orações. Mas se a autoridade suprema do Tio não tivera influência sobre o filho deles, ninguém, nada mais teria.

O que transcorreu entre mãe e filho deve ter sido um apocalipse para os dois, para ela uma espécie de renascimento rasgando-lhe o corpo, para ele um temível ressurgimento impetuoso. A mulher de Ibrahim, que jamais conhecera, jamais conheceria, emoções como essa — Nigel Ackroyd Summers e a mãe que alguém imaginava na Califórnia —, sentiu com humildade a força das emoções do marido e ofereceu tudo o que podia em sinal de gratidão: amor. No corpo dela Ibrahim era ele mesmo, não pertencia a ninguém, Julie era o país para o qual ele emigrara.

Numa acomodação conseguida com o Tio mercê de um conselho familiar, o sobrinho pródigo continuou a ajudar na oficina mecânica como se nada tivesse ocorrido, a usar o carro e a ir para a capital durante o horário de trabalho para tratar de assuntos próprios. Também continuou cuidando das questões familiares, já que sua instrução o tornava o mais bem qualificado de todos e, um dia, conseguiu trazer notícias do irmão, o marido de Khadija, Zayd — havia um aviso na agência, uma ordem de pagamento. Quaisquer que tenham sido as explicações para o longo silêncio dele, a reservada Khadija não disse se as aceitava ou não. Khadija usava um perfume forte, era a forma que tinha de afirmar presença na casa, um lembrete constante e pungente de que fora abandonada por um filho da família;

quando a mulher de Ibrahim mostrou-se impulsivamente ousada o bastante para se aproximar e dizer à cunhada que sentia grande satisfação em que o marido estivesse são e salvo, a mulher lhe lançou um orgulhoso sorriso de ironia — e, de repente, ela que nunca tocava em ninguém a não ser nos filhos, abraçou-a. Talvez porque Julie passasse tanto tempo com a filha. Leila se apaixonara por ela, como fazem as meninas pequenas sempre que algum adulto lhes oferece atividades diferentes daquelas proporcionadas pelos pais; como Julie se apaixonara por Gulliver-Archie. Seu Tio predileto.

Fazia quase um ano que tinham chegado à casa de Ibrahim. Ela agora está ocupada o tempo todo. Curioso, nunca trabalhara assim antes, sem reservas do ego, sempre estivera apenas tentando isso e aquilo, sempre consciente de que poderia mudar, a qualquer momento, fazer outra coisa, sem expectativas de satisfação, vendo-se, e quase achando graça nisso, tal qual uma formiga a caminho de sabe Deus onde. Além do círculo de conversação de senhoras, das aulas para outros adultos que a procuravam e das brincadeiras didáticas que descobrira ser capaz de inventar (provavelmente começara com Leila) para ensinar crianças pequenas, sem falar nas aulas que dava na escola primária, tinha sido levada a ensinar inglês para garotos mais velhos com esperanças de ir para o colegial algum dia, na capital; conseguira inclusive persuadir — com lisonjas — o diretor da escola local a deixar que as meninas assistissem às aulas, embora fosse mais que improvável que as famílias permitissem a elas ir embora de casa.

Executava as tarefas simples das quais se podia esperar que

desse conta, entre as cunhadas, na preparação das refeições da família. A mãe dirigia tudo, era obedecida como a guardiã de toda a sabedoria culinária, e os éditos alimentares, os ingredientes escolhidos por ela e os métodos de preparo decretados eram seguidos à risca. Os ingredientes da comida eram simples, mas combinados e transformados em algo sutilmente delicioso; os chamados *pillafs* e outros pratos "étnicos" ferozmente apimentados da cozinha alternativa predileta da Mesa não guardavam a menor semelhança com aquilo. Surpreendente o que se podia produzir com dois bicos a querosene. Pelo visto a mãe de Ibrahim notou o interesse dela; talvez em sinal de outros reconhecimentos, começou a chamá-la do alto de sua dignidade recoberta de negro e a mostrar-lhe, com um gesto que a autorizava a experimentar por si mesma, os procedimentos com os quais os alimentos eram e deviam ser preparados. A mãe de Ibrahim sorria — o sorriso dele — ao ver como o privilégio de sua culinária e de suas lições era apreciado. De vez em quando articulava (como a projeção de um ventríloquo) umas poucas palavras em inglês; quem sabe com o tempo o diálogo com o árabe vacilante da esposa do filho pudesse se ampliar em aulas de conversação na cozinha? Amina e Maryam riam incentivos para ela por cima de panelas e facas sempre que Julie conversava na língua delas. À noite, começaram a discutir os planos para o casamento da filha caçula, não muito distante, e Maryam gostava de tê-la junto, de traduzir para ela e de buscar sua aprovação, a aprovação do mundo exterior, ao estilo do evento aguardado. Ao planejarem os dias de festa, ambas tinham como certo que Julie não estaria mais lá, na época. Canadá, Austrália; para onde quer que esse irmão que insistia em pedir visto de entrada, mil e uma vezes, não obstante quantas fosse rejeitado, fosse levá-la.

Leila a segurava pela mão.

Depois que a menina chegava em casa da escola e comia, nem a mãe nem as amiguinhas contavam vê-la de novo. Ela ia para o puxado ver se Julie também já chegara; procurava por ela debaixo do toldo, onde poderia estar lendo, se não estivesse muito quente. Quando Julie ia até a casa da patroa de Maryam para os chás de conversação, Leila (da primeira vez com a exigida permissão da mãe) ia junto. Sentava-se em silêncio, comia bolo em silêncio. A mulher de Ibrahim adora criança, as senhoras murmuravam entusiasmadas; Julie nunca tivera contato com crianças, não desde as brincadeiras com Gulliver, durante a própria infância, que haviam sido largadas para trás junto com o Bairro Nobre. Outra interpretação — percepção — de si mesma, formada nesta — por esta — cidadezinha que era dele. Tinham sido várias em sua vida; podia resumi-las — a moça bem-educada com ursinho panda que iria se casar com o moço bem-educado que jogava pólo no clube do pai; a relações-públicas de muita personalidade disposta a fazer carreira; a seguidora da remanescente comunidade hippie, versão requentada de uma época para a qual tinham nascido uma geração atrasados; nenhuma definitiva dela mesma, por si mesma. Até o momento. Só no dia em que parou na casa de boneca e mostrou a ele as duas passagens aéreas.

Leila pela mão. Tão pequena, a dobra de ossinhos almofadada de carne que podia perfeitamente ser um talismã em sua palma. Leila caminhava de mãos dadas com ela até o deserto. Ninguém dava pela falta da menina. Ninguém sabia onde estavam, aonde iam na hora que refrescava; ao voltarem, todos presumiam, já que ninguém vira a menina por lá, que as duas de novo tinham ficado brincando no puxado; Leila adorava os jogos com pinos e fichas coloridas que Julie encomendara de uma loja londrina, junto com uma leva de livros — ela queria que Ibrahim improvisasse uma prateleira, será que ele podia?

Empacote tudo, você vai levá-los conosco.
Ela e a menina andavam até o fim da rua. Sem falar; Leila cantarolando bem baixinho. Os passos das duas possuíam ritmo e contra-ritmo, porque os de Julie eram maiores e a menina dava dois para cada um dos dela. Depois vinha a areia. Abafando tudo; afundando, entre os dedos dos pés; elas não deixavam pegadas, essas terminavam na rua, o povoado largado para trás.

Sentavam-se juntas, de mãos dadas — deserto por toda parte, demasiado vasto para a menina —, enquanto o sol as deixava, também ele, e as poucas sombras que lançavam na imensidão se desfaziam. Vez por outra o cão vadio aparecia; devia achar alguma coisa no deserto, como as cabras da beduína achavam pasto; mas este não era lugar para fazer perguntas a si mesma, nem respondê-las. Às vezes a menina inclinava a cabeça, quem sabe dormisse; crianças têm uma vida exaustiva, você só se lembra disso quando dá aula para elas. Às vezes, de mãos dadas, afastavam-se do toco de alvenaria e avançavam um pouco pelo deserto, a marcha um arrastar macio imposto pela fundura da areia, e sentavam-se, pernas cruzadas as duas, no chão. A areia escoava e acomodava-se em volta dos traseiros, um carnudo, outro osso puro. Avance mais um pouco e até mesmo aquela echarpe ondulante de som, o chamado do muezim na mesquita, é absorvido, fica fora do alcance do ouvido. Mas com a menina ela não ia mais longe.

É de manhã bem cedo que ela entra sozinha no deserto; se bem que — não saberia explicar e não quer se aprofundar no diálogo que todo ente trava consigo — mesmo estando com a menina se sinta sozinha, no sentido de não estar acompanhada por aquilo que vive sempre com ela, que faz parte dela, lá onde está o passado. Os livros que encomendara e que chegaram, de novo, aos cuidados do motorista do ônibus que vinha da capital provocaram risadas e foram abandonados no meio — aquela

213

mulher, Hester Stanhope, e o homem chamado Lawrence, charadas inglesas no deserto, imperialismo envergando fantasia, munido da condescendência máxima de se dignar a querer ser igual ao povo do deserto. Mais um jogo, mais uma peça de repertório, como a da companhia teatral do Café ÉL-LEI, só que com conseqüências sérias, pelo visto, para os países por onde o homem passara. Nada a ver com ela; embrulhava-se em panos negros apenas quando necessário para se proteger do vento.

No puxado, ele dormia, misteriosamente calmo naquela outra região solitária conhecida, e se acordava enquanto ela não estava, não perguntava, quando ela aparecia no quarto de novo, onde estivera.

Ler, enquanto ainda estava fresco debaixo do toldo. Sair para comprar bolinhos fritos. Ele, num humor distraído e concentrado: distraído dela, da existência dúbia dos dois, concentrado em novas táticas, quaisquer que fossem, que estivesse em vias de empregar com as autoridades. Quais seriam, ela também não indagava; tinha um certo receio de que aquilo que lhe havia dito Maryam, em diversas ocasiões, e também as senhoras nos chás de conversação, acabaria estampado no rosto: tudo dito com grande simplicidade, às vezes levava vários anos para se conseguir permissão de entrar em outro país. Era a experiência comum de parentes e amigos.

Caminhava pelas areias resfriadas pela noite. Não tinha medo de se perder no deserto; sempre podia tornar para de onde viera, dar as costas ao deserto e conferir o dedo sinalizador do minarete chamando; as casas amontoadas atrás dela. As cabras com a beduína surgiam diante dela como se num passe de mágica. Julie andava o que lhe parecia um longo caminho na direção delas, mas a medida da distância num elemento e espaço como o deserto era insólita; as silhuetas retraíam-se, embora parecessem estar apenas e lentamente desviando-se, mudando de rumo. Numa certa manhã, foram vistas muito perto; perto o bastante para se chegar até elas. A mulher era pouco mais que uma criança — uns doze anos no máximo. Por alguns momentos o deserto se abriu, as duas se viram, a mulher debaixo de seu chapéu de brim, a moça-criança um mero par de olhos penetrantes numa figurinha embrulhada em panos.

Ela sorriu, mas a outra respondeu apenas com o reconhecimento do olhar à presença.

O encontro sem palavras ou gestos tornou-se uma espécie de cumprimento diário; recognição. Depois do que, sentava-se na areia e esquecia da menina beduína e das cabras; ou, às vezes, convocado o velho hábito do foco, seguia-lhes o eclipsar como se fora uma filmagem em câmara lenta em que se pode acompanhar o fechar de uma flor depois do escurecer.

O cão perdeu o medo. Abanava o rabo se ela estava sentada no toco de alvenaria, mas não a seguia quando entrava mais que alguns poucos metros no deserto; ia até o toco como uma parte dos refugos da cidadezinha, para escarafunchar no lixo jogado junto aos vestígios de alguém que testara os limites da habitação e fora vencido.

Por fim, estava na capital. Onde, quando chegaram, quisera "ver tudo", como se "tudo" pudesse ser conhecido ali; antes de ocuparem o grandioso leito conjugal e passarem para o puxado, antes de fazerem amor nas molas sonoras do estrado de ferro, antes de atravessarem o ramadã e a estação dos ventos, antes que ela começasse a trocar o som de uma língua por outro e a descobrir que era possível exercer atividades que não fossem redigir peças publicitárias ou marcar o itinerário de conjuntos de música pop.

Acabei nunca vindo com você.

Uma meia pergunta.

Mas fora ele quem decidira isso. No dia em que partiu dela a sugestão: O que você vai fazer lá, plantada em escritórios. Ela então ficara para trás e — ele viu — arranjara uma ocupação nesse meio-tempo pelo qual não era o responsável. Fizera e continuava fazendo todo o possível para tirá-los deste lugar. E toda vez alguma coisa, alguém, o lembrava da oferta do Tio, a ratoeira pronta para se fechar em cima dele, armada pela família, pela mãe, pela amada — o corpo intumescia com o sangue da acusação e da raiva, uma aflição que gerava ereção e que, com um misto de vergonha e desejo, usando Julie, só conseguia aplacar numa cópula furiosa, que ela tomava por outra coisa, tão pouco sabia, em sua forma de existência; emoções provocadas pelo tipo de sobrevivência pela qual é preciso lutar neste lugar.

Fotografias e documentos bastavam, como regra geral, para que ele os entregasse em nome de alguém como ela, uma esposa com credenciais suficientes para torná-la uma imigrante aceitável em qualquer lugar. Desejável mesmo; alguém com contatos que significavam dinheiro. Mas numa certa fase sobre a qual não entrou em detalhes — tanta burocracia, de cujos caminhos é especialista — os consulados precisam ver a mulher do requerente em pessoa, verificar fotografias e fazer perguntas já respondidas várias e várias vezes na papelada.

A seção de vistos dos consulados e os escritórios de cônsules honorários — o país não é considerado suficientemente importante por alguns Estados para ter uma missão diplomática mais formal — são cenas que se repetem. O roteiro não muda, como ela viu em primeira mão, depois de tê-lo conhecido só por relatos quando lhe perguntava se havia alguma notícia; as instalações são equipadas para impressionar ou intimidar, com cadeiras em áreas de espera, brochuras informativas, textos emoldurados de poetas e políticos em alguns lugares, em outros apenas filas avançando sob ordens ríspidas, mas todas com imensos retratos do chefe de Estado, presidente ou realeza, olhando do alto para homens que são uma réplica daquele que está a seu lado, para mulheres rodeadas de filhos que olham para ela e, depois, desviam a vista, como se fosse impossível ela estar ali entre eles. Num dos consulados, um funcionário de alguma outra origem oriental, contratado por nação ocidental na qualidade quem sabe de alguém capacitado a lidar melhor com seus semelhantes, lhe dirige perguntas com cara de nojo: a maneira como esse olhar a compara com o marido escolhido mostra que, sendo o mundo o que é, a escolha vem a ser inexplicável. Rodeada por drapeados do pavilhão americano e por uma águia de bronze num pedestal, um funcionário negro simpático afasta-se dos documentos dela com uma risada — Você vem mesmo da África?

Fora certo poupá-la do tédio disso tudo. Ela já esperara em consultórios de dentistas e médicos, mas nunca antes se arrastara numa fila na esperança de obter um direito — essa fora a história dos negros em seu país, mas ela é branca, filha de Nigel Ackroyd Summers, exato. E mesmo quando debandou e foi viver na casa de boneca, a única fila que pegava com os amigos da Mesa era para entrar no cinema. *É isso aí*, para ela era só isso; no ajuntamento de suplicantes-requerentes, levou a mão às costas para pegar a que era sua, diante de todos. Ele cochichou no ouvido dela (o sorriso no tom de voz): Aquele sujeito, ele acha que você devia ser negra.

Julie viu que era impossível saber, pelo jeito do funcionariozinho que ninguém conseguia transpor para chegar a um mais graduado, se o pedido tinha ou não alguma chance; se as credenciais, os motivos para deixar o país, a justificativa para esperar ser recebido no país para o qual fora pedido o visto seriam aqueles com alguma probabilidade de obter parecer favorável

— ao menos de ser levados em conta antes que o carimbo baixasse sobre você.

As portas dos consulados fechavam-se sobre as filas antes das orações do meio-dia. Quando terminou a manhã, restava a cidade que ela quisera explorar ao descer do avião, como se fora um daqueles destinos de férias tão ansiados. Mas estavam mais necessitados, agora, de alguma coisa com que matar a sede e satisfazer a fome. Andaram e andaram, um matagal de veículos, colisão com outros corpos, o ricochete das vozes, os chamados, a veemência ecoando da fachada de lojas e prédios, salpicada pelos gritos das mesquitas, próximos e distantes, qual apelos submersos de míticas criaturas marinhas. Nesse assalto que vem a ser uma cidade, confronto que ela já enfrentara ao sair de seu carro numa outra cidade, existem, claro, coisas às quais se dá o nome de amenidades e que inexistem num povoado. Se incluirmos um McDonald's nessa categoria, eles passaram na frente de uma delas. Depois veio um restaurante que também parecia cabível em qualquer cidade, fechado ao frenesi das ruas, vasos de ambos os lados de uma bela porta entalhada. Estava de bom humor, Ibrahim, talvez fosse um conforto ter companhia às vezes, em sua busca rotineira.

Como eu conheço este lugar? Tio Yaqub me trouxe aqui uma vez.

Eles riram: para preparar o sobrinho predileto para o tipo de vida que lhe ia ser oferecido. A risada foi o mais próximo que ela e Ibrahim jamais chegaram de comentar o assunto de novo.

O restaurante tinha ar-condicionado, a temperatura de algum outro país; a comida era suculenta e servida graciosamente por rapazes. Ela elogiou o serviço; seguindo em silêncio o deslizar dos garçons em volta das mesas, Ibrahim viu neles prováveis rivais, irmãos, sim, na fila de vistos. Não há vinho aqui, claro. Sinto muito por isso.

Não tem importância. Está tudo delicioso — mas mesmo sendo tudo tão elaborado, não é nem um pouco melhor do que os pratos que sua mãe faz em casa. Pagaram com os dólares que sobraram da taxa devida ao consulado. Os bazares nos becos que cruzaram, as barracas de rua — todos vendiam quase o mesmo tipo de coisas que a feira do povoado, só que em maior quantidade, e, entre túnicas adamascadas, espelhos com molduras douradas e móveis floreados conhecidos da casa do Tio e da patroa de Maryam, as lojas exibiam as ainda mais conhecidas opções internacionais de calçados Nike, celulares, televisores, estéreos e equipamentos de vídeo. As mesquitas — mas será que ela queria de fato ver prédios públicos e mesquitas? É só parede, de todo modo, você sabe que eles não vão deixá-la entrar. Depois toparam com um complexo de salas de cinema que era um bom exemplo desse conceito em qualquer parte do mundo. Não tinham visto um filme desde o dia em que a Mesa saíra toda junta do Café ÉL-LEI para assistir a um festival de filmes brasileiros num cinema de arte. Dos grandes cartazes que observavam tudo na frente do cinema, quase ninguém era conhecido dela e, ainda que Ibrahim reconhecesse alguns, também ele não se interessou. Assistiram a um filme de James Bond, legendado, escolha dele. Se não ficaram de mãos dadas como ela tinha feito com outros amantes (ele mantinha parte do decoro sexual da aldeia), Julie conservou a mão sobre a coxa do marido enquanto estiveram confortavelmente juntos no escuro salpicado de ciscos de poeira. Quando a mesquita e a igreja ficam esquecidas lá atrás no passado, o cinema pode ser um bom lugar para meditar. Como num templo religioso, o que está prostrado, testa no chão, o que está de joelhos, nem um nem outro sabem no que a pessoa ao lado está pensando.

    No retorno à capital, não houve necessidade de ela ir junto — segundo ele. Na volta, no começo da tarde, em vez de ir para a casa da mãe foi direto para a oficina mecânica, tirou a gravata e o paletó que todo requerente, pobres-diabos como ele fazendo fila num consulado, usava como prova de respeitabilidade, e enfiou-se dentro do molde rígido do jeans cheio de graxa pendurado na parede; o Tio precisava fazer valer o dinheiro pago ao ingrato sobrinho, desgraça da família. Ao chegar em casa e entrar no puxado, ela estava deitada no chão — com freqüência ele a encontrava lendo desse jeito, estudando seu árabe, esticada de barriga para baixo para se refrescar; no momento limpava a areia dos pés. Ela ergueu a vista e viu: nenhuma notícia. Nessa noite, começou a acariciá-lo, dos pêlos sedosos do peito até a virilha, mas ele não correspondeu ao carinho da mão, estava tenso, em algum outro estado de concentração. Ela teve a curiosa visão da mãe de Ibrahim rezando.

Irritou-se, então, ali deitada, com as autoridades, exigências, condições e evasivas de funcionários de baixo escalão com poder de provocar nele essa tensão. E para quê? Para que tudo aquilo? O Tio, a família tinham dito daquele mundo que o deixara de fora, que não o queria nem mesmo reduzido a mecânico de automóvel — sim, eles tinham dito, e na hora fora obrigada a suprimir uma golfada de riso zombeteiro —: Não basta ter um celular e uma televisão? Não seria isso mais que suficiente? O que mais valia realmente a pena ter do mundo dos falsos deuses?

Ela teve seu dia. Idéia de Maryam.

O que a moça chamava de "o desejo" de Julie; o pai faria uma de suas raras visitas ao oásis onde possuía alguma ligação com um parente que plantava arroz. A filha perguntou se ela e Julie podiam ir junto.

O pai não tinha objeções? Talvez preferisse não aparecer com a nora.

Não, não, Maryam lhe contara que a mulher de Ibrahim tinha vontade de conhecer um pouco do país antes que o irmão fosse embora outra vez, levando-a com ele.

Só que... ela, Maryam, teria de obter permissão da patroa para se ausentar do trabalho diário. O rosto franzido com o constrangimento da presunção do pedido: — Você pede, assim ela me dá o dia de folga. — Portanto, no chá de conversação seguinte, Julie disse à dona da casa que surgira uma oportunidade de dar um giro (usou a expressão coloquial para que as senhoras não se esquecessem) e queria que Maryam lhe fizesse companhia. A permissão foi concedida na hora.

O pai tomou o carro do filho Ibrahim emprestado. Ou melhor, foi o filho que insistiu. Julie, você não pode sair naquela lata-velha, vive quebrando. Aliás, estava mais que na hora de meu tio dar um novo para minha mãe se sinta segura.

Sentir, não sinta.

A professora passou a mão pelo cabelo do aluno, com a correção; ele se queixava de que ela ajudava todo mundo a melhorar o inglês, menos ele, para quem o inglês era importante.

Você é louca, neste calor, o deserto.

Eu sei. Eu sei.

Maryam não quis lhe dizer para cobrir a cabeça nessa expedição, mas levou uma echarpe bem grande, uma instrução delicada, mais do que uma insinuação de que, por si só, Julie deveria ter optado por usar algo mais adequado. Um homem acompanhava o pai no banco da frente e as duas foram atrás. — Assim está bem para você? — A preocupação cochichada de Maryam quanto ao conforto a ser fornecido na pequena expedição.

Os dois homens falaram o caminho todo sem parar, a linguagem deles tão loquaz que um iniciante, ainda que fazendo progressos, não entenderia nada a não ser a invocação *in sha allah* e outras que ela conhecia.

A estrada aventurou-se pelo deserto, a estrada afastou-se do deserto, com o ralo acompanhamento, de ambos os lados, de explosões solitárias de pequenas lojas, oficinas de natureza indefinível em sua mixórdia de escombros disparatados, tendas de café freqüentadas por homens vindos de parte alguma e umas poucas cabras mascando entre detritos de plástico e maços de cigarro; mas não era o deserto para onde ela ia; que a recebia. Em alguns trechos, mostrava-se pedregoso; ossada aflorada de moradias, restos a descoberto de bichos e humanos que ele soterrara, surgindo na superfície como o toco de alvenaria onde descansava, em cima da casa sobrepujada. O deserto fugia da interrupção da estrada; mesmo quando esta era pouco mais que sulcos paralelos comprimidos pela passagem de veículos sobre a areia que invadia sua superfície. A experiência do deserto que antecipara com a expedição de Maryam lhe foi recusada.

Em nome de Deus   Se Deus quiser

Talvez fosse o casulo de ruídos em que estavam encerradas, Maryam e ela; a conversa em voz alta indo e vindo entre os homens, rodeada pelo lamento ondulante da melodia que saía do rádio com a mesma cadência da fala, e os gemidos do motor do carro velho que o Tio doara. Calor, muito calor, se por acaso algum dia houve ar-condicionado no carro, não funcionava mais. Mas Maryam tinha a capacidade dos moradores locais de serenar no calor palpável e Julie aprendera com ela a não resistir e a fazer o mesmo.

Não chegaram ao destino de repente. Às margens da estradinha, refletia o que talvez fosse um fragmento de lata espelhando luz, um caco de vidro. Mas depois houve uma continuidade no brilho: água, fiapos rasos de água. E algo que lembrava mato, se bem que não o mato teimoso que nasce abundante em países onde há chuva. Havia palmeiras. Finalmente. Um grupo de camelos descansava sobre as pernas dobradas debaixo do corpo, as cabeças erguidas feito periscópios. Deviam estar maneados; um deles tentou se pôr de pé com a porção inferior da perna dianteira amarrada na altura do joelho à porção superior. Julie esquecera de como eram as palmeiras de postal que imaginara quando ainda morava lá. Em seguida chegaram a uma aldeia só um pouco mais formal e ampla, com sua mesquita, do que uma ocupação esparsa de beira de estrada. As visitas foram recebidas num pátio de palmeiras com escritórios onde, como se a imagem de um outro mundo (o de lá) tivesse aparecido na tela de um televisor, dois rapazes trabalhavam em computadores; uma jovem de xador, mas com as coxas retraídas reveladas pela saia fina, usou o interfone para anunciar os recém-chegados numa sedutora voz empresarial.

O parente colateral saiu devagar de uma sala interna como se a visita fosse inevitável, e não bem-vinda. Era um homem escorçado, e a compressão de seu aspecto criava uma imagem de habilidade concentrada. O pai parecia ter as pernas desconjuntadas, a barriga flácida, ao lado dele; um cara-a-cara mudo sobre a posição relativa de ambos num destino comum. Julie viu que Maryam sensibilizou-se diante dessa afirmação gráfica, que se ressentiu, em nome do pai, com ter sido lembrada daquilo que todos sabiam mas não encaravam, não desse jeito: o pai dependia do que era pouco mais que caridade desse indivíduo, em troca de sabe-se lá que função insignificante exercida em seus negócios.

Maryam prendeu e segurou a respiração enquanto cumprimentos eram trocados. Muhammad Aboulkanim não demonstrou surpresa nem curiosidade quando a mulher européia de echarpe na cabeça lhe foi apresentada, uma esposa que o filho Ibrahim arranjara em alguma parte durante a imigração; e ela, a esposa, viu que isso era para deixar bem claro ao pai que o patrono já fizera tudo que lhe cabia fazer por ele, nem pensar em se interessar pelos assuntos de família do parente distante — se essa fora a idéia, ao trazê-la junto. Mas o pai estava acostumado a lidar dignamente com os menoscabos dele, dele e do irmão da mulher, o Tio Yaqub. Perguntou se por acaso, depois de concluídos os negócios, poderiam mostrar à mulher de Ibrahim como plantar arroz "em nosso país árido".

Aboulkanim mandou que servissem café e copos de água gelada às mulheres e ao amigo do pai, enquanto conduzia o parente até sua sala, passando por pálpebras baixadas e lábios cerrados.

Os três sentaram-se em cadeiras instáveis de aço, no estilo do mobiliário para escritório usado meio século antes, e Maryam respondeu às inteligentes perguntas da secretária com a obediência de uma colegial. O amigo fumava e espiava a porta da sala interna como para se certificar de que as táticas discutidas o tempo todo no carro estavam sendo seguidas pelo pai, lá atrás. Aboulkanim levou-os no próprio carro até os arrozais. O pai ia na frente, com ele; em sua voz um certo tom transmitia aos que estavam no banco traseiro que o diálogo na sala privada não fora de todo mal; o que valia dizer, nada mudara: ele ainda tinha sua parte.

Durante meia hora, uma estrada ignorada pelo deserto conduziu-os como antes; em vastos espaços do planeta Terra iguais a esse uma estrada é uma estrada única, não uma multiplicação de alternativas. O pai continuava falando muito, como fizera no vai-e-vem com o amigo, embora seu patrono, em resposta, se limitasse a grunhir ou a limpar a garganta do muco, e o rádio papagueasse notícias que ninguém escutava, parte das suaves funções do belo carro alemão. No frio do ar-condicionado, os poros dos braços de Julie se contraíram em arrepio; mas Maryam fez uma pequena careta de felicidade e inflou as narinas para absorver o frescor, como se a estocá-lo prudentemente para o calor do lado de lá das janelas.

E então a estrada terminou numa construção baixa de cimento, tendo na frente um grande poço de aspecto eficiente, com bomba e outras máquinas pesadas cujo propósito as mulheres não poderiam compreender qual fosse. O patrono dirigiu-se a Maryam com uma explicação, como se a outra que fora junto não estivesse presente. Maryam traduzia baixinho. Aqui é onde controlam a água e o arroz é — a palavra que ela buscava foi entendida — debulhado. Um trabalhador descalço, de rosto aquilino e pretejado de sol, parou em silêncio, respirando de boca aberta qual um paciente cão de guarda.

Mas Julie mirava numa concentração distraída o que de repente estava ali diante dela, com seus limites autodesenhados de horizonte e densidade resplandecente, da altura de um homem, algo que parecia uma tela de juncos delgados e sedosos, verdes, verdes, verdes. Surgiu então uma espécie de passadiço de madeira — água parada espiando por entre as tábuas — e ela deixou os outros para atravessá-lo. A intoxicação de verde em que entrou era audível, bem como visual, os sussurros gorjeados de uma grande quantidade de aves entremeadas ao verde enquanto comiam; o frêmito, o equilíbrio, o balanço deles, passando como brisa ondulante, um diapasão de canção feita atividade, atividade feita canção, encheram-lhe a cabeça. O deserto é mudo; no meio do deserto existe isto, a articulação infinita: puro som. Onde mais poderia haver algo assim? A coexistência de maravilhas. Um rompimento nas canas de arroz, bem ao lado do passadiço; um esmalte baixo e privado de água em repouso. Uma garça esperava por ela ali, em pé; ela também parou; a ave mergulhou o bico. Sonoramente ensurdecida com a música desta esfera, não escutou as vozes humanas que a chamavam e levou tempo para voltar.

Ela os fizera esperar, os olhos do patrono estavam ocultos atrás dos óculos escuros, mas o rito da boca deixou isso claro. Foram alinhados como se para uma fotografia; e era, de fato, uma foto. O amigo do pai procurava o foco com uma máquina de revelação instantânea. Julie foi posta entre o pai do marido e Maryam; depois Maryam a colocou bem na frente da construção na superfície de concreto, onde o arroz se derramara. — Pega um pouco, por favor, pega um pouco, nas mãos — Maryam riu e fez a mímica.

Ela colocou um punhado de cascas escorregadias na mão e deixou que escapassem por entre os dedos, sorrindo, enquanto o amigo recuava um passo, avançava de novo, até que a foto fosse tirada. A imagem colorida saiu da máquina, ele sacudiu-a uns momentos e entregou a Julie.

Na viagem de volta, o pai e seu amigo incluíram Maryam no diálogo, expansivos sob a influência do verdor do qual tinham chegado perto, como se tivessem bebido. Maryam não permitia que ela fosse deixada de lado, traduzia tudo. — Eles estão dizendo que pode ser possível, podem comprar uma parte lá onde estão plantando agora, ou procurar água, como é que se diz...

— Perfurar. Abrir um poço, é isso?
— Isso, fazer um poço. E plantar.
— Plantar arroz?
— Arroz, cebola, batata, tomate, feijão, várias coisas. Eles dizem que pode ser, se tivessem dinheiro.
— E é possível obter permissão para perfurar um poço?
— Se eles tivessem dinheiro, podia, mesmo agora. Eles plantam, se tivessem dinheiro. Só dinheiro. — Maryam riu, deles e de si mesma — era sempre só o dinheiro, para tudo que se queria e não podia ter.
— E eles saberiam o que fazer, como cultivar o arroz?
— Eles sabem, Julie, sabem, sim, de anos... Aprenderam com o senhor Aboulkanim, claro que sabem... mas o dinheiro...

Na viagem de volta, Julie passou a dialogar com seus botões.

Qual seria a situação jurídica dos fundos gravados com fideicomisso — por que não se interessara um pouco mais em aprender essas coisas! Tudo bem desprezar, torcer o nariz para o mau cheiro, quando não há nada que realmente se queira e se possa comprar com dinheiro; o carro usado que ele achara para ela estava mais que bom. Sempre soube sobre esse fideicomisso — o advogado da família lhe dissera que nada mais correto e acertado do que informar o beneficiário, no caso ela. E, assim, um belo dia assinara alguns papéis que lhe puseram na frente. O fundo fora aberto, para todos os efeitos, para evitar impostos sobre transmissão quando Nigel Ackroyd Summers morresse e a filha herdasse uma fortuna considerável (mesmo que boa parte fosse ficar com a segunda mulher). Motivos fiscais — para beneficiar o herdeiro, claro, moça de sorte. Sempre motivos fiscais para tudo quanto Nigel Ackroyd Summers faz. Será que há — tem que haver — um jeito de retirar aquele dinheiro? Quase trinta anos de idade, morando num país desolado, remoto, não seria esse um caso de necessidade premente, para a filha única de um homem rico, sem ter que esperar pela morte de alguém? Lembrou-se — forçou a memória — de um termo, talvez algo que o advogado usara? — pré-herança. Se ouvira do advogado, significava uma hipótese teórica, mas viável. Quer dizer que podia ser feito. Por que não? É preciso escrever a alguém — ao advogado, claro. Não, para Archie. Sim, é sempre para Archie. Peça a Archie para examinar o princípio, a possibilidade, com um advogado — não o advogado de meu pai, esse estaria alerta e disposto a levantar objeções em nome do cliente, conhecendo a reputação da filha na família...

Voltou a tomar consciência do grupo reunido dentro do carro apenas uma vez, ao pedir a Maryam para perguntar aos homens quanto poderia custar um pedaço de um oásis produtivo. Quanto? Houve uma troca animada de acordos e desacordos entre os homens, em seguida foi pronunciada uma soma, majestosamente invocada como se os floreios da escrita árabe estivessem se desdobrando no ar.

Maryam traduziu. Mas ela tinha entendido e estava acostumada a fazer rápidas conversões mentais da moeda deles para as moedas fortes que importavam ao planeta; nestas, que o fundo sem dúvida teria, confie em Nigel Ackroyd para essas coisas, a soma era extremamente — inacreditavelmente — modesta, confirmando a exeqüibilidade: a possibilidade. Com toda a certeza uma soma irrisória diante daquilo que valia o fundo (o advogado ocultara com o maior cuidado o quanto poderia ser isso). Mais ou menos no nível do carro de luxo que Danielle ganharia do marido. — Pare de zombar dos ricos, você está pensando em fazer uso do fato de ser um deles também! Abdu (ela continua a chamá-lo assim para si mesma, pelo nome que ele levava quando o descobriu na oficina) estava certo, lá, quando me censurou por repudiar os valores deles, dos que fazem e acontecem.

Sonhou com verde.

Sonhei porque existe.

Há um outro jeito que não a sucessão suplente na oficina do Tio Yaqub, que não o trabalho sujo que o espera em outro país, o próximo — e sim aqui, uma possibilidade. Uma possibilidade: a palavra ideal predileta dele: "existem possibilidades" em qualquer país que o deixasse transpor as barreiras de imigração.

Aqui. Você podia ter ambos. O deserto mudo e o coro vivo de verde.

Ao chegarem de volta à casa dos pais, ele já comera com a mãe. Que perguntou, por intermédio do filho, se ela tinha gostado da viagem.

Eu jamais poderia imaginar... Arroz é tão lindo... trigo, milho — nada que se compare enquanto planta... crescendo...

Bem, deixamos um pouco para você comer. Ele falou, achando graça, tolerante, em árabe. A mãe sorriu regiamente para ela e ergueu a mão anuente para a cozinha. Maryam tinha ido na frente para preparar a refeição do pai, palha prateada caindo da sola das sandálias gastas. Mãe e filho viram quando Julie se curvou para apanhar algumas e examiná-las, na palma.

Na privacidade do puxado ela pôde lhe dar o beijo de seu entusiasmo.

Quer dizer então que se divertiu. Quente, e como. Sentiu o sal do suor nos lábios dela.

Alguma vez esteve lá?

Estive. Conheço Aboulkanim.

Parece um negócio bem-sucedido... e que produz comida... Pode ser.

Só agora entendi que é preciso viver com o deserto para saber o que a água é.

Eu lhe disse antes de você vir. Seco, nada. Neste lugar.

Não, não... não é isso que estou tentando... A água — a água é mudança; e o deserto não muda. Quando você vê os dois juntos, o arroz crescendo num campo de água, isso em pleno deserto — tem um breve espaço de vida bem ali, como o nosso, e há uma *existência* para além de qualquer espaço de vida. Entende?

Você não acredita. Sempre me diz. Não é cristã desde que saiu da escola, não é muçulmana como minha família, o que significa isso agora?

Para Ibrahim, era como ouvir uma daquelas discussões sobre o sentido da vida, iniciadas pelo velho falador que amarrava o cabelo grisalho numa fita, em volta da mesa do café que ele via como o lar que ela deixara para trás para ficar com ele neste anexo da família.

Não é o paraíso, o nirvana — este lugar onde estamos, o que existe aqui. É uma espécie de prova. Está me entendendo — não sei explicar.

Com a unha do polegar, Ibrahim tirava fiapos da sujeira da oficina de sob as unhas da outra mão; a meticulosidade dele, mais do que qualquer coisa dita, trazendo consigo empatia com a injúria, expressava para ela a frustração e humilhação do regresso a nada mais do que o ventre dos veículos de Tio Yaqub. Julie deitou-se a seu lado e afagou-lhe a mão um instante.

Disseram que se pode comprar parte do oásis que já está sendo cultivado. Desconfio que de um proprietário particular. Ou será que é do governo? E que é possível obter permissão para perfurar poços no deserto. Você sabia? Com dinheiro você compra qualquer coisa do governo. Dos proprietários que se autodenominam governo. É a mesma coisa. É assim que é *aqui*, neste lugar de meu povo. Essa é uma das primeiras coisas que você tem que entender — o que é verdade, sobre a vida neste lugar. Não há mistério nenhum sobre nossas vidas. Dinheiro — e o governo lhe dirá que o trato está feito, *Al-Hamdu lillah*.

Falou em árabe.

O preço é tão razoável — perguntei a seu pai e àquele amigo dele, que foi conosco. Mal pude acreditar. Uma quantia que com quase toda a certeza eu poderia levantar — de lá, tem um fundo para quando, bem, para quando meu pai morrer, mas sempre há maneiras...

Você quer comprar uma concessão de arroz! Você! Para quê?

Em vez de olhar para ele, olhou para as tábuas sem tinta do forro, ciente da atenção focada em seu perfil.

Para nós.

Ele ergueu a espinha e deixou que o corpo tombasse de volta na cama com um grunhido que lembrava o riso. Julie, nós não vivemos aqui.

Ganhar nossa vida fazendo alguma coisa — interessante? Útil, diferente, plantar comida. Alguma coisa que nós dois nunca fizemos.

Já foi uma agência para atores na Cidade do Cabo, agora arroz num oásis, outra aventura a ser ouvida dela, da ignorância da moça rica, da inocência.

Julie pressentiu que era melhor colocar diante dele alguma coisa astuta, prática.

Aquele seu Aboulkanim obviamente faz dinheiro. Não dinheiro de arroz. Ele agora falava numa mistura fluente de inglês e árabe, traduzindo a si mesmo, saltando de frase em frase.

Essa é a — como é que se diz — a fachada dele, os belos arrozais. Ele faz dinheiro, sim, e muito, e você sabe como? Sabe? Com contrabando, que ele chama de importação-exportação, ele é o intermediário na venda de armas para uns sujeitos do outro lado da fronteira, e isso é só o que eu posso lhe dizer sobre esse Aboulkanim, tem muito mais que eu não conheço, que gente que conhece admira porque ele é bem-sucedido. Isso é *sucesso* aqui.

Julie sentou-se espantada e confrontou-o. Seu pai trabalha para ele.

Meu pai trabalha para o que faz *dele* um homem respeitável. O arrozal. Meu pai não tem vez nos Grandes Negócios, meu pai é o pobre-diabo, que eu possa ser perdoado por falar dessa forma, que preenche os papéis certos para a venda do arroz, só do arroz, e recebe uma esmola em dinheiro de vez em quando. Que dizer, ele usa o nome honesto de meu pai.

E agora ela confrontou a si mesma. Por que eu haveria de ficar tão chocada com essa história; quantos convidados dos almoços de domingo de Nigel Ackroyd Summers estão envolvidos em negócios que nunca vêm a público e que, quando conhecidos, não são comentados junto com o preço dos futuros — não tráfico de armas; mas por que não? Talvez até isso, passando por venda de diamantes em Angola.

Se nós obtivéssemos uma concessão, não teria nada a ver com isso tudo. Com o seu Aboulkanim. Seria só plantar arroz.

Ele se afastou dela, levantou-se, trocou de camisa, tirou da sacola de lona sua pasta de documentos.

Tenho um encontro com uma pessoa hoje à noite. Vamos ver se ele aparece.

Foi até onde ela estava, ruborizada com o calor do dia, balançando as pernas na barra de ferro da cama, sacudiu a cabeça e lhe deu seu sorriso, aquele tesouro tantas vezes negado. Ela não lhe mostrou a fotografia, as cascas secas de arroz escorrendo dos dedos. Até que desbotasse e sumisse, seria prova de que o lugar existia; poderia ter sido obtido.

Da sacola de lona sempre a postos para transportar sua vida de país em país, tinha tirado as cartas enviadas pela mulher na Califórnia.

Sem mencionar nada a ela; Julie descartara por completo qualquer probabilidade de a mãe conhecer alguém cuja assinatura pudesse ser de alguma serventia, em qualquer parte, numa situação tão remota quanto a dele. Mas, mais que isso: as esperanças que ele nutrira já tinham sido atiçadas vezes demais — a lembrança disso lhe trazia um misto de ressentimento e vergonha, um sentimento novo, resultado de ter voltado a este lugar. Não conseguiria encarar os incentivos filosóficos dela, verdadeiros ou não, sua paciência, real ou apenas disfarce para a aventura que em breve seria só mais uma com que divertir os amigos em volta da Mesa; a linda mala desprezada continuava ali, de prontidão para ela.

Chega de notícias. Não diria mais nada, absolutamente mais nada a respeito dos progressos que fazia dessa vez, a ela que sabia tão pouco das sutilezas do negócio, ignorante demais para poder ler os sinais. Levá-la a um consulado ou embaixada para responder a questionários pessoais não lhe sugeria coisa alguma. Melhor assim. Quando... se... Não! Quando tivesse algo a lhe dizer, dessa vez seria: notícia.

E outra coisa. Havia um aspecto no triunfo da recusa em agarrar a oportunidade oferecida por um Tio Yaqub que outros rapazes mofando no povoado teriam dado qualquer coisa (de seu nada, pobres-diabos como ele próprio) para ter, um aspecto do qual mal se dera conta ele próprio quando a grande decisão — o melhor momento de sua hombridade até agora — fora tomada por ele: dizer não. Ainda que essa moça tenha falhado no propósito que ele jamais deve perder de vista (em qualquer confusão de emoções a respeito dela), que tivesse contado com ela como fonte de Residência Permanente em seu país, Julie tinha de alguma forma, nesse meio-tempo que atravessavam juntos, provocado, também nele, um interregno temporário de reflexão contemplativa que beirava pensamentos de um tipo que jamais alimentara antes. Quando disse, das profundezas de si mesmo, não, foi também uma recusa em abandonar o homem por quem ela se apaixonara (como eles dizem); um não ao que sem sombra de dúvida teria decretado o fim da aventura que jamais poderia se transformar na de um futuro Tio Yaqub. Ele teria sido largado neste lugar, teria se casado e gerado mais filhos que não conseguiriam escapar dali.

Chegou da capital naquele dia e, enquanto estacionava o carro velho do Tio Yaqub no portão, viu mulheres andando pela rua. Ela — Julie —, Amina com o bebê, Maryam com a menina e — teve de olhar de novo — Khadija estavam chegando da feira, cavalgaduras femininas abarrotadas de sacos plásticos, dos quais despontavam talos e folhas verdes. Cebolas ou batatas estouraram de um, e juntá-las virou uma brincadeira entre Julie, a menina e Khadija — pelo visto, *madame*, que se conservava

num *purdah* todo seu de superioridade, agora se aventurava a sair com as outras mulheres, se é que Julie fosse uma delas.
Esperou no carro. Que vida. Para ela. Vida que se apresentou em sua vergonha, aproximando-se. A menina apontou-o, safou-se das mulheres e correu para demonstrar a presença, como se a chegada dele fosse alguma ocasião especial.
E era.
Cumprimentou e trocou algumas palavras com a mãe sentada em seu lugar no sofá da sala comum, enquanto Julie e as outras conversavam e guardavam as compras da feira na cozinha de múltiplas finalidades. Ela acenou ao passar a caminho do puxado; nunca interferia quando ele estava com a mãe.
Ibrahim foi até ela. Julie mergulhava o rosto, cabelos e mãos na bacia de água fresca que mantinha sempre cheia para eles, posta sobre a cadeira diante da qual se ajoelhara.
Tão quente! Virou-se e ergueu a vista, um sorriso escorrido, como se entre lágrimas.
Ele abriu a mão. Entre o indicador e o polegar havia papéis carimbados em volta de dois passaportes.
O que é?
Ela se levantou, sacudindo furiosamente mãos molhadas.
O quê?
Vistos. Permissão de entrada. Para os Estados Unidos da América.
Num único movimento, atirou os documentos sobre a cama e dominou-a num abraço esmagador com um brado de triunfo que aproximou as duas bocas em meio à água que pingava do cabelo de Julie.

Eu vou para os Estados Unidos.
Ele bem que dissera, não dissera.
De modo que não deveriam espantar-se de que tivesse agora a autoridade carimbada em seu passaporte e no da mulher. Houve abraços familiares de felicitações e desculpas implícitas por terem duvidado, quando não desacreditado, dele. Apenas Khadija referiu-se a isso — Você só estava se vangloriando, na época, não estava. — Ele não recebeu a alfinetada de muito bom grado; Julie viu isso no rosto dele, mas não compreendeu o que fora dito.
Outros na família não conseguiam comemorar. Maryam chorou: Julie iria perder o casamento dela. Ibrahim abraçou o pai; a mãe. Pedindo perdão, bênçãos, mais uma vez. Ao voltar para casa com a esposa estrangeira, a mãe permitira que as lágrimas marcassem o molde do rosto que legara ao filho, agora não deixava que emoção nenhuma mudasse a escultura dos anos e a disciplina das preces. Ou quiçá feições e carne não fossem capazes de expressar o que sentia com a partida; ainda ou-

tra vez. Só ela e ele poderiam saber como era. Sob as vozes dos outros, Ibrahim disse eu mando buscar a senhora. Para morar; para nos visitar. Foi melhor que não tivesse dado mostras de ter escutado.

Os vistos na mão.

Ainda uma série de providências práticas a tomar. Ele precisa voltar à capital, apresentar o passaporte às autoridades de seu governo, preencher formulários referentes à emigração. Terá de voltar de novo para pegar o passaporte no momento em que, por trás dos arquivos e das telas de computador, o processo todo estiver terminado. A companhia aérea não aceita reservas até que os dois passaportes e vistos sejam levados para exame; e claro que depois disso feito as passagens não poderão ser emitidas enquanto não houver dinheiro para pagá-las.

Sentaram-se ambos na cama de ferro do puxado para rever os recursos. Ela tinha alguns poucos dólares sobrando, em cheques de viagem, que teriam que ser guardados para cobrir as necessidades imediatas da chegada. O donativo final pago pelo Tio por seu trabalho, se conseguissem partir, como ele estava decidido a fazer, dentro de não mais que duas semanas, teria de ser reservado como presente de casamento para Maryam; o irmão não poderia fazer menos que isso.

Seu pai.
Julie fitou-o alarmada.
É só dizer a palavra.
Não. Não, não.
Seu pai. Ele pode pagar as passagens lá e mandá-las para você. É essa a maneira. Nós pagamos de volta.
Não posso.
De novo.
Teve de fixá-la com os olhos da mãe enquanto mantinha o controle e a convicção na voz mansa, enquanto segurava como já tivera de fazer tantas vezes, nas seções de imigração, a frustração e engolia o refluxo da prova de que os privilegiados não podem jamais ser levados a compreender a realidade, o que importa, a dignidade da sobrevivência em luta com os princípios.
Como fazê-lo entender: a voz dela ficou mais ardida.
Você não pediria a seu Tio Yaqub, pediria!
Eu pedi. Ele disse que não iria me ajudar a fugir de novo.
Ele se divertiu com isso.
Ela encostou a cabeça no ombro dele e enterrou o rosto no pescoço dele. E ele não lhe dissera nada a respeito, a última recusa. Ele a poupara.
Lá de onde viera, quem estava no controle era ela, a que tinha *status*; aqui, no que era a pátria dele, o lugar dele, sinal de nascença inextirpável que definia, nele, a maneira de o lugar lidar com as coisas, Ibrahim fizera — e só ele poderia fazê-lo — o que era necessário. Sozinho com ela no puxado, falou então mais do que jamais falara, tirando-a passo a passo da ignorância. O cunhado de um primo estava nos Estados Unidos com sucesso (vale dizer legalmente) havia seis anos. A família perdera contato com ele, mas depois de meses perguntando a qualquer um que talvez pudesse saber de seu paradeiro, nos tempos em que ficava nos cafés, nas noites passadas em bares clandestinos

nas ruas onde ela vira o corpo inchado de um carneiro morto, juntara aos poucos a informação que procurava. Conseguira entrar em contato com o cunhado do primo. Que, de algum modo, *Al-Hamdu lillah* (o uso da casa infiltrou-se na língua como a Mesa exclamaria "Graças a Deus" sempre que uma dádiva secular só pudesse ser reconhecida através de uma divindade), fizera tudo que lhe fora possível, e mais, para oferecer um começo para eles na outra ponta, na América, na América. Trabalhava de zelador num prédio de apartamentos — ela já estivera nos Estados Unidos, devia saber que havia prédios de vinte, quarenta andares, muita gente morando lá —, de zelador ou administrador, ou seja lá que nome tivesse, tinha lugar para morar, um apartamento lá embaixo...

Sim, ela tinha estado lá, nos Estados Unidos, vira como algumas pessoas moravam nos prédios dos ricos.

— No subsolo.

O cunhado do primo conhecia um monte de gente que conseguira trabalho para começar e sabia como, a partir dessa base, se podia subir para o tipo de colocação desejada, contanto que você tivesse tido educação no lugar de onde provinha e pudesse aprender bem a língua, aprender o jeito. Cursos noturnos de faculdade, escolas técnicas, treinamento avançado em informática, ciência da computação — é isso! Esse homem tinha todas as informações, endereços de instituições, fundações, aberturas, oportunidades. Chances.

Os Estados Unidos. Para ele, ao lado dela, era um conceito único: mas os Estados Unidos, sua vastidão, tantos lugares, desde os cassinos na Califórnia até Idaho (onde ela esquiara), passando por Nova York (onde freqüentara museus e teatros), Charlottesville (de onde viera um de seus amantes, lembrou-se), Seattle, Flórida...

Onde ele está, nos Estados Unidos? Para que cidade iríamos?

Chicago. Ele está em Chicago. E o irmão e um amigo que é como um irmão estão em Detroit, têm trabalho lá. Para começar, já está bom. Eles disseram que podem arranjar alguma coisa para mim. Quem sabe a gente vai para Detroit. Já esteve lá, conhece?

Os lábios dela estão retraídos, silenciosos, na boca cerrada; a cabeça se move como se estivesse à procura de algo.

Ele observa: ah, sim, pensando em outra aventura.

Ela nunca esteve em Detroit, mas tem conhecimento, se lembra, dos outros tipos de distância na imensidão americana. Das casas em Sutton Place com seus porteiros trajados como lacaios reais (papai Summers a enviara para ser recebida por amigos que moravam lá) aos cortiços de Chicago e Nova York, onde um velho gasto ou uma mulher desgrenhada sentam-se nos degraus de um prédio dilapidado em que os imigrantes "de cor" encontram pousada, lugar para pôr uma cama, junto com os americanos negros e pobres que nasceram do lado errado da sorte.

Durante as primeiras semanas, Ismail diz que podemos ficar com eles, que arranjam um lugar para nós no apartamento deles, em Chicago. Eles têm esse apartamento de zelador — eu já lhe disse. Eles devem ser muito bons, uma gente maravilhosa — nem nos conhecem, mas, claro, somos família.

E depois.

Ele levantou, afastou-se dela e começou a andar pelo quarto; tão exíguo que uns poucos passos o levavam de volta ao ponto inicial. Os olhos de Julie o seguiram para ler o que o movimento significava. A expansividade inusitada secara; voltava a ter que decifrá-lo de outras maneiras, como aprendera a fazer. Talvez estivesse percorrendo a gaiola das recusas pela última vez, ritualmente, pouco antes de ela se abrir de par em par, sobre os Estados Unidos; sempre difícil entendê-lo.

Depende do que acontecer. Eu vou para Detroit. É isso. Acho que vai ser para lá.

E eles encontraram um lugar para nós? Para nós morarmos, em Detroit.

Bem, eu durmo em qualquer lugar, no mesmo onde eles dormem. Eles estão sem as mulheres, ainda não puderam mandar buscar. Estão faz só um ano... um pouco mais...

Ele tinha voltado para se pôr diante dela, as pernas em contato com os joelhos de Julie. Vou procurar alguma coisa para nós logo. Um apartamento. Ou mesmo alguns cômodos.

Você. "Você". Estaria ela entendendo o que ele dizia. Como assim?

Seria bom se você fosse para a Califórnia. Ficar com sua mãe, só por alguns dias.

Julie inclinou-se para a frente com a carne das bochechas repuxada em pressão agoniada de encontro aos olhos, a cabeça voltada para ele, tentando esmiuçar o que havia escrito para ela no ouro fosco da testa macia sob a mecha negra de cabelo sedoso.

Como foi pensar nisso.

Ibrahim acabara entendendo o poder de seu sorriso, ela o fizera tomar consciência disso, de modo que aquilo do qual ele não tinha noção, quando o impulso lhe vinha de sorrir, era agora uma tática a ser empregada; essa é uma das possibilidades do poder que vêm com o que pensava não ter condições de bancar; o que os privilegiados chamam de amor. O sorriso ofereceu-se para ela.

Julie. Você nem sempre tem razão com respeito a seus pais. Claro que eles não são como você. Sob muitos aspectos, não. Mas em outros, eles estão aqui. — Pôs a palma da mão em seu peito, logo acima dos seios. Era um toque, um gesto, muito diferente da procura de uma carícia; levou-o para muito mais perto dela do que qualquer investida sexual.

É igual com meus pais.

Não é nada igual. Sua mãe. O que eu posso dizer. Depois

lhe veio como um tapa na cara o que era para ter sido uma surpresa agradável: Como é que você sabe se minha mãe iria me querer lá? Uma filha de quase trinta anos para provar a todos que ela é bem mais velha que seu marido mais recente.

E então o que havia para ser lido nele foi decifrado: Você andou falando com ela? Andou?

Por telefone, sim. As cartas que ela mandou, do marido. Foram uma grande coisa — ajuda — para conseguir o visto. Nem dá para imaginar quanto. Até eu levar as cartas, nada aconteceu. Você sabe disso.

Califórnia. Assumir o estilo cassino, para minha mãe e o marido. A voz dela recuou, mais e mais. Califórnia.

O sorriso abrira nele um fluxo de novo. É bom senso. Você não entende como são essas coisas. Entrar num país como eu faço. Como eu fiz — quantas vezes? Até mesmo legalmente. É duro, nada é bom no começo, Julie. Sem um dinheiro decente para viver. Você é um vira-latas, um rato à procura do buraco por onde entrar. Sei que você não se importa, parece até mesmo que gosta de viver... sem conforto... é como um acampamento para você. Mas isso é diferente, pode ser ruim, muito ruim. Não posso levar você junto. Não quero que você viva... Por mim, pouco importa — porque desta vez eu tenho uma chance de sair de tudo isto, de acabar para sempre, para sempre com isto, fazer o que eu quero fazer, viver como eu quero viver. Os Estados Unidos são o país para isso. Há um bocado de chances de novo, agora, lá; você não lê os jornais, mas o desemprego é zero. O mais baixo de muitos anos. Trabalho para todos.

E nesse meio-tempo. — Ela parece estar se forçando a falar. O que é isso?

Antes da chance de viver como você quer. Que trabalho você vai fazer.

O mesmo de todo imigrante, sempre. Qualquer coisa.

Quando você tem inteligência e instrução, não importa. Eu vou lhe dizer, você não sabe o que acontece lá. Não é o seu país, não saia da oficina! Você não sabe — um dos maiores, dos mais importantes financistas do mundo atualmente era um imigrante da Hungria, ele começou lá em Nova York, de garçom num clube. Era branco, judeu, certo. Mas gente que vem de onde eu venho consegue ir para a frente também, mesmo que não chegue tão alto, eles trabalham com computadores, com comunicações, e o mundo hoje é isso aí!

As mulheres daqui — na casa dele — fazem o que os homens lhes dizem para fazer. Será isso o que ocorre entre as paredes improvisadas do puxado, existiriam curiosos com os ouvidos nas tábuas da porta escutando o que está sendo dito, estaria ele, que "foge de casa" (Tio Yaqub), se valendo de um pressuposto de tudo que vai largar? Ele e ela não continuam a falar nisso: na Califórnia. O que pode significar qualquer coisa. Que ele aceitou a rejeição dela; que ela aceitou o acordo.

É só dizer a palavra.
Não houve tensão entre eles e isso não dá para explicar. É melhor. Melhor que não tentem. Nem tudo entre duas pessoas pode ser exposto diante da Mesa para uma solução. É isso aí. Ele arrumava o conteúdo da mala de lona, havia coisas, documentos enxovalhados, das quais se desfazer para sempre, agora; a legalidade é leve de carregar. Ergueu os olhos para lhe dar seu sorriso, quando ela abriu a porta... para falar com a irmã dele ou ir a algum lugar da casa. Ela caminhou como sonâmbula até o fim da rua, o deserto. O vendedor de bolinhos fritos de feijão deve tê-la visto, o homem com o burro e a carrocinha vendendo melão deve ter passado por ela, as harmonias nasais dos rádios domésticos e o chamado eletrônico da mesquita enroscavam-se em volta de sua figura conhecidamente desconhecida. O cão aguardava. Se não há a Mesa, há sempre alguém. Sentou-se no toco de alvenaria que já fora um dia uma casa e o cachorro parou um pouco mais distante, sobre as pernas finas escarranchadas. O deserto. *Sempre.*

O verdadeiro sentido da palavra comum que dispara de todas as línguas para se adequar a todos os sentidos vem do deserto. Está lá antes dela e do cão. O deserto é sempre; não morre, não muda, existe.

Mas um ser humano, ela, ela não pode pura e simplesmente existir; ela é um turbilhão de pensamentos que se dobram e contrariam a própria coerência, nada a deixa em paz, nem por um instante. Cada emoção, cada pensamento, é invadido por outro. Vergonha, culpa, medo, espanto, raiva, censura, ressentimento contra o mundo inteiro e o que ele representa — e surgem nomes, nomes para a visão dele de como ele será. De novo. Morando numa choça imunda, no alto de um prédio ou num barracão atrás da oficina, que diferença faz, com sabe lá Deus quantos outros da cor errada, pobres-diabos como ele próprio (conforme ele costuma dizer), limpando a merda americana — ela já viu os cortiços dessas cidades, os terrenos baldios desse novo mundo saqueado, os detritos da degradação —, fazendo os serviços que as *pessoas de verdade*, os americanos brancos, não querem fazer. Pelo menos na terra dela, naquela cidade do continente atrasado, deitar debaixo das entranhas de um carro era um grau melhor de humanidade. Depois o ataque vira-se contra ela: na *sua* cidade? Seu país? Por lei, todos *pessoas de verdade* agora, mas quem continua limpando a merda não são nem Nigel Ackroyd Summers nem sua filha Julie. E até mesmo o "grau melhor de humanidade" foi negado ao mecânico lá, ele foi chutado desse grau melhor, não foi, chutado para fora; de seu país.

E de novo: América, América. A vastidão terrível dos Estados Unidos. Austrália, Nova Zelândia — teriam sido um pouco melhores? Qualquer lugar teria sido melhor. Os Estados Unidos. O país mais impiedoso de todos. Os prédios mais altos a serem galgados até as posições empresariais mais graduadas (lá está ele, um dos pobres-diabos, o amado, subindo uma escada de corda até o quadragésimo andar); e para pular de cabeça. *O mundo hoje é isso aí*. Ele pensa que *eu* não sei; *ele* é que não sabe. Ibrahim está diante dela, trazido pela raiva que sente contra tudo quanto o ameaça, o espera: tão jovem, as mãos esguias prontas para qualquer coisa, pendentes de lado, a elegância provocativa — a echarpe de seda ao redor do pescoço de tendões fortes, os pêlos negros do peito e de novo ao redor dos testículos e o pênis orgulhoso que ela enxerga por baixo das roupas toda vez que olha para ele, os olhos negros que nunca revelam o que se passa por trás daquele rosto que ela descobriu ter vindo da mãe, como os traços de uma antiga imagem grega, egípcia ou núbia podem ser redescobertos em descendentes longínquos, muitos séculos depois.

Mas não há ninguém. Nada impresso no deserto. Ele é *sempre*; e o que batuca dentro dela como as marteladas de um operário fazendo o calçamento de rua é *agora*.

Está de pleno acordo com a mulher, mãe dele, para quem deveria poder correr, de pleno acordo com a mulher com quem não podia trocar, não as tinha, as palavras certas para o que agora dividia com ela. Apenas ela própria, que o descobrira disfarçado de mecânico — nem o pai, nem Maryam, nem ninguém —, apenas ela e a mãe podiam experimentar a apreensão, a rejeição que toda emigração, que esta emigração imporia ao filho. Mas a mãe rezava; a mãe tinha as preces. Não podia ser interrompida. Ainda que tivesse as palavras na língua certa.

O cachorro foi embora em silêncio. Julie continuou sentada até que o tumulto fosse aos poucos se aclarando, desembaraçando-se. As areias do deserto dissolvem o conflito; existe o espaço, espaço para pelo menos a chegada de uma idéia clara: alcançada.

Quando entrou em casa, o tapete de orações já fora recolhido e dobrado. Mãe e filho estavam unidos em sua privacidade no sofá. Ele ergueu os olhos e fez um sinal — venha. No lugar onde estava, enlaçou-a pela cintura; Por onde andou? Uma volta. Ar fresco é bom quando não está muito quente, a mãe disse, falando devagar, para que Julie entendesse. Elas se entreolharam um instante; Julie achou que a mãe sabia — se não aonde tinha ido — para onde as experiências a estavam levando.

Retiraram-se para o puxado juntos — essa foi a sensação formal diante da mãe que acompanhava com os olhos. Ele a levava pela mão, um gesto mais para a mãe do que para ela: como se a dizer, minha mulher estrangeira está comigo, não estou só.

Julie deixou-se cair na cama que tanto se queixara sob o peso do amor que tinham feito.

Vou escrever ao Archie. Meu Tio.

Archie querido,

Decerto você não vai se surpreender de receber notícias minhas e muito provavelmente já percebeu que estou escrevendo — para lhe pedir alguma coisa. Porque você sempre foi a pessoa a quem eu posso pedir. Dessa vez é dinheiro. Ibrahim conseguiu um visto para entrar nos Estados Unidos. Nunca foi problema conseguir visto para mim, mas levou meses e foi uma dificuldade interminável arrumar um para ele. Foi rejeitado por todos os outros países que tentou. Continuo sem saber como foi que ele conseguiu — melhor nem perguntar! Você há de entender isso, depois das experiências dele na África do Sul. De modo que estamos com a luz verde para os EUA. Mas meus dólares acabaram. Não poderíamos esperar, seria impensável, que a família dele nos mantivesse. O que ele ganha aqui (trabalho que obteve de favor de um parente) e as pequenas quantias que consegui juntar tendo a ousadia de lecionar inglês não são suficientes para pagar as passagens e nos dar uma folga quando chegarmos lá. Será que eu poderia lhe pedir, eu estou pedindo, será que você poderia de alguma forma me mandar o equivalente a cerca de cinco mil dólares? Eu sei que as leis de controle cambial talvez dificultem as coisas, mas qualquer moeda que você pudesse conseguir com seus contatos serviria. Ibrahim tem um amigo no banco que pode cuidar do saque e conseguir o câmbio certo para nós, deste lado. Estou mandando também os dados do banco para a transferência, se você puder fazê-la.

Querido Archie, espero poder pagá-lo alguma hora. Eu estava mesmo querendo escrever a você, não faz muito tempo isso, sobre a possibilidade de uma pré-herança a ser retirada do fundo que, como você sabe, foi aberto — mas isso sem dúvida é algo mais complexo que levaria tempo, e nós estamos precisando do dinheiro o quanto antes. De modo que, para ser franca, não vou poder pagar a dívida assim de pronto, porque não sabemos qual será nossa situação nos Estados Unidos. Mais para a frente, volto a escrever e pedir seus conselhos sobre como eu talvez possa retirar dinheiro daquele fundo. Suponho que nos Estados Unidos eu consiga um emprego mais ou menos do mesmo tipo que eu costumava ter. Eu podia entrar em contato com os figurões de lá, gente para quem trabalhei em Johannesburgo, é uma aranha internacional, pernas para tudo quanto é lado. Se eles solicitarem minha contratação, aparentemente não terei problemas em conseguir permissão oficial para trabalhar. Ibrahim recebeu uma, mas sou apenas a esposa a quem ele deve sustentar enquanto fico em casa vendo televisão.

Archie, não sei como lhe dizer o quanto nós dois ficaremos agradecidos a você.

Você sabe que não posso pedir a meu pai.

Com muito amor, como sempre,

Julie

Refletiu então com seus botões, numa censura, só agora: presumira, na indignação diante da absurda acusação contra Archie, que o processo não fora, não poderia ter sido levado adiante; que fora abandonado ante a evidência de toda uma vida de reputação profissional impecável. Só agora; então na combinação do que acontecera, ao mesmo tempo, a ele e (do lado dela) as duas passagens aéreas para levá-los embora, a ela e ao amante, não lhe escrevera conforme pretendia! Não escrevera, embora em todas as suas aventuras pelo mundo em que era livre para rodar levasse sempre anotados na agenda, por insistência de Archie — para uma eventualidade —, os números do fax e telefone do consultório e da casa dele.

Ibrahim mencionara qualquer coisa sobre ligar, mas Julie relutara e, agora que tinha apresentado uma solução, não adiantava insistir; pressentiu que seria melhor deixá-la resolver a seu modo; parecia avessa a alguma complicação emocional, falando com esse seu tio. Foram juntos à capital ver um amigo de um amigo que mexia com importação e de lá mandaram a carta por fax.

A ordem de pagamento chegou com inacreditável presteza — pelo menos na experiência deles, tão acostumados à paciência protelada, à espera isolada numa aldeia do deserto que não conhece tempo, sofrendo a zombaria das promessas semanais das autoridades.

Archie mandara seis mil dólares, não cinco. No dia seguinte veio uma carta, enviada por fax para o amigo do amigo de Ibrahim. Querida Julie, Que alívio ter notícias suas e saber que sua vida está dando certo. Soubemos que você passou aqui em casa antes de partir, fosse para se despedir ou por ter tomado conhecimento daquela história maluca e desagradável com uma paciente — pena não havermos nos encontrado. Foi difícil provar que a mulher tinha uma personalidade chamada fronteiriça (diagnóstico psiquiátrico), mas houve um vazamento para minha equipe de defesa de que havia um histórico de incidentes parecidos no passado dela, e eles conseguiram corroboração para o fato. No fundo, acho que a coitada estava planejando uma vingança deliberada contra *qualquer* homem — calhou de eu estar à mão — pelo ressentimento e raiva que sentia contra algum outro de quem não conseguia se aproximar para destruir. Você não imagina o apoio que minhas clientes me deram, houve mais gente querendo depor sobre minha conduta e ética profissional do que os advogados puderam usar. Lá estava eu aconselhando você a contratar bons advogados para o seu problema e mal sabia que estava prestes a precisar deles eu mesmo! Nunca imaginei que pudesse ser a vítima masculina de assédio sexual — mas eis aí, tem de haver uma primeira vez para *algum* homem. Mesas viradas. Foi ela que fez exigências sexuais não solicitadas a seu médico, e não o contrário. Caso de jurisprudência. Acabou saindo pela culatra e eu podia ter exigido indenização por danos, mas cheguei à conclusão, com base na forma como meus colegas médicos, bem como minhas pacientes, se uniram indignados a minha volta e depuseram a meu favor, não só em tribunal mas, talvez mais importante ainda, na imprensa, que não tinha sido prejudicado... Sharon discorda, diz que o perdão e a reconciliação de que nos ocupamos no momento não se estende (acho que ela quer dizer se rebaixa, he-he) ao nível de alguém que poderia ter me destruído. Você conhece a ruiva, Sharon queria dar uns bons tabefes na mulher, em pleno tribunal — foi nesses danos que ela pensou, só para começo de conversa. O resultado da coisa toda é que muitos colegas meus estão com um medo danado de suas pacientes... Eu continuo confiando nas minhas, de que outro jeito continuar sendo médico delas? Acabou, saímos ilesos, estamos bem. Por favor, mantenha-me informado sobre onde você está/vai. Mande algum endereço. Depois que me disseram que você tinha passado em casa naquele dia, perguntei ao Nigel qual era seu endereço, mas ele disse que vocês não estavam se falando, que ele não sabia. Sinto muito que seja assim. O tempo se encarregará de curar. Boa sorte nos Estados Unidos para vocês dois. Você é uma moça corajosa. Com amor, Archie.

Junto com a generosidade dele havia isso para ela, de um outro tipo e de cuja existência teria de ter certeza sempre; Archie estava como sempre estivera, incólume, sem fazer os julgamentos que outros faziam, dono de seu nariz; uma certeza que não se encontrava em ninguém mais, em parte alguma.

Ela tinha esse tio, essa fora a resposta da família da qual ela se isolara! Debaixo da pele escura cor de ouro havia um júbilo vermelho que lhe realçava o brilho intenso do olhar.

Agora que tem alguma coisa boa que vai sobrar das passagens, eu vou ter o que preciso para separar de entrada quando eu achar um lugar para nós, posso comprar umas coisas para deixar pronto — para você quando for.

Mas com esse dinheiro a gente arranja um lugar para morar de cara. Mesmo um hotel barato, Chicago, Detroit, onde for.

Foram os dois atirados de volta para aquilo sobre o que não conversavam desde a primeira vez em que fora mencionado.

Hotel? Que hotel? Quanto pode durar o dinheiro se a gente for começar desse jeito. Posso viver bem barato com os outros homens em Detroit e ir procurando e quando eu souber que vai ser ali, Detroit, Chicago — como vou saber —, vou ter dinheiro para encontrar um lugar decente para nós enquanto você fica sossegada na Califórnia.

Mas você deve ter entendido. Abdu! Eu nunca disse que poderia fazer isso.

Do que você está falando agora. Julie — eu lhe disse, não posso levar você para viver da forma como os imigrantes começam, a menos que o dinheiro vá cair do céu. Agora nós temos *alguma coisa*, e eu sei como devemos usar esta... sorte... isto que seu tio mandou... como se do céu, mas não são milhões, não é mesmo! Não é mesmo? Caiu do céu, claro, mas não dá para gastar como se estivéssemos de férias, eu preciso achar trabalho, preciso achar algum lugar onde você possa morar... será que não dá para entender isso? Temos de agradecer sua mãe e o marido pelas cartas que abriram as portas para nós, temos que agradecer seu tio pelo dinheiro que vai comprar inclusive as passagens que vão nos levar. Sua família é boa para nós. Qual o problema de ir ver sua própria mãe, ela quer que você vá, que você fique com ela um pouco, claro, e nunca se sabe...

O que nunca se sabe?

Ele exalou o ar com exagero diante da burrice dela, de sua falta de realidade.

Estava sorrindo; aspirou um novo hausto. Eles, ele — o marido dela conseguiu as cartas de gente importante tão fácil. Não foi? Ele conhece pessoas. Dá para ver. Pode ser que ele arranje alguma coisa boa para mim, me apresentar as pessoas certas. Contato é tudo, acredite, eu sei. Nós podíamos inclusive até ir viver lá, tem vários centros grandes de tecnologia da comunicação, o clima é bom, quente, como no seu país, e não quente feito o diabo como este lugar — nunca é frio; Chicago é frio, não é. Califórnia — maravilha. Todo mundo quer ir morar lá.

Seus braços se abrem, ele não tem as palavras, mas abraça a Califórnia; ou ela. Seu olhar não a solta, embora estejam distantes um do outro.

Criatura atingida por uma luz no escuro do ente privado.

É só dizer a palavra.

Ele reconheceu o momento, aproximou-se e pôs os braços ao redor dela, a mão em seu rosto, resmungou palavras doces através do véu de cabelos sobre a orelha.

Há algo de divertido na submissão, para alguém que acredita jamais ter se submetido. Algo tentadoramente perigoso também: os Bairros Nobres; a Mesa; a terceira alternativa.

Maryam planejava uma festa de despedida caprichada para eles.

A intenção era que fosse surpresa, mas Khadija deu uma indireta no seu jeito afiado de sempre. — Vocês nunca tiveram um casamento. Todos querem desejar boa sorte a vocês para essa outra ocasião, eles dizem. — De brincadeira, Ibrahim perguntou à irmã o que ela estava aprontando e Maryam começou a chorar. — Vocês também vão perder meu casamento. — Ela não podia dizer a esse irmão que conhecia tão pouco, que fora e viera tantas vezes, por tanto tempo, que suas lágrimas eram por ele estar levando Julie embora. O entendimento de Ibrahim foi de fato diferente: de modo que a festa seria um substituto para tudo quanto a família não tivera — casamento com uma moça da escolha deles, netos, sobrinhos e sobrinhas, primos, festas e velórios, a comunhão com os irmãos no ritual da Lei Sagrada que tomava por eles as decisões corretas e acertadas, descomplicadas, que os armava e protegia contra o outro mundo no qual, indesejado, desprotegido, ele se atirara sem refletir. Mas bênçãos não devem jamais ser descartadas, elas são até mesmo secretamente cobiçadas, no fulcro do eu, a semente do celeiro genético que permanece incrustada por baixo de tudo quanto é presumido alhures, entre outros povos e lugares. Houve presentes para sua mulher oferecidos pelas senhoras dos chás de conversação e pelos pais das crianças de escola a quem ela ensinara, bandejas de latão e frascos de perfume, um corte de pano bordado com lantejoulas; para ele uma lembrança que alguém trouxera de Meca (brando incentivo à igual peregrinação a ser feita nos confins onde pudesse ir parar). O pai presenteou o casal, filho e mulher, com um belo Alcorão antigo. A mãe do lado; sem necessidade de se pronunciar, as palavras dela chegavam até ele. Falou demoradamente e o peso da solenidade da língua garbosa foi traduzido para ela para complementar a compreensão: o Livro é para a educação de seus filhos e dos filhos de seus filhos. Depois houve até um presente da mulher do tio Yaqub para provar à irmã, à mãe do sobrinho imprestável, que se o Tio recusara dinheiro para que abandonasse a herança familiar, religiosa, comunitária e nacional, não fora por mesquinhez. Era uma luminária de mesa muito parecida com as que havia na casa do Tio, feita na rutilante forma dourada de alguma flor bem madura, dificilmente uma tulipa, talvez um nenúfar, de cujas pétalas metálicas erguiam-se pequenos globos elétricos presos a estames cor de ouro. Leila subira no colo de Julie para mostrar o presente que fizera: ficaram as duas sentadas, olhando o desenho, a menina observando o rosto da mulher para ver as reações a sua oferenda. O desenho mostrava um navio, algo que ela jamais poderia ter visto, exceto na televisão, uma torre ou prédio, alguma coisa entre a estrutura mais alta da aldeia, o minarete da mesquita e um prédio de apartamentos, que ela também devia ter visto na televisão, e um muro quebrado com duas figurinhas sentadas, vistas de trás, uma grande e a outra pequena, mas ambas com cabeças enormes. Os braços de uma só linha entrelaçados, o enlace marcado bem forte com o lápis. No topo, duas cabeças sem corpo, de frente, rasgadas por sorrisos imensos, sóis num espaço que não era nem terra nem céu. Uma melancia de listras esmeradas (as duas adoravam a orgia lambuzada de comerem juntas a fruta da feira) num dos lados. E um cachorro esquematizado com o rabo abaixado no outro. Com a menina toda orgulhosa no colo, segurando seu presente, Julie voltou as atenções para esse e aquele, conversando com pessoas ansiosas para lhe desejar boa sorte. Algumas compunham o que tinham a dizer no inglês que aprenderam com ela. Houve interrupções, risadas com os erros.

Maryam, em sua tristeza diante de todos esses símbolos de partida, estava feliz pelo casal: Presentes de casamento, ela disse. Tudo na vida desse irmão, e da mulher que por um desses mistérios ele tivera a boa sorte de encontrar para si, pulsava num ritmo diferente, diferente daquilo que conhecia ou podia esperar dentro do seio da família.

A rua inteira que, vista acordada ou em sonhos, Julie levava na cabeça, tendo passado pela mesma moto estacionada junto à mesma cerca, com a mesma música saindo das mesmas janelas, e pela mesma velhinha encoberta por véus falando sozinha na mesma poltrona rota de couro, a caminho do fim da trilha para o deserto, deve ter sido despertada pelo alto volume das conversas no vai-e-vem das mulheres da casa, das quais ela era uma, e das mulheres dos convidados que se esgueiravam entre si pela cozinha equilibrando travessas cheias de comida, e todas as vozes aumentaram com o estímulo da festança. Os brados humanos expressando seu momento, depois de ressoar e oscilar para além do toco da última moradia abandonada às areias, deviam ter se perdido no deserto, assim como se perdiam os chamados do muezim, assim como os gritos do que tinham lhe dito ser uma matilha de chacais expressavam os próprios momentos pelos lugares por onde rondavam, lá longe, à noite. Depois ficaram os pratinhos, vazios de tudo a não ser, aqui, de restos de algum ingrediente que não agradara e, ali, do molho em que nadara algum prato suculento devorado; e Maryam — foi ela quem pediu à mulher de seu patrão para emprestar alguns CDs — colocou música para dançar no aparelho que Khadija levou para a sala, invasão de mais decibéis. Vieram novas risadas: o que era isso? Era música do país para onde Ibrahim e a mulher estavam indo, com seu ritmo atrevido, sua voz dominante tapando com pancadas secas a de todos os demais. Os velhos continuaram placidamente imperturbáveis; os ombros dos jovens moveram-se de modo irresistível com a batida. Ela cochichou algo que ele não conseguiu pegar. Eu disse que é ótimo ver as pessoas animadas sem bebida nem alguma coisa que cheirar ou injetar. Vamos — venha dançar.

Não, aqui não, homens e mulheres não dançam juntos — não na frente dos pais.

Os ombros alegres dos irmãos revelavam uma familiaridade do corpo com uma forma de prazeres que seguramente fora aprendida em lugares proibidos. Fazia uma noite linda. Mais tarde, sentaram-se para conversar debaixo do toldo nos fundos da casa enquanto as mulheres lavavam a louça e recriavam os acontecimentos da festa com acréscimos de fofocas e histórias sobre os convidados que haviam partido. Numa olhada final à procura de pratos sujos, Julie viu-se sozinha na sala da família: o sofá vazio onde a mãe tinha seu lugar. Aconteceu de olhar pela janela; lá, no portão, um apelo, estava o cão. Foi até a cozinha e, sem que ninguém reparasse, salvou um punhado de restos. Era tarde; a rua estava deserta. Ela estendeu a mão, mas o cachorro não quis se aproximar, ela já devia saber, àquela altura, ele jamais iria até ela. Aquilo era tudo que ele tinha em sua fome: a dignidade que não pode ser compreendida. Abriu o portão e pôs a comida na terra; o cão observava tranqüilo, sem se mover. Virou-se e voltou para dentro. Da janela, viu-o aproximar-se e comer.

Alguns ruídos finais de debandada e vozes de todos indo dormir permearam a casa que não era grande o bastante e que no entanto acomodava cada um deles em seu lugar, lar. Até num puxado.

Os presentes de casamento estavam sobre a cama e no chão, largados ou apoiados aqui e ali.

Eles riram um para o outro.

Parece a loja de penhores, lembra, perto do Café.

Era de um judeu velho simpático. Uma vez tive que deixar meu relógio lá, até o final da semana, quando a oficina pagava.

O que vamos fazer com isso? — Julie ergueu a luminária pelas pétalas metálicas brilhantes, exagerando-lhe o peso no esforço.

Khadija. Dê para ela. Ela coleciona essas coisas para pôr na bela casa que vai fazer meu irmão comprar. Mas alguns nós vamos levar, claro.

Claro; estaria ele pensando no Alcorão, edição belíssima, uma espécie de bíblia da família; a que Julie mandara pedir, a tradução que havia lido, fora humildemente fabricada em massa. Mas não as bandejas de latão. Ele não conseguiria enfiar as bandejas na sacola de lona. E que lugar haveria para coisas assim que eram dali.

Nos Estados Unidos.

O gentil presente de fortes perfumes florais; para permear tudo que se vai levar. A atenção de Julie voltou-se para a mala; a mala elegante que a Danielle de Nigel Ackroyd Summers escolhera: esperando. O cansaço subiu-lhe à cabeça, o puxado guardara o calor do dia. Abriu a janela até onde era possível e ali (como o cão) estava a noite esplêndida, à espera. Cedeu a um impulso de deixá-lo entrar em algo que não lhe permitira antes, o tipo de impulso — indiscrição? mas ele é seu amante, sua descoberta — ao qual costumava ceder depois de alguns drinques ou baseados a mais em sua vida antiga. Vamos dar uma volta no deserto, vai estar fresco. Estrelas fabulosas.

O deserto. — A resposta dele foi começar a se despir. Só até o fim da rua. Não é muito longe. Como se ele não soubesse, ele nasceu aqui, aqui é o lugar dele, não meu. Vamos dormir. É tarde, quem vai querer sair por aí. Para qualquer lugar. Vamos dormir.

Parou diante dela como tinha feito todas as noites na casa de boneca, despido do macacão de mecânico como um príncipe liberto da maldição que lhe fora lançada.

Se ela sonha de fato ou se uma profusão incessante de pensamentos é o que ela decide muito provavelmente ter sonhado, não vem muito ao caso. De um jeito ou de outro, às vésperas de se abandonar algum porto provisório há uma volta natural à comparação, tentando contrapor, de alguma forma encaixar, imagens, anos, dias, momentos. Cuja duração relativa pode ser virada do avesso em seu significado. O momento é mais longo que o ano. Quer se trate de um compartimento arrombado do subconsciente ou de uma noite em claro — quando os assim chamados sonhos são relembrados pela manhã, o quanto não estará sendo inventado no anseio de achar a coerência entre o consciente e o subconsciente; que tem de existir; que é inalcançável? Que precisa ser achado. E se puder ser achado — haverá certeza. Do quê? O que significa isso? Do porquê de viver da maneira como você vive. E como deveria ser. Sem preceitos, sejam os dos Bairros Nobres, sejam (nunca mais!) os abaixo-os-preceitos da Mesa — coerência fugidia é o que haveria como diretriz —, parte daquilo grandiosamente conhecido como verdade. Mas evite grandes palavras, pelo amor de Cristo, pelo amor do Profeta. Bem, verdade individual. De ninguém mais.

O fluxo de imagens, idéias, recriações, tem uma espécie de narrativa própria; o deserto é um bom lugar para que se narre a si mesma. No terraço da Califórnia (que, como o navio da menina, ela nunca viu exceto em protótipos na mídia), reúnem-se os convidados dos domingos de Nigel Ackroyd Summers, Danielle e a mãe; ou Danielle-e-a-mãe uma única e só pessoa. Homens ao lado de uma sauna (sauna! de onde teria vindo esse detalhe!) conversam sobre ganhos e perdas no vinte-e-um e em comprar futuros na Bolsa. O marido mais recente apresenta Ibrahim às pessoas certas, lá está o homem da web internacional que emigrou para a Austrália e o advogado negro transformado em empresário. A mãe/Danielle apresenta Ibrahim/Abdu às mulheres, levando-o pela mão: meu genro, um príncipe oriental (como ela sabia que a Mesa costumava dizer pelas costas do rapaz que ela havia escolhido) de sapatos Gucci, calça Armani e camisa Ralph Lauren comprados por Danielle, a beleza dele um prato exótico a ser provado junto com o almoço à beira da piscina. Ele ainda usa sua velha echarpe elegante em volta do pescoço. Tudo que restou dele. Do que porventura ele foi, era, é? Esgueirando-se de sob a carroceria do carro, julgando-nos em silêncio, nós em volta da Mesa, estirado de costas na cama da casinha, agora refazendo cuidadosamente sua mala de lona no puxado. O que era mesmo que tinha lido. Num romance de um poeta, não se lembrava do título, nem do escritor, ganhara do poeta da Mesa, ele insistira para que ela o lesse — algo daquilo viera à tona, chegado agora o momento de ser compreendido: de ela entender o que fizera. "Estava ocupado em retratá-lo para mim mesmo; tinha assumido a tarefa de imaginá-lo." Mas ele é ele. E não tarefa de alguém. Diga isso ao deserto; é seguro. Sempre que fitava o deserto do toco de muro e saía para uma caminhada, nunca muito longe, podia ser a última vez; nesse meio-tempo continuou fazendo o que descobrira ser capaz de fazer, ocupava seus últimos dias como fizera desde que comprara duas passagens aéreas e viera com ele para cá, para o lugar dele. Até o dia em que subissem no avião, ela continuaria; era seu pequeno presente de despedida às crianças da escola, deixá-las com mais algumas poucas palavras na língua na qual ele teria de se aplicar para adquirir mais fluência, caso fosse conseguir o que queria no lugar para onde ele e ela estavam indo. Era sua forma modesta de agradecer o círculo dos chás de conversação e os outros que recorreram a ela para — bem — pela necessidade que tinham dela.

Não há uma última vez para o deserto. O deserto é sempre.

Não importa que ela tenha dado as costas e voltado para a rua, que tenha comprado três rodelas de bolinhos fritos quentes do vendedor na volta para a casa da família, para o puxado dos transitórios.

Saí para comprar bolinhos.

Decidiram juntos, às vezes discordando e depois cedendo, cada qual indulgente com o outro, sobre o que levar e o que deixar para trás. Alguns abandonos foram cancelados.

Uma das bandejas de latão? Só essa bem pequena. Se você conseguir espremê-la no fundo.

Entreolharam-se por uns instantes, falsa indagação nos olhares, deram risada. Junto com Maryam, Julie comprara outra mala na feira, uma de papelão, com fecho de lata no lugar da combinação digital da mala elegante. A mãe dele, tendo Maryam como emissária, fornecera dois jogos de lençóis estampados com flores para um começo, onde quer que encontrassem a próxima cama, e não era possível distribuí-los discretamente, como os outros "presentes de casamento" que não podiam levar.

Está bem. Entre os lençóis maternos, se você insiste.

Enrolaram o Alcorão da família como uma múmia, para guardá-lo dentro da sacola de lona, depois debateram se não seria melhor levá-lo com eles no avião. Julie enrolou-o de novo em filme plástico para protegê-lo da pasta de dentes e do desodorante, que podiam vazar com as mudanças de pressão no avião, e colocou-o em sua bolsa de mão.

E aqueles perfumes que as mulheres lhe deram. Você gosta disso.

Não... não, Maryam e Khadija ficam com eles, sei por experiência própria o que pode acontecer com perfume... e aqueles frascos não têm uma tampa adequada. Nem pensaria em colocá-los lá dentro com o Livro. E os lençóis — o cheiro nunca mais sairia.

Os livros dela, seu humilde Alcorão, era tudo que restava para empacotar; foram para a mala de papelão; Ahmad, o faz-tudo da família, chegado do pátio do açougueiro, arranjou um pedaço de barbante e amarrou a mala, para reduzir a tensão nos fechos baratos. Comentou alguma coisa com o irmão e os dois soltaram uma exclamação, rindo.

O que ele falou?

O rosto de Ibrahim contraiu-se, irônico. Mala de emigrante. Vai arrebentar... isso se chegar ao outro lado. Lixo.

E então não havia mais nada sobrando, deles, dele e dela, no puxado, exceto a cama onde ainda dormiram, ainda fizeram amor, por mais alguns dias. Ibrahim insistiu para que estivessem com tudo preparado, sem nenhum objeto, nada para uma última olhada, era puxar a mala elegante (ela tem rodinhas, claro), apanhar a sacola de lona mais a aquisição vagabunda e tomar o táxi pedido com antecedência para quando o momento e a hora chegassem; de modo que estavam os dois prontos para a partida três dias antes da data.

Nessa noite, depois de ele ter escorregado para fora de seu

corpo e as últimas secreções de seu prazer terem secado, Julie falou; mas depois percebeu, pelo ritmo da respiração, que o silêncio não significava que ele ouvira o que temia e lhe fazia vergonha, de modo que não poderia de fato animar-se a dizer o que precisava. Ibrahim dormia.
É só dizer a palavra.
Talvez o melhor fosse ser menos covarde e não optar pelo escuro, onde você não precisa ver o rosto do outro. Mais honesto pela manhã. Eles estavam se vestindo, dois dias antes da partida para os Estados Unidos, quando ela escolheu o momento, dentro do espaço restrito do puxado, depois de o irmão ter saído fazia tempo para o açougue, de o outro irmão ter ido ocupar seu posto no café, as mulheres na cozinha, exceto Khadija, provavelmente ainda deitada, as crianças, a pequena Leila, na escola, e a mãe — a mãe quem sabe em seu tapete de orações, pedindo a ajuda divina para proteger o filho na interminável viagem —, esse foi o momento de lhe contar, não com um *preciso lhe dizer uma coisa* servindo de preparação inútil, e sim diretamente, bem em cima do que estava entre eles; eu não vou.
E onde é que você precisava ir?
Para ele, já tinham deixado o lugar; mas talvez uma das mulheres que ela conhecera ainda contasse vê-la.
Eu não vou — para os Estados Unidos.
O que foi que você disse?
A voz dele saiu normal, como às vezes, quando precisava de uma frase simplificada para algo que ela dissera em inglês.
Eu não vou para os Estados Unidos.
Claro que vai para os Estados Unidos. Na quinta.
Não. Eu não vou.
Julie, você está com medo do quê? Que nervosismo. Você nunca foi assim.
Ele está disposto a ir até ela, abraçá-la, sossegá-la, eles precisam dar o fora dali, desse lugar que acabou com o ânimo dela.

Suas mãos estão erguidas, espalmadas, mantendo-o à distância. Não. Não é isso. Eu não vou. O que é ela, quem é ela, agora, esta mulher que o atraiu para si, como nenhuma outra jamais o fizera, que o seguira até este lugar — espanto, raiva, o que é isso que está sentindo que nunca sentiu na vida, essa tamanha provocação. Você está louca? Seu sussurro é mais alto que um grito. Você perdeu o juízo. Nós vamos partir na quinta, quinta, quinta. É isso aí.

Você está louca? Está louca? A boca se encheu de saliva, o cuspe voou-lhe dos lábios. O silêncio de Julie era um muro de obstinação que não podia esmurrar com os punhos. Arremessou-se para fora do espaço que continha a ambos, tropeçando no estrado de ferro, na cadeira, no obstáculo da sacola de lona saturada, ao procurar a saída; a porta era frágil demais para ser batida com fúria, parou diante da sala comum da casa materna, ciente pelas costas de que ela — a moça que o seduzira, a amante, a seguidora fiel, sua mulher — podia vê-lo pela fresta das tábuas empenadas. A sala da família estava deserta; o sofá de onde a mãe controlava tudo, desocupado de sua forma. Ibrahim não sabia pelo que procurava, por quem; se tinha saído do puxado para buscar — o quê? A única certeza na vida — ninguém sabe qual é até que de repente não está mais ali. E o que significa isso? Que a mãe não se encontrava ali para ele, em seu trono; não agora, neste momento, nem quando está na África, Inglaterra, Alemanha, em Chicago, Detroit, nunca jamais. *Que ela*, tudo que ela foi, amante, sequaz de seus passos, algo chamado esposa; ela não está ali. Não está na casinha, não está no café para onde o seduzira, não está na cama de ferro do puxado, não está nos Estados Unidos. Nunca jamais. Ele não queria vê-los, nenhum membro da família, ninguém; e precisava imediatamente de qualquer um. Qualquer pessoa em quem despejar o "eu não vou". Ver de fora do eu o efeito da afirmação. Mas nunca é "qualquer um" que se procura; despercebido, na sinuosidade, na relutância em admitir o que está encravado lá bem no fundo, é sempre *alguém* que se quer. Ibrahim passou pelo calor de vozes vindas da cozinha; não, não, as mulheres não; descobriu-se chegando perto do ângulo de privacidade no corredor: mas ela, a mãe, fazia suas orações, a cabeça inclinada sobre o tapete. Ele era o garoto que interrompera com uma história de bola perdida a devoção materna e saíra envergonhado com o pito; parou e deu meia-volta sem que a mãe notasse a presença do filho.

E calhou de ter sido com Maryam que cruzou. Enquanto espiava de novo a sala onde a família inteira se reunia, cada cadeira e almofada moldada pelo peso dos parentes, trechos esgarçados desenhados pela confluência de pés no tapete, Maryam entrou com um sorriso de cumprimento para ele, a caminho da porta da frente, saindo para ir limpar a casa do patrão. O que viu no rosto e na postura do irmão a fez parar onde estava; na mesma hora pensou em algum acidente ou doença na família do qual não fora informada. Tantos entes queridos, Ahmad trabalhando com facas no pátio do açougueiro — Maryam vivia ternamente preocupada com todos eles. — O que foi? O que aconteceu. Julie?...

— Nada.

— Mas você está... — Sente a própria intromissão.

— Acabei de acordar, só isso.

Mas fora assaltado internamente por algo que não dissera,

incapaz de raciocinar para além do *Você está louca* em resposta ao sentido único de *Eu não vou*. Não vai para Chicago, para Detroit, para a Califórnia. Deixou Maryam olhando ressabiada para ele, simples questão de tato, e entrou de volta no puxado, fechando a porta atrás de si.

Julie estava parada em frente à janela. Virou-se com a agonia do autodomínio desenhada em linhas tesas na testa e em torno da boca.

Quer dizer então que vai voltar. Para lá. Para o lugar de onde veio. Eu achava o tempo todo. Um dia. O dia virá em que você vai voltar para a casa que você diz que não é a sua. Mas viu como eu tinha razão. Você não sabe o que diz. É isso aí, você é assim mesmo. E não sabe o que faz. Com as pessoas. Boa sorte. Adeus. Conte tudo a eles no Café, sobre este barraco onde viveu, este lugar imundo, e diga para eles que você é boa demais, que você é fina demais, que você não vai como é mesmo — se vender, dizem eles —, não vai morar com os capitalistas na Califórnia, conte para eles, você vai pensar num monte de coisas para contar. Adeus. Vá e conte. Adeus.

Ibrahim começou transformado pela raiva, o rosto tingido com o sangue que fervia, os olhos espremidos em lascas de brilho negro, o corpo retesado de um jeito estranho, como se fosse saltar, e terminou — como se atravessado por uma faca — derrubado.

Ela tinha medo disso, não da raiva que, junto com o hálito violento, recebera boquiaberta. Tropeçando também nas bagagens, aproximou-se de Ibrahim, que tentou se desvencilhar das mãos e dos braços que o procuravam. Não diga. Não diga.

Não era mais seu o direito, dela, de dizer o que ficara eloqüentemente por dizer desde sempre — desde as primeiras noites na casa de boneca — *Eu amo você*.

Me escute. De onde foi que tirou essa idéia. Eu não vou voltar para lá. Lá não é meu lugar.

Ela prendera a cabeça de Ibrahim entre as mãos firmes e forçara seu rosto a encará-la, sente-lhe a textura, os pêlos da barba de um dia de encontro à pele da palma. Tem em mente a imagem, uma das costumeiras e queridas, dele empurrando a bochecha com a língua enquanto passa a navalha com toda a delicadeza em volta do bigode; a imagem guardada.

Você sabe disso. Dizendo as duas coisas ao mesmo tempo: o não-dito (aquela imagem guardada é amor) e o que foi dito, eu não vou voltar.

Do que está falando? O que é isso. Você não vai para os Estados Unidos. É o que você diz. Você não vai voltar para casa. É o que você diz.

E então é preciso dizer o que achou que ele devia ter entendido. Vou ficar aqui.

Quando irrompe desse jeito, a paixão da disputa deixa de lado a intimidade até então respeitada; pela porta improvisada do puxado, ela flui para a sala de estar da família, entra na casa inteira, invade e sobrepuja as preocupações, os cuidados de todos quantos vivem tão próximos uns dos outros; é como se cada um, inclusive as crianças, no decorrer do dia atentassem para ela, e erguessem a vista, interrompidos por uma visão ou ruído súbito. O que se passa entre marido e mulher, isso é assunto deles, e o costume é manter o princípio da privacidade, a ponto de parecer que ninguém faz a menor idéia do que está havendo. Numa casa lotada de parentes, esse princípio é especialmente severo; não é só a porta do puxado que é frágil demais. As convenções de superfície dos laços de sangue e a obediência religiosa são capazes de conter subordinadas quase sem um senão, por exemplo, a presença de Khadija e suas implicações. Mas o que ocorre no puxado é diferente, impõe-se exigente sobre a casa. Como filho, irmão, primo, ele não tem opção, recurso nenhum a não ser aparecer e repetir para cada parente o mesmo relato do que houve naquele puxado — de onde ela, a mulher estrangeira que levou para eles, não sai, ou porque aceita que ele fale por ela, ou porque ele não lhe permite que fale por si mesma. Quem há de saber. Mas até mesmo quando a favorita dela, a pequena Leila, é flagrada indo para o puxado, ele a manda embora.

Todos se vêem obrigados a enfrentar esse relato, até mesmo aqueles que apenas se sentem constrangidos e atônitos com uma situação que não podem entender, da qual não deveriam participar. Algo que pertence à vida tão diferente da deles dessa integrante da família, vivida em mundos que não conhecem. Como se Ibrahim pudesse esperar alguma explicação, um apoio, da inocência deles, da ignorância na qual sempre fez questão de lhes mostrar que viviam. Os irmãos Ahmad e Daood escutam incrédulos, uma mulher faz o que o marido manda. São muito leais, respeitosos demais, para lhe dizer aquilo que o põe de imediato em estado de alerta de novo: o estigma a sua hombridade. As mulheres — ela agora voltou para lá, a cozinha é o território neutro no qual obtém direito de entrada através das tarefas domésticas, brincar com as crianças, dialogar em linguagem truncada —, quando ele aborda as mulheres o constrangimento que emana delas é como suor. Era nas reuniões sob o toldo que falavam, se falassem alguma coisa. Ela é muito boa pessoa. Vai dar tudo certo. Ela vai fazer aquilo que é certo, ela é sua mulher. Às vezes nós ficamos nervosas, você sabe, por um tempo, depois passa, *ma sha allah*.

A insistência dele levou-as ao silêncio. — Não dá tempo de passar. Dois dias. É isso aí. Eu quero saber, ela falou com vocês. Desse negócio. Ficar aqui. Neste lugar. Foram vocês que disseram alguma coisa para ela? Foram? Preciso de uma resposta. Ela andou falando nisso?

Amina olhou para as outras por cima da trouxinha do bebê

no colo e sacudiu a cabeça conclusivamente, os brincos balançando, com o mandato da negativa.

Pensara em pedir que uma delas fosse falar com Julie; mas agora achava que nenhuma merecia de fato confiança. Além do punhado de palavras em inglês que ensinara a elas, influenciara a todas com suas idéias de independência feminina, idéias de moça rica, idéias do Café.

No rosto do pai, no baixar e subir lento das pálpebras espessas e nos parênteses inquietos nos dois cantos da boca, ele viu que a resposta era a censura silenciosa, provocada, merecida, por ser orgulhoso e tolo o bastante para não aceitar a chance oferecida, *Al-Hamdu lillah*, por seu Tio Yaqub para ficar no lugar ao qual *ele*, o filho, pertencia.

De novo a resposta lacônica: a mulher obedece os desejos do marido.

Isso de um pai que, o filho não ignorava, fazia aquilo que a mulher, em sua sabedoria e caráter, sim, *Al-Hamdu lillah*, sabia ser o certo.

Diante de si mesmo, de um lado e de outro, para onde se virar — Maryam. Maryam, sozinha. Com as outras mulheres, ela não dissera nada. Maryam: claro, a primeira a enxergar marcado no rosto dele, ao sair de casa para trabalhar de criada, *Eu não vou*. Maryam se fizera amiga, acólita, fora a irmã caçula Maryam quem tivera a idéia das ocupações, das aulas de inglês, Maryam quem deixara sua mulher à vontade neste lugar, bem, certo, dera a ela algo para fazer no meio-tempo, esperando durante todos aqueles meses que o pobre-diabo conseguisse um visto. A quem mais recorrer. Como uma sangria, enfrente-a.

Convocada na volta do serviço para responder às acusações, e na hora Maryam sabe que é disso que se trata, os pés se arrastam vagarosos para entrar na casa, vinda do local, sob o toldo, onde a menina Leila fora enviada para chamá-la. Sozinha; ele a verá sozinha, sem o apoio alvoroçado das mulheres.

— O que ela diz para você. Eu quero saber. O que você diz para ela, você é a tal, é você que diz a ela o que fazer aqui, você fez dela uma irmã, aqui, sempre com medo de ficar sem você, as senhoras que dão os chás e aprendem inglês, os professores que vivem bajulando. Eu quero saber. O que você fez. Quem lhe disse para fazer isso. Por acaso perguntou para mim, seu irmão? Vamos lá, eu quero ouvir de você o que vem dizendo para ela.

O poder que ele tem sobre essa moça, Ibrahim jamais terá sobre a mulher, e nunca desejará tê-lo, faz parte daquilo do qual emigra toda vez que vai embora. Ao exercê-lo, sente-se mal com a ira que a irmã temerosa vê irromper nele. — Vamos. Fale, fale. O que você fez. — Ela chora o tempo todo.

Não consegue entender o que a irmã diz. — O quê! Fale! A moça é uma idiota. Esperar o quê. Nunca saiu deste lugar, acostumada a ser abordada do jeito como eu faço agora, por irmãos como eu.

A que mais recorrer.

Não há como eludir a questão. A presença dela o segue por toda a casa, de confronto em confronto, escutando o que diz, atenta a sua frustração, a sua incapacidade de extrair de alguém alguma resposta que lhe pareça real; a versão peremptória do rosto legado ao filho está diante dele o tempo todo. Se estiver orando — ela é a única de quem se mantém ao largo, os outros foram todos invadidos. Ele vai esperar. Todos se conservam longe da sala de estar da família. Longe dele. Até as crianças são arrebanhadas às pressas quando se demoram nas portas. Ibrahim senta-se numa das cadeiras de espaldar reto de segunda mão, vindas do Tio Yaqub quando a casa dele foi reformada. Diante do trono vazio dela. Matando o tempo. Não há furacão emotivo no qual ela não ocupe o olho imóvel de seu respeito. Nada, jamais, pode ter precedência sobre isso.

Não precisa esperar muito tempo. A mãe entra na sala co-

mo se tivesse sido ela a convocá-lo e ocupa o sofá. Ele se levanta para cumprimentá-la e senta-se na cadeira mais próxima indicada com um leve inclinar da mão pousada no colo.
Ela sabe o que houve. Ou melhor, o que ameaça acontecer — e que permeou a casa em sussurros e no supersônico dos pensamentos. Deve ter escutado várias versões. Mas ele lhe conta tudo e, de novo, tudo sai da própria boca da forma como só ele pode saber. Ela faz perguntas, dá opiniões.
Essa moça não tem uma família no país dela.
Mas é claro que tem, só que não se dá bem com eles — com o pai.
A mãe está morta, *inna lillah*, que o Senhor tenha piedade da filha.
A mãe casou-se de novo e está muito bem de vida — mora nos Estados Unidos e ficará contente em ver a filha.
Ela achou a nossa vida aqui estranha.
Bem, sim, claro que deve ter achado, mas você sabe que ela se esforçou para se adaptar — só pelo tempo que tivéssemos que ficar aqui.
Desta vez existe um trabalho adequado para suas ambições já arrumado para você naquele país.
Ainda não — oportunidades excelentes por lá que não existiam onde eu estive antes!, em outros momentos, nos outros países.
Ela quer ter um filho.
Sim, e eu também, mas não até estarmos assentados, com trabalho, e uma casa onde vamos passar a vida.
Ela se levanta, corpulenta em seus trajes. O pé esquerdo falseia e ela se desequilibra.
Está envelhecendo; é para isto que você volta, abandono, todas as vezes.
Mãe...
Mas ela, que sempre tem conselhos e uma solução para to-

dos, malgrado seu, não possui nada para ele. Meu filho — ela lhe dá as bênçãos — *Allah yahfazak*, e sai da sala, ele sabe, para orar.

Mãe?

Ah, uma aliada, é isso aí; mas não dele. Uma aliada da estrangeira — *ela* é quem irá devolver o filho para sua mãe, atraí-lo, trazê-lo finalmente de volta para casa.

Há uma força tremenda numa decisão temerária que os outros condenam pasmados: as palavras, súplicas e censuras silenciosas deles são marteladas enterrando cada vez mais fundo essa decisão na própria certeza. A afeição aferrada e a alegria não manifesta de Maryam porque a singular amiga, vinda de um outro mundo e, na compreensão, mais próxima do que as irmãs, continuará morando na casa do marido, como todas elas, era o único apoio que tinha; a mãe dele — indicação nenhuma, nenhuma palavra ou sinal, a figura sempre majestosa supervisionava com toda a calma a cozinha onde a moça, a mulher de Ibrahim, continuava a fazer o que lhe cabia, como se a mãe não estivesse ciente de que ela deveria emigrar com o filho em vinte e quatro horas. E a moça pica cebola como se tampouco pudesse saber.

Vinte e quatro horas. A decisão que vem crescendo nela, mudando-a como as células do corpo se renovam espontaneamente, torna-se um aperto de pânico: está acontecendo rápido demais, cedo demais, o momento chegou antes que estivesse de fato preparada...

Pavor.

Lá atrás, a Mesa com a palavra.

Mas foi tudo pensado e repensado, sentido, descartado, rejeitado como loucura (sim, ele não está sozinho ao fazer a acusação; torna-se auto-acusação), renova-se, toma conta — definitiva — tantas vezes em tantos meses: no meio-tempo, como ele diz.

Ibrahim não permitiu que se deitassem, nem ele nem ela, que se entregassem sequer à exaustão nessa noite. Se pudesse suplicar, argumentar, discutir, barganhar, censurar, deblaterar o suficiente, o tempo que restava levaria Julie de roldão nessa enchente-relâmpago até o aeroporto e ao avião que a transportaria para longe, junto com ele, assim como ela, junto com ele, transportara-se até ali, deportada para este lugar.

Escute... nós vamos ter uma boa vida lá. Você quer que eu faça alguma coisa que eu quero fazer, uma posição... que use minha cabeça, estude — você sempre me diz isso. Você é a única pessoa que sabe que eu posso. Você vai ser feliz. Você é feliz comigo — eu faço você feliz —, sim, e você, como posso ficar sem você. Umas duas semanas, enquanto estiver na Califórnia, eu não preciso me preocupar se você tem tudo que precisa — certo, mas temos algum dinheiro, posso até mesmo ir até lá ver você. Eu vou. Você veio até aqui comigo, tenho tanta sorte, eu sei, portanto como é que pode...

Então por quê? Por quê? Por que você veio? Por quê... comprou aquela passagem para você? Grudou em mim? Para quê? Não diga! Simplesmente não diga. *Não agora.*

A convicção de Ibrahim de que "amor" é um luxo que ele não pode bancar encontrou a prova. Sim.

Nem pensar em ouvi-la dizer isso; ela percebe. Diga outra coisa que tenha o mesmo significado.

Ibrahim, até parece que eu estou deixando você, do jeito como você fala. Eu não estou indo a parte alguma. Não vou voltar para lá, já lhe disse, já lhe disse. Estou na sua casa.

Você é uma mentirosa. Por que nunca me disse nada? Mentiu para mim o tempo todo. Aqui nesta cama comigo, me beijando e mentindo. Trepando e mentindo. Eu nunca minto para você. Ah, não? Você só mente com a boca? Ficar quieta quando há o que é preciso dizer, isso não é mentir?

Eu pensei, eu realmente pensei que você tivesse percebido como eu estava começando — você torna tão difícil de explicar — a viver aqui. Ah, meu Deus. Como eu mudei — fiquei diferente do que eu era lá, quando você me conheceu. Pensei que fôssemos próximos o bastante para você entender, mesmo sendo alguma coisa que você... não esperava...

Não mentiu quando recebeu dinheiro do seu tio para as passagens? Não mentiu quando assinou os documentos para o visto, não mentiu quando foi toda sorridente até a embaixada mostrar sua cara? minha mulher, "acompanhante", você viu isso escrito no visto. Não? Isso não é mentir? Ou isso tudo era verdade na época, e agora — eu sei lá, caído do céu, alguma coisa ou alguém mudou sua cabeça, deixou você louca? De onde foi que tirou a idéia, como, onde?

Enquanto a angústia de Ibrahim castiga-os, a ambos, ela descobre onde. No deserto.

Mas não pode lhe dizer isso. O toco de muro na areia onde a rua acaba. O cachorro aguarda e a criança estende a mão.

Não pode lhe dizer isso.

Ele evita o deserto. O deserto é a negação de tudo pelo que anseia, anseia para si. E se acaso lhe ocorresse lembrar dos entusiasmos de alguns freqüentadores da Mesa, poderia zombar ainda mais e dizer que essa decisão era outro exemplo típico do romantismo ocidental da classe média resguardada. Assim como seduzir um mecânico.

A confusão ecoa nos ouvidos de Ibrahim. Mas qual é a confusão: Confusão não; eu devia saber disso. Como eu, como eu, ela não quer voltar para o lugar ao qual pertence. Mesmo que todos lhe digam que sim, que é ali seu lugar. Ela busca um outro. *Eu vou ficar aqui.* Aqui! A mala elegante está pronta, arrumada. Por fim, ele não consegue parar de olhar. Atira-se sobre ela e revira a fechadura digital, lembra da combinação, abre-a e começa a jogar as roupas dela; na cama, no chão. Agora ela vai fazer. Colocar tudo de volta, ceder. Julie aproxima-se dele em meio à bagunça. Tenta puxá-lo para si, bem apertado, seios com peito, barriga com barriga, mas Ibrahim resiste violentamente e o abraço torna-se uma paródia da violência que jamais existiu entre eles. Um pouco antes do alvorecer, no dia em que ambos deveriam emigrar, qual cadáveres, jazem estendidos lado a lado no que era a cama dos dois: o sono entorpece com a antiga promessa da infância, vai estar tudo bem de manhã.

Ele acordou aturdido e apático com a ressaca da emoção e foi falar com os irmãos. Ela acordou com vozes sussurrando atrás da porta do puxado. Saiu da cama, zonza alguns instantes, depois recolheu o conteúdo da mala espalhado por toda parte. Dobrou algumas roupas sobre o arame que ele esticara para ela e pendurou outras nos cabides de plástico colorido que comprara na feira, calças, vestidos e camisas. Os sapatos foram para o lugar de antes, numa fileira sob a janela.

Ele voltou para o quarto com um balde de água quente. Viu as coisas dela, as roupas penduradas, dobradas, os sapatos onde eram guardados. Olhou só alguns momentos; e não para ela; despejou água na bacia sobre a mesa e começou a se barbear. Embora de costas, Julie via aquele rosto no espelho pendurado na parede onde Ibrahim topava consigo mesmo como era nessa manhã. Ela viu, uma vez mais, a bochecha retesada pela língua enquanto ele escanhoava delicadamente a região próxima ao bigode lustroso.

Da pilha de roupas de baixo dobradas sobre a cama, pegou um sutiã e uma calcinha e começou a se vestir.

Ibrahim estava consciente dos movimentos dela a sua volta, um tanto lentos, assim como os seus. Depois de se barbear e de se lavar, jogou a água usada numa jarra vazia, mantida ao lado da mesa, e tornou a encher a bacia com a água do balde que trouxera. Ouviu-a lavar-se enquanto punha as roupas da viagem, o jeans que ela aprendera a passar tão bem quanto a negra paga para fazer isso nos tempos da casinha, a camisa que ela mais gostava e a echarpe de seda que era sua pluma. Enquanto estava de costas para ele, Ibrahim calhou de dar uma olhada e viu no espelhinho da parede os gestos executados pelas mãos, o pescoço inclinar-se para trás para pôr os brincos.

Ele falou. Você vem comer?

Ela olhou em volta, como se atendendo um chamado. Vou, daqui a pouco.

Estavam todos em casa; pelo visto Maryam e os irmãos tinham tido licença para chegar tarde ao trabalho, para presenciar esse adeus mais recente. O cunhado estava desempregado no momento, de qualquer maneira. Com a comida, houve conversas contidas, adequadas a uma partida iminente, sobre a rota a ser seguida, o país onde a conexão aérea seria feita, a mudança de horário no espaço, uma nova separação entre os viajantes e os parentes. Ela surgiu, vestida no que lhe caía melhor, calça de um belo tecido local, feito à mão, e um paletó comprado muito tempo antes em alguma viagem à Itália. Um colar dado por Maryam levou à troca de um leve sorriso entre elas. Quando Ahmad lhe perguntou quanto tempo de espera havia entre as conexões, ela respondeu que por volta de três horas. Ibrahim corrigiu-a, mais provável que sejam quatro ou cinco, sempre há algum atraso nos aeroportos deste lado do mundo — provocando risadas às quais ela se juntou. Daood, o que fazia café, virou-se carinhoso para o irmão. — Quem sabe desta vez você tem sorte e tudo dê certo, para você, no horário.

Muhammad, liberado da escola, foi rápido. — E quando a Julie for, no mês que vem, tem que haver sorte para ela também!

E assim foi que ela entendeu a que vinham os sussurros atrás da porta: fora combinado entre os irmãos adultos que a versão oficial da família do que acontecera seria a de que a mulher estrangeira do irmão iria em seguida, assim que ele soubesse em que cidade, nesta imigração, ele se veria assentado.

Ibrahim manteve-se afastado dela, em companhia da família, garantindo com isso que não surgiria a menor oportunidade de ficarem sozinhos até a hora de o táxi chegar para pegá-lo.

Que ela tenha uma noção daquilo que não percebe, todas as súplicas dele, argumentos, de nada valeram, ela ficará nesta casa, nesta família, nesta aldeia, neste lugar no deserto, sem ele, sem o sexo de que ela tanto precisa, sem ninguém com quem conversar e que, como ele, conheça seu mundo, sem — sim, consigo mesmo é capaz de admiti-lo, sem o amor que tem por ela. Essa fraqueza que não é para ele.

Julie não conseguia se aproximar. Ele a mantinha à distância por direito próprio, assim como ela afirmara o seu. Ela não ia; com toda a dor de vê-lo regressar às mesmas velhas novas humilhações que o aguardam, fazendo o trabalho sujo que eles não querem fazer eles mesmos, aceitando a caridade do patrocínio do rei dos cassinos (o padrasto) como oportunidade para ser o Príncipe Oriental, a mimosa opção de fuga da enteada. *É isso aí. Isso é a realidade.*

Vizinhos vieram se despedir do sortudo a caminho dos Estados Unidos. O táxi reservado com tamanha antecedência entrou na rua e parou diante da casa exatamente conforme o esperado. No ajuntamento, ela estava a seu lado, as roupas de um roçando a do outro, manteriam juntos a versão combinada com os irmãos; era tudo que poderia fazer por ele no momento, seu amante, sua magnífica descoberta lá na oficina. Todos o abraçaram, crianças correram para tocar na grande aventura, na façanha que é a emigração, não compreendida mas pressentida. Muhammad trouxe a sacola de lona correndo e vizinhos acrescentaram sacos plásticos com oferendas de comida para a viagem. O filho abraçou a família na ordem do protocolo que eles conheciam, primeiro o pai e depois, por último, a mãe. Ela o abençoou. E fez um ligeiro movimento como se o dirigisse: o filho abraçou a mulher. Diante de todos eles, das mulheres que espiavam por trás das cortinas do outro lado da rua, dos homens que desviavam os olhos dela do lugar onde consertavam seus carros e motocicletas, dos vizinhos próximos que se moviam céleres como andorinhas em visita, das crianças que Leila trazia para as brincadeiras — ele e ela abraçaram-se, e houve como que uma arfada de silêncio. Algum velho com a voz alta dos surdos quebrou-o.

— Ela não vai?
— Em algumas semanas.
— *Bismillah*. Assim é bem melhor.
— Quando Ibrahim arrumar lugar.

Ele caminhava em direção ao táxi. O dono e motorista que todos conheciam estava a postos, sorrindo, a porta escancarada, um homem gentil de fisionomia feroz em que ressurgiam os genes de algum antigo guerreiro do deserto.

Curvando a cabeça, Ibrahim entrou e manteve-se ereto no assento afundado, rasgado, olhando para a frente como se já tivesse partido. O motorista bateu várias vezes a porta, para conseguir fechá-la, riu para o grupo e deu a volta para tomar seu lugar ao volante.

Ibrahim abandonara este lugar de novo, olhos postos na estrada, chegar ao mesmo aeroporto, passar pela iniciação da revista corporal imposta pela segurança, empunhando uma passagem e um passaporte onde o visto está claramente carimbado, desta vez não há a menor dúvida, ver a mesma sacola de lona sendo levada na esteira, a pressão de outros corpos, partir, aproximar-se da última chamada final para o embarque. Os sacos plásticos com oferendas de comida como aqueles que ele ganhou enfiados nos compartimentos em cima das poltronas, o corredor apinhado onde vai empurrar e abrir caminho até seu lugar. De ambos os lados, muito próximo, o hálito, o calor, impossível livrar-se deles, pobres-diabos como ele próprio. Os ritos de passagem.

Ele não se vira para as mãos erguidas e os rostos, sorridentes diante da oportunidade feliz, um ou dois franzidos em lágrimas, não pela partida dele, mas em lembrança de uma outra, mais próxima, mais sofrida.

Todos continuam parados na rua até que o táxi tenha virado a rua, fora da vista e do ouvido. As crianças pulam e se empurram de emoção, como fazem em qualquer tipo de ocasião, sempre que os adultos se juntam. Nervosa, Maryam aproxima-se da mãe, cochicha alguma coisa e aparentemente recebe o consentimento; todos estão convidados para entrar e tomar um chá.

A mulher de Ibrahim escuta perguntas afáveis, quando espera partir, em que cidade irão se instalar, se ela está preparando roupas quentes para o clima, dizem que o frio é algo com que é preciso se acostumar. E tem respostas adequadas e igualmente afáveis para todos.

Despercebida na agitação hospitaleira de praxe e no volume cada vez mais alto de vozes, pegou seu chá e foi para o puxado. Tomou-o devagar, colocou a xícara e o pires no parapeito da janela e espiava para fora quando bateram na porta. Antes que pudesse responder, ela se abriu; Khadija. Khadija nunca entrara ali. Puxou a porta mal-ajustada até que fechasse, com seu tão conhecido suspiro zombeteiro, segurando um cacho de tâmaras, os lábios pintados de vermelho-vivo, torcidos enquanto saboreava a que tinha na boca.

Khadija pôs um braço em volta de Julie, conspiradora, sorriu com intimidade e estendeu o cacho de doçura, tâmaras escuras, lisas, brilhantes. Falou em árabe, a estrangeira entende o suficiente, já.

— Ele volta.

Mas talvez fosse uma segurança oferecida a si própria, Khadija pensando em seu homem lá nos campos de petróleo.

Notas

28 *Sacrifício longo demais* (No original: *Too long a sacrifice*) W. B. Yeats, "Easter 1916", *Michael Robartes and the Dancer* (Churchtown: The Cuala Press, 1920).

36 *Todo aquele que abraça uma mulher* (No original: *Whoever embraces a woman*) Jorge Luis Borges, "Happiness", *Jorge Luis Borges: Selected Poems* (Nova York: Viking).

44 *Decidi adiar nosso futuro* (No original: *I decided to postpone our future*) Feodor Dostoievski, "The Meek One", *The Diary of a Writer* — Feodor Dostoievsky, tradução para o inglês de Boris Brasol (Nova York: George Braziller, 1954).

76 *Se rosa, estiveres doente* (No original: *Rose thou art sick*) William Blake, "The Sick Rose":

O Rose thou art sick.
The invisible worm
That flies in the night
In the howling storm:

Has found out thy bed
Of crimson joy:
And his dark secret love
Does thy life destroy.*

"Songs of Experience", *Songs of Innocence and Experience with Other Poems* (Londres: Basil Montagu Pickering, 1866).

100 *Vamos para um outro país* (No original: *Let us go to another country*) William Plomer, "Another Country", *Visiting the Caves* (Londres: Jonathan Cape, 1936). Em seu *Collected Poems* (Londres: Jonathan Cape, 1960), Plomer publicou uma versão ligeiramente diferente do poema.

158 *E lembra-te de Jó* (No original: *And remember Job*) "The Prophets", Sura XXI, *The Koran*, tradução para o inglês do reverendo J. M. Rodwell, com introdução do reverendo G. Margoliouth (Nova York: Everyman's Library, 1948), p. 156.

158 *E menciona no Livro de Maria* (No original: *And make mention in the Book of Mary*) "Mary", Sura XIX, *The Koran*, p. 118.

159 *O Deus da Misericórdia ensinou* (No original: *The God of Mercy hath taught*) "The Merciful", Sura LV, *The Koran*, p. 74.

187 *E ela concebeu* (No original: *And she conceived*) "Mary", Sura XIX, *The Koran*, p. 118.

193 *al Kitab wa-l-Qur'an: Qira'a mu'asira* As opiniões expressas pelos rapazes foram baseadas em trechos deste livro, de Shahrur Muhammad Shahrur, conforme citados por Nilüfer Göle em seu artigo "Snapshots of Islamic Modernities" ("Instantâneos das modernidades islâmicas"), *Daedalus* (*Journal of the American Academy of Arts and Sciences*) (Inverno de 2000).

---

* Ó Rosa, tu estás doente./ O verme invisível/ Que voa noite adentro/ Sob a tempestade que ruge/ Descobriu teu leito/ de carmim contentamento:/ E seu negro amor secreto/ Destrói tua vida.

263 *Estava ocupado em retratá-lo* (No original: *I was occupied in picturing him*) Rainer Maria Rilke, *The Notebooks of Malte Laurids Brigge*, tradução para o inglês de John Linton (Londres: The Hogarth Press).

Um muito obrigada a meu generoso mentor, Philip J. Stewart, da Universidade de Oxford.

ESTA OBRA FOI COMPOSTA PELO GRUPO DE CRIAÇÃO EM ELECTRA,
PROCESSADA EM CTP E IMPRESSA PELA RR DONNELLEY EM
OFSETE SOBRE PAPEL PÓLEN SOFT DA COMPANHIA SUZANO PARA
A EDITORA SCHWARCZ EM JANEIRO DE 2004